國家圖書館藏清人詩文集稿本叢書

第六輯

一

陳紅彥 主編

北京大學出版社
PEKING UNIVERSITY PRESS

國家圖書館藏清人詩文集稿本叢書

主　編　陳紅彦

副主編　謝冬榮　董馥榮

國家古籍整理出版專項經費資助項目

《國家圖書館藏清人詩文集稿本叢書》出版前言

陳紅彦

詩文集，也就是傳統目録學中所稱的「别集」，是個人的文學作品集，記録了作者的經歷、情感和思想，反映出作者所生活的時代和地區的社會面貌、風土民情，對後世的研究者而言，是關於作者本人和當時社會的第一手資料，可以勾勒出豐富真實的歷史畫面。

有清近三百年，學術文化集前代之大成，詩文作品蔚爲大觀。據統計，清人的各類著述有約二十二萬種，其中詩文集逾七萬種，現存四萬餘種。清人編選的本朝詩文總集，有官修《皇清文穎》《皇清文穎續編》、沈德潛《國朝詩别裁集》（又稱《清詩别裁集》）、王昶《胡海詩傳》《胡海文傳》、曾燠《國朝駢體正宗》及張鳴珂《續編》、李祖陶《國朝文録》及《續編》、沈粹芬《國朝文匯》等等，這些詩文總集涵蓋年代不同、編選宗旨相異，各有千秋。

近代以來，清人詩文集主要作爲大型叢書（如《四庫全書存目叢書》《續修四庫全書》等）中集部的一部分整理出版。近年上海古籍出版社出版的《清代詩文集彙編》是首部清代斷代詩文總集，但以收録刻本爲主，仍有大量珍貴的稿鈔本分藏各地，未見整理。這些材料如果能夠得到充分地發掘和利用，將爲清史研究開闢新的天地。

有鑒於此，我們整理了國家圖書館收藏的稿鈔本清人詩文集，選取近百種二百餘册，分輯出版。每輯内以作者的生卒年代爲序（生卒年不詳者，以大致活動時期爲序排在最末）；每種附以簡略的解題；如有夾條、貼簽等，局部放大附於原頁之後。我們相信，詩文集等基礎資料的整理出版具有深遠的學術價值和文獻意義，可以給學術研究帶來便利，豐富我們對清代社會歷史、思想文化等各領域的認識，也有助於珍稀文獻的保護和利用。

目録

邵盅友詩稿

邵盅友撰。朱格稿本。一册。

邵盅友（一七八八—一八五八），名淵耀，字充友，號環林，别號盅友，晚號壽泉。江蘇常熟（今蘇州市常熟）人。其家爲常熟望族，世代書香，人才輩出。盅友自幼嗜學，工詩文。嘉慶十八年（一八一三）中舉人，官國子監學録。著有《金粟山樓詩集》二十卷、《小石城山房文集》二卷、《繭絲集》二卷、《盅友先生文稿》等。

此集爲邵盅友晚年手録詩稿，包括道光乙巳（一八四五）至戊申（一八四八）四年中作品，共三百餘首。邵盅友詩文付印者兩種，一爲民國三年（一九一四）邵氏蘭雪齋鉛印《金粟山樓詩集》五卷，一爲民國八年蘭雪齋鉛印《小石城山房文集》二卷。此稿本中有二十四首詩題名下有朱筆「刻」字，説明已經蘭雪齋選印，正可與鉛印本比對，以正鉛印本排印之誤。此爲手稿本之可珍貴處。餘者均爲未刊稿，體裁多樣，有絶句、律詩、雜言等，内容涉及懷古、詠物、思親、唱和等多方面，風格清雅恬淡。

此本曾經常熟著名金石家、版本學家龐士龍收藏，卷端鈐「蘭石軒」等印，卷首、卷末有民國二十九年龐士龍題跋。

《清人詩文集總目提要》《清人别集總目》未收録。

（尤海燕）

94093

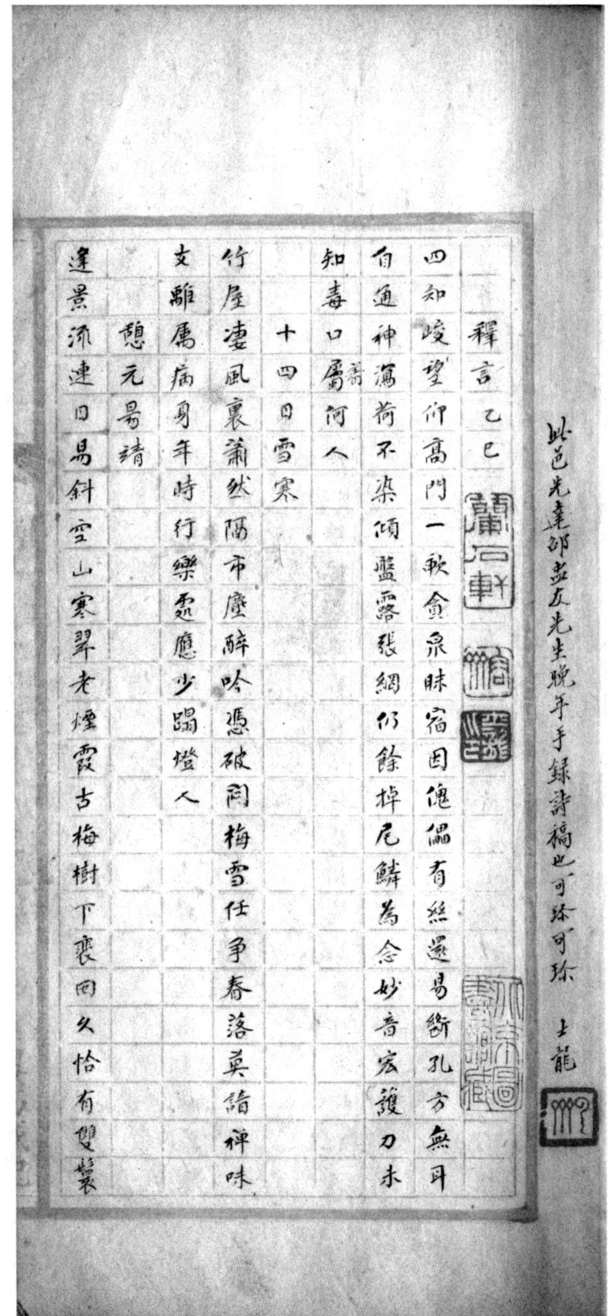

釋言 乙巳

四知峻望仰高門一秋貪泉昧宿因憁偏有絲還易斷孔方無耳自通神瀉荷不染傾藍露張網仍餘掉尾鱗為念妙音宏護力未知毒口屬河人

十四日雪寒

竹屋淒風裏蕭然隔市塵醉吟憑破閣梅雪任爭春落英諳禪味支離屬病身年時行樂處應少踏燈人

憩元易靖

逢景流連日易斜空山寒翠老煙霞古梅樹下裹回久恰有雙鬟

此邑先達邵盅友先生晚年手錄詩稿也可珍可珍 士龍

拾落花

春寒

浥露愁清曉，沁雲妬淡晴。花含憔悴色，人怯別離情。鴈渚歸應緩，鴛衾夢不成。珍珠紅滴小，未敢解餘酲。

北麓尋梅

疎香冷艷出天然，如綺羅浮夢裏緣。一笑相逢籬落畔，官梅爭及野梅妍。

舟夜

小窗臨水留景色，湛雲明織月依人近。和風入夜輕，村壇疎樹影

古寺遠鐘敲暫與萬慮同芳樽緩自傾

春半

積雨經旬歇閒階長翠苔花殘梅閣靜春暖燕門開諺云二月初二燕門開

晼晚荒三徑棲遲況一杯芳時帶悵望且莫上樓臺

招真館詠花

翠淑臺殿芳神君縹緲紅雲間白雲日暮間繞侖一刻風狂香已褪三分仙姿合凌封姨妬客詠咏難教倩女閑林表珠光逗初月暫時相賞趣微醺

義人招飲

回首童心在當筵逸興飛嘉肴多適口餘瀝任沾衣不為看花出
還欣踏月歸鶯弓毬鍛羽且恩醉中機

暇日

短榻抛書後閒窗啜茗時花陰鬧鳥哢樹罅見雲移尋樂衰年倦
禁春病骨知深居還節候誰與共心期

任煥

春半渾如夏溫風煽不休酒酣貪石枕日烈爲花愁欲乘三秋萬
難披五月裘會須觸熱攜岩洞探深幽

王蘭

誰摘瑤林艷彩裁綺窗前月高兮玉彩風靜度蘭香四照明光爛
同心紉佩芳翩翻成白鳳碧落共翱翔

作涼

凌歊無地避囂塵乍喜閒庭物候新驟暖消除連夜雨嫩寒留住
二分春紅芳漫惜霞同散綠意偏憐翠未勻惆悵桃花源隔流水
洞天何處不迷津

挽子勝姪兼慰義人

火色鳶肩氣不平詩翁宅相早鍾情謂心青丈幸留功德歸三寶塔寺重脩
替工勤慎竟被聰明誤一生摩詰無妻應入道參軍有子倘成名婆娑

殘局須料理爲蠶西河莫表明

上巳日獨游北郭買醉村店歸途有作

芳郊游覽總宜人蠟屐追歡及令辰寒食清明如過客桃花流水尚餘春不逢逸少誰同醉何必要離始卜鄰潑翠林光映岩壑家山風景久逾新

病中

一番溫暖一番寒毬多情倚碧闌干近游日暮辭判薄白小病春深負牡丹流水飄香歸去好傾城得福古來難自憐兩鬢將成雪尚爲閒情集百端

佳日刻

粉墻低處露花梢，垂柳依依睇小橋。嫩綠池塘風有態，落紅庭院蝶無聊。古歡漫豪時賢餘，清福惟憑麗句消。水郭山村櫻筍侯，夕陽畫閣一枝簫。

送春

萬點風飄處，飛花攪客心。春隨三月盡（四月朔立夏），綠滿一庭陰。鄰逝波何極，洗愁酒自斟。暮雲同望合，未抵別情深。

題俞朗亭中翁遺影四首

三閭紉衆芳，萬古遡無兩。不閟華胄遥，靈秀萃珠幌。林下憑未孫

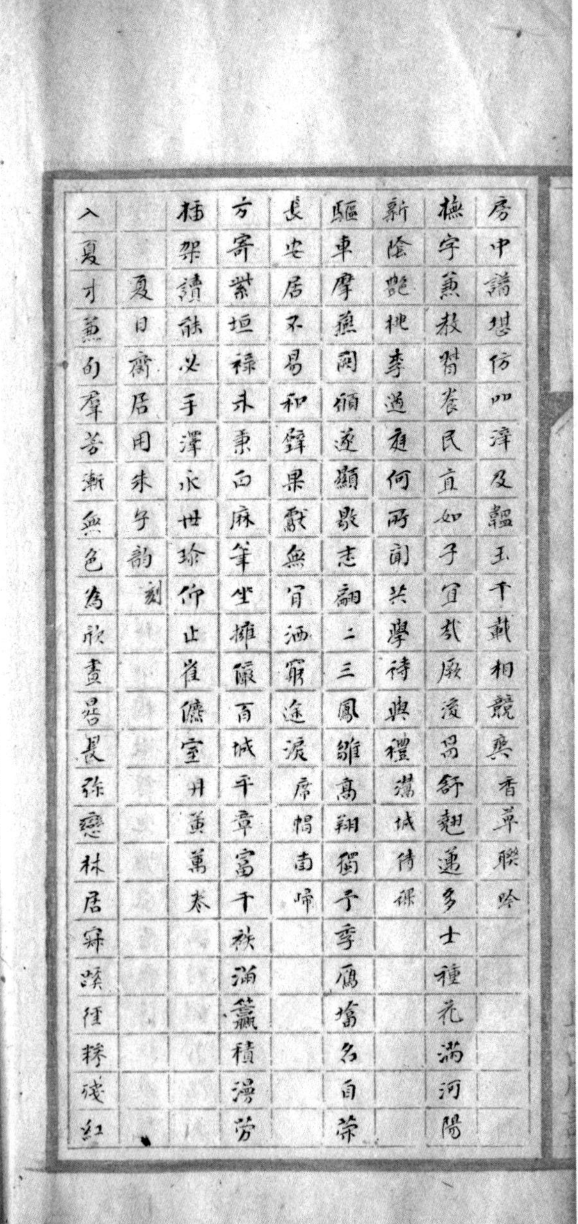

房中譜想彷四澤及韞玉千載相競爽香草聯吟

撫字兼教督養民直如子宜哉厥後昌舒翹遷多士種花滿河陽

新陰艷桃李過庭何所聞共學詩與禮瀟城侍課

驅車摩蘇閣循迹顯歌志翩二三鳳雛高翔獨予季鴈塔名自榮

長安居不易和鐸果獻無冐洒窮途淚席帽南歸

方寄紫垣祿未秉白麻筆坐擁曠百城千章富千秋滿籯積漫勞

插架讀能必手澤永世珍仰止崔儦室丹黃萬卷

　夏日齋居用朱子韵刻

入夏才兼旬羣芳漸無色為欣晝晷長孫戀林居寂蹊徑稀殘紅

庭柯映深碧新雛羽既豐初試高飛翼問余樂鑪香及盆茗位置
各適識新雛羽既豐初試高飛翼問余樂何如時拈對以臆

北麓晚步

隨意行山麓微涼愜野情雲深濃翠合雨足亂泉鳴笠屐隨緣往
亭臺縱度傾沈冥多樂趣何事羨浮名

憩三元院呂仙祠贈劉道士

市歇梅霖未放晴仙居寥闃興適清高柯蔽日留雲影叢篠含風
作雨聲縱酒閒澆無定處分茶小坐有餘情朗吟不覺蒼梧遠浪
説揚州鶴背輕

普仁寺下院 五月十三日

精舍宜安夏幽岩樹擘橫榻高紅欲妥梅脆翠猶生入社喧羣飲
依林愛獨清水風蘇簃動歸路析餘酲

患痔頗劇戲用東坡獄中寄子由韻

垂楊生肘不關春大患從來為有身帶水拖泥真惡趣膺毛離裏
最愁人醫治可許同龜手祈禱惟應媚廁神止酒詩成毋誑語沈
酣狂藥是前因

參天酒術曉風淒膊下蹣跚前百低坐苔揩針愁跨馬行難拔杖
比連雞蟲辟坡老先忘味痂嗜登徒尚戀妻洗胃剖腸離五濁蓮

臨安春好歸西

閒遣

未覺梅天躁林居節序移垂枝薊熟杏亂葉響行龜境寂吟方愜身慵病轉羸獨憐邱壑勝泉石負幽期

壽賓甫五十生日

卅年前事儼堪思樓（畱）殷南山雨及時小苑有懷同永慕大槐無夢樂調飢卯君涉世知餘免翁子成名尚未遲學易相期偕節飲金桃朱李勝瓊卮

破山用常尉韵

一徑碧雲合，翳然嘉樹林。偶隨流水去，不覺入山深。澗響方盈耳，岩幽自息心。清詩傳勝境，千載有遺音。

夢餘作

俯仰寬閒未覺貧，四時清景總關身。不爲湖海思歸客，常作林阿寤宿人。應似筆齋飢自樂，隨緣裘葛敝如新。扇霜烈日都成趣，燕香窩中別有春。

寓感

霎雨翻雲莫慈嗟，時方交臂已天涯。小溪也自能生浪，老樹何須更著花。閒慝鬧心惟趣菓，愁中慰眼是烟霞。扶搖捲盡羣峯影，碧

落原無片翦遺

積書

可是前身一蠹魚左圖右史室無塵望洋常見珠船滿何物珍奇更勝書

拈取丹頭入藥罏試拈〔嘗〕芸草味都腴龍宮寶憑搜採碧眼先當藏換賈胡

秋思

激雨墜黃葉渺然秋思深斷雲千里夢故紙一生心牢落成閑醉栖遲任獨吟繁霜盈短鬢倍覺感知音

寤言

月落燈殘夜悄然，迢迢鐘漏永如年。夏蛙秋蟀干何事，長爲愁人伴不眠。

中秋無月

長空苒苒澄雲鋪，寥落黃壚舊酒徒。廊遶謌同枯衲冷，深藏倍覺素娥孤。湯詩淮左留叢桂，維兩昆明罔夜珠。放眼絳霄高遶望，應知玉宇未模糊。

金粟粒粒生修到圓

影橫香動春無際，林下奇緣在即今。識取梅花原是我，那須隔世

苦懸心

直指庵小憩

尚苦秋易暮幽居靜若冬禪房秀花竹山氣健杉松今賞惟晚若

遲行欲倚筇野情籬落外斜日且從容暮去聲

短吟

秋在永如年寸心靈若吞古今書滿家兒無書可讀

閒感

小樓吟望又斜曛落木蕭蕭不可聞秋氣易悲偏冷雨暮天無際

總愁雲稻粱計拙鄉愁生事鴻雁聲淒失故群蘭佩蓉裳空攬結高

眠惟仗酒澆醺

十月五日約軒齋中菊晏以詩奉酧

高會銜杯不厭深園居晚節喜同岑對花端可忘彭澤品石還堪徵慧林別有繁華開異景好從霄漢得知音賞奇更須窺清閟快假金題慰夙心

十五日齋生招同百炓茹门對菊蘇酌疊前韻

名園日涉趣彌深是處金枝映翠岑有客豈徒徵酒食斗花只合倚山林飛樓縹緲新增勝喬木扶疏舊賞音贏得煙雲長供養怡宜孫菊共論心

十六日約軒暨引鈞崑園招集同人為餞菊之舉三疊前韵

交錯觥籌夜漸深，又同花徑集簪岑。侶同入社分蓮界，選登瀛撥重墨林。集者十八人 燭照渾疑鋪地錦，酒酣更聽繞梁音。長筵漫效陽關唱，千里還懸欲別心。時菊樵將入都

庭菊為風雨所敗悵然有作四疊前韵

無端冷雨與秋深，點點重雲隔遠岑。憔悴黃花如哀淚，飄颻紅葉亦辭林。柏香終作溝中斷，桐死空餘爨下音。金粉凋殘風韵在，轉於摧折見芳心。

賦得菊殘猶有傲霜枝五疊前韵

詩許寒威逐日深獨留孤艷綴幽岑送秋無復蓮禁露耐冷偏同鶴在林未必黄金能鍊骨翻教青女感知音饕風雪尋常事晚晚堅持是寸心

弔安定師母之喪慨尓成詠

倚閣望眼已將穿（嗣子充剖遠遊甚久）遊子行踪逐浪遷每歎亾弓貽後悔

（壬寅避難喪其資斧）可能遺硯保前賢敝廬湫隘聊歸息舊稿叢殘久失傳（先師書義為從游某竊去）頭白門生餘幾在（同門惟鶴亭介有兩君尚存）那堪哭寢憶當年

獨樂

架上書長滿瓶中花不空杖頭堪貫醉隨處是春風

使起兒赴支溪寒雨夜吟

正爾遊非遠，偏如疾是憂。稻粱謀卒歲，風雨送孤舟。引睡無村釀，銜兒戒酒已六年銜寒奈敝裘。布帆能好在，慰我倚門愁。

夜闌

孤枕聽風雨，渾疑宿野航。夜寒貪卧早，醉[酒]醒覺宵長。燈灺將殘燄，鑪消欲燼香。晨鐘猶未動，且莫攬衣裳。

遣悶

空庭岑寂似空山，落葉縱橫滿砌間。袞袞塵勞閒未得，得閒時又欲消閒。

歸春軒舉杯邀月圖

雲外香飄夜色佳冰壺濯魄執袪偕杯中月是天心月舉酒分明月入懷

題譚藕香含我廬檢存草

倦眄秋雲鍛翮仍算年豪氣尚飛騰持門事忍重回首君四賦悼亡閨世才優三折肱百歲慈暉娛愛日半生素履惕堅冰西華潔養天倫福漫羨殘牙醫衍續

雕華錯采任枝梧努力椎輪大雅扶白傳匡時多諷諭杜陵感遇少懽愉研硃清課傳書種抱甕閒情寄酒壚鄭老襟期吾竊比得

錢相覓共歌呼

季菘耘雲山借隱圖

烟雲供養稱蕭閒，名士從來笑買山。一壑一邱君自擅，安居莫問終時還。

劍放瓊琚氣吐虹，韓歐風骨重江東。身雖將隱文偏富，分取名山屬寓公。

陽回

栗烈威方厲，誰知淑氣生。黑甜愁夜短，白醉喜天晴。山意留花信，春心入鳥聲。幽居似空谷，漉酒有餘情。

靜賞

溪聲姿無盡林泉幸獨遊雪雲寒間冷淡竹樹肅清高癖尚耽奇石愁悰散濁醪囂塵不到处端合著吾書

衡門

杞菊淍将盡衡門飽粥饘軟風吹水活淡日倚山低畦菜愁争踏牆柯借鳥栖歲華徐絕許岐路笑前迷

獨游邑廟新園

峰聲無多子荒寒画意饒風林亂笋籟雪徑碎瑱瑤人遠山逾静冬殘竹未凋山間聊足樂暫使客愁消

几上多置古泉百鋼一絶

臘鼓鼕鼕歲事忙當刀齊布漫平章生今反古留行及滿案終難潤澀囊

桑榆

歲晏桑榆息影深折飛暮夜更求金勒移已變千人指抵郄俄遺一網擒箕斂倉箱新白粲跡遷城郭舊青衿末流誰是回瀾手操縵安歌樂泮林

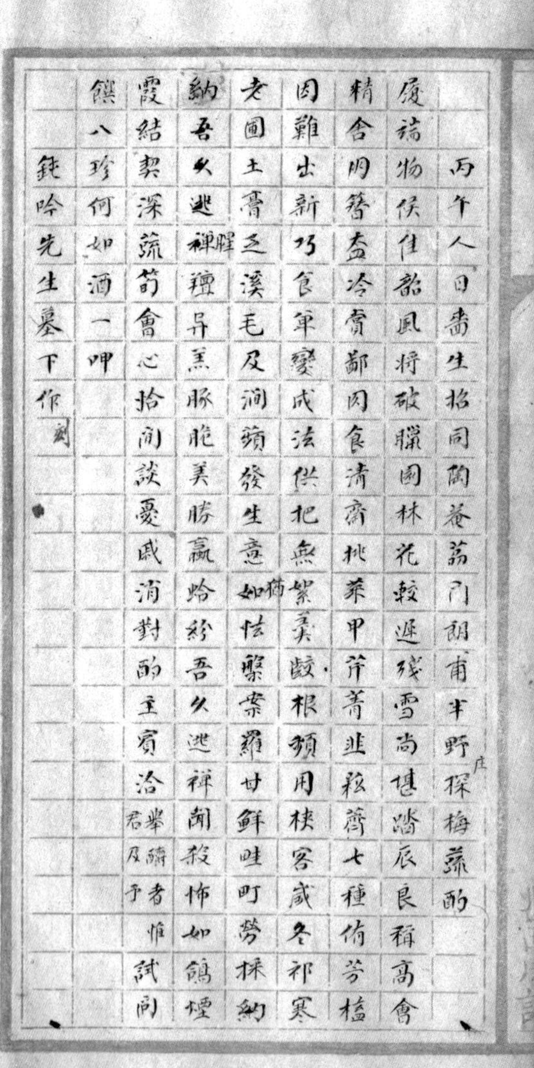

丙午人日壽生招同陶養薌門胡甫半野(庄)探梅蒸酌

履端物候佳韶風將破臘園林花較遲殘雪尚堪踏辰良稱高會

精舍朋簪盍冷賣鄰肉食清齋挑菜甲芹菁韭菘薺七種備芳榼

因雞出新巧食單變成法供把無繁褻數根頗用秩客咸冬祁寒

老圃土膏乏溪毛及澗蘋發生意如(猶)怯繫索羅甘鮮畦町勞採

納吾久逃禪(腥)糟异羞豚肫美勝贏蛤紛吾久逃禪閙殺怖如鶴煙

霞結契深蔬筍會心拾閒談憂戚消對酌主賓洽舉觴者惟君及予試問

饌八珍何如酒一呷

錢吟先生墓下作 刻

封加馬鬣記賢侯物換星移又幾秋雨板衕門空舊宅一株殘柳

對荒邱狂名廿載摩兒詠詩卷應堪萬古留我亦自憐癡黠半夕

陽林壑寫清愁

轉漕

轉漕江河日下流市廛龍斷利爭求非關擢木頻毆壽誰料蹊田

竟奪牛赤棒威惟憑吏勢青苗法似切民憂豺狸斂跡豺狼縱附

下徒貽節鉞羞

毁宅

田賦分縣患不均禍延林木彼何人揭竿吳廣先乘怨毁宅張彝

僅免身繩悼錦衾成如裂帛綺沵寶絅見輿薪蔦章象魏須珍重兆
豐終難怨盗臣

題友塘明因寺橋宋刻

姚有筠拓本文云當寺徒弟僧法弘謹施己資重新脩建
香花橋一所樂兹善利上報四恩下禮三寶皇宋咸淳年
大吉羊

寶刻橫陳古寺前自將磨洗辨雕鎸寒溪畧彴尋常見中有滄桑
五百年
片玉爭堪野岸拋情他盦鐵作鸞膠老願合下元章拜懷舊古深情

感石交（寺又有會昌經幢在鳳皇溪石已斷近友閻卿銘合之移置集慶菴）

古花朝西麓探梅

嫩晴風日美，獨自愜幽尋。山淺春猶淺，花疎意轉深。靜宜荒徑步，香觸故年心。幾欲斜枝折，攜將伴苦吟。

壽內子六十生日

年華六甲作周環，春半羣芳欲破顏。琴水長流絃柱裏，眠山還酒憶酒杯間（內家久不通問）。四齡雛未高閎壽（起兒今秋四十），再索珠璣別浦還（次女沒後得二孫女）。壓綫絡絲猶未倦，轉從勞勸得安閒。

增年莫歎鬢絲凋，偕老衡門計久要。靜好境原殊負戴，清修課每

共晨朝花輪祇羨蓮池潔春色從教杏苑饒林下高情稍棲遲隨
時逢景且逍遥

二月十九日夢中作

秋情無奈乍涼墜葉[天]墜葉敲窗攪獨眠銀鴨煙銷行雨夢木犀香
逗散花禪參差翠管簧調澀条曲雕闌[袖]影翻月地雲階勞悵望瑤
宫今夕定何年

重感

狼藉殘紅黯夕暉舊曾攀處欲霑衣東風本自無心想爭奈狂花
向澗飛

暮寒

雲停月落雨茫然料峭東風作去病天芳草將生空昨夢春寒難忍奈今年綠波滄蕩冰成水紅雨飄零玉化煙自是劉郎迷舊路桃源只在朗江邊　剪稿殘

丹井上老梅一樹具體格真屐齒不到無賞之者　刻

古路無人跡經行敗葉深銀林寒照水翠羽靜依林驚艷初成目微香獨會心飄風吹作雪明日怯重尋

雨詠十二首

衡門無轍迹修竹坐相親不用防俗客惟當中聖人茅屋常雨

滴瀝睡難著麗譙更已深杏花紅欲綻無奈惜花心 小樓聽雨

遅日霏甘澤高居覧物華鶯花三月節煙樹萬人家 上林膏雨

谿口層雲罨溟濛作澄衣小橋楊柳外漁艇一蓑歸 春帆細雨

村舍桔槔閒清渠映一灣鈎簾看不厭蒼翠画中山 野含時雨

歷亂菰蒲響驚風颭曲塘新涼應早覺葉底雨鴛鴦 荷喧驟雨

嚣塵淨如洗瀧瀧磵泉聲林表殘霞斂松間漱月明 空山新雨

碧葉墜金井飄飄不可留空階三兩點省識幾分秋 桐陰疎雨

班竹留清淚蒼梧送遠行蕭寥楚江晚烟水渺離情 瀟湘夜雨

微茫遠寺鐘黯淡荒村樹落日蕩寒潮孤舟泊何處 江天暮雨

果有歸來日更長絳蠟前巴山池水滿風景故依然西窗話雨
霜鬢今如許悲歡昨夢空簷花衣不著羅帳枉春風僧廬坐雨

半野園花下

岩阿窮寵舊行吟玉照分光破暝陰寒笑乍驚團雪艷染香不覺
入林深萬橫影疊渾迷路數點枝疎別見心一角孤山乘鶴去問
花曾有幾知音

寫意

身外無窮且莫論只憑樽酒送朝昏簿書期會吾何有落盡梅花
始出門

醉吟

及時尋樂幾蹉跎慷慨高歌奈若何春甕已開愁酒蘗夏蟲難語悔詩多心驚蟻穴漂風雨手縮龜山乏斧柯欲泛孤槎江海去卓錐誰為置行窩

雨航 刻

忽訝蒲帆重霏滚點客衣石橫閘釣渚竹暗掩荆扉細柳隨風亂孤禽貼水飛年時倘花處籬落認依稀

古意 刻

罨蒴架落雪紛二西北樓高對暮雲惟有才人嫁厮養幾曾新婦

配參軍風流欲撤青綾障位置争傳而練裙蔓草野花行處見祇憑山黛識文君

請信陵君傳

憐才識拔徧風塵豪舉應難得士真不分簪裙誇四子有誰旗鼓抗三秦挽回濁世還醇酒消釋雄心賴美人莫歎霸圖終落寞雲龍藏尾始稱神

獨見

雲浮花謝果何因空界茫茫著此身莫道閒情非辠過一分水是一分塵

顛倒相之相排印本誤作想

惜王孫

天香綠遍靡塵徽王兔多成擷髓瑕風片雨絲吹不斷嬌嬈偏妬

女郎花

和易甫 刻

風雲頃刻變暄寒世態惟應付達觀杏欲成陰空擅艷梅將結子

預含酸長吟若作千年調佳釀難於九轉丹傀儡棚中顛倒相爭

堪冷眼在旁看

風雨

風雨蕭蕭向槙神吞花握月悔因循休悲白髮三千丈絕閔青陽

九十春點水柳綿誰作主亞墻杏靨似羈臣閒情可許全抛擲免
得年〻恨瘦人
醉中百和
懶揮破筆論錢神日飲無何例可循杏酒一盞無限樂殘花數朶
尚有餘春金張暫作園林客巢許甘為草莽臣老大癡頑君莫笑壯
年猶自不如人　時復中之
朱綠卿學博空諸所有圖
簡花隨柳為情累豎拂拈椎被眼瞞識取本來無一物廬山真面
任人看

水流雲散杳何之，端的龐公是我師。自笑塵囊渾似洗，未能抛却
數篇詩。

歸蒼樓同真逸湘才小飲

蘭若無僧只樹林，人稀便似入山深。春風動我尋詩興，不為紅芳
為綠陰。

忘形蔬筍共銜杯，談笑飜令積悶開。意在山間還在酒，許君覩見
醉翁來。

四月二日獨行北麓、

畫鼓霓旌漫賞心（是日南郊競渡），夕陽清景在芳林。新茗更比花難久，一

日風薰翠已深

牡丹

絳闕珠宮乍遇君，楚天暮雨漫氤氳。香紅獨占三春日，彩翠争看五色雲。直得仙才誇解恨，從来國艷愛纖醲。画閣枕席渾如夢，共說相思到夜分。

近抱

風雨高歌覺有神，空囊欲洗釜将塵。眼前睫在誰能見，飯顆山頭餓殺人。

遥見

滿庭嘉樹翠陰濃樹裏樓臺簇綺櫳有客乍來應歎艷君家究在綠雲中

支溪舟中

清夏扁舟泛還山雨氣昏黃雲平麥隴翠靄潤榆邨書卷供茶夢衣囊見酒痕江湖汗漫意蘇葉共飛翻

雨過

真櫻靚面太分明充棟陳編漫乞靈自是越窯成絕品雨餘何處不天青

和人咏絮

回黄轉白下飛揚，猶憶風吹滿店香。圍雪未消誇艶曳，因風屢舞趁顛狂。夢痕狼藉春三月，幻影流連水一方。浪跡不隨花共謝，新萍浮緑點池塘。

閏夏喜雨

烈日不知處，雲興風颯然。三時如伏日，（吳俗以夏至後為三時）一雨忽秋天。茂樹漾蒼潤，幽篁交碧鮮。簟紋清似水，夢穩緑窗前。

使車

蒿目施鈿布，綱時戴盆何處更揚眉。九閽雲飾愁河漢，千里星軺慰畢箕。閲世頻開新眼界，歎人枉送老頭皮。嗚咽誰是朝陽鳳聲

徹天高聽自昇

靜晝

林噪鳴蟬草聽蛙高齋祇覺靜無譁花月與我何分别坐對蓮花轉法華

秋花

漸減桐陰謝清蓮西風信已報鳴蟬一般天與嫣紅色只覺踈枝瘦可憐

題寒山寺漢銅佛像

座識云赤烏拾叁年郡王孫權奉供傳為殷遺炮烙所鑄

長洲韋君繡繪像徵詩　按炮烙漢書作炮格史記索隱

云烙一音閣為銅烙炊炭其下使罪人步其上皆格之訛

獨夫創格銅不渝人王造像銅自如範合隨緣法平等變現非實

元非雲火塗燔灼衆生怖金容妙好犀靈趁赤烏環寶傳翠墨白

馬禪伯探驪珠（謂覺阿上人時住白馬澗通濟菴）我披琅函瞻瑞相龍華頂禮無

差殊一銅贊歎成賸語萬劫靚面同斯須燭天晨景鋑流鑠白毫

光裏清風絲寒山片石韋無恙夜鐘聚訟胡為乎（別有石刻）

秋夕

切二陰蟲語悠二獨夜心鶴飛林月皎螢度竹烟深斷夢餘殘醉

初寒憶故衾晨鐘知欲動誰爲久沉吟

題新羅山人三色菊花後自着的秋氣洒淅吟賞次忍然汗出矣

爲有淵明賞黃花不枉開秋爭紅葉艷酒望白衣來逋峭乖時尚
不章擅别才薄寒欺病骨披卷勝銜杯

畫意

入勝不能止幽崖還延行披林翠陰密鑿水碧光清澗斷危橋穿
岩閑聚落平秋畦耕稼樂野碓遠傳聲

續夢中語成篇

小闌依舊月朧明燈灺香寒萬感生行樂中年如夢覺獨醒長夜已秋清風裊殘涼芙蓉露雲恐惟餘蟋蟀鳴聆得共城香稻熟傒姑鶺髮已縱横

平旦

一卷金經作道場了心不用細商量善緣惡趣真平等究對何如歌利王

采蓮曲

采蓮莫采花不如采蓮蕅含苞會開敷花旋蕭落放采蓮共采花還須采蓮實芳實解調飢薏苦甘於蜜

悼外孫女瑞徵兼慰德卿

愁霖怔燠攬秋心惡耗驚傳愴惻深鄰息衰翁才欲盡更教攬涕付悲吟

如水華年廿載過夭桃旭日竟蹉跎若蘭合擅馨花格閨閫空遺織錦梭許字于衛

病入膏肓夏涉秋一回撫問一增憂愁多應爲聰明誤来世休登乞巧樓

瑶環乍折隔三生更痛珠難掌上擎噩夢重〻何日醒九年舊恨觸前情謂戊戌年外孫甘霖及女幼鍾之喪

兒女催人老信然莫因哀樂損中年膝前問字常無恙猶勝揚雲獨草玄

贈内弟汪星樞

徙倚門閭盼望頻遠游千里歷艱辛莫才莫洒窮途淚貴胄翻成失路人我愧指囷敦古誼君期捧檄慰慈親歡承菽水天倫樂應信家貧不是貧

潢池

篝火叢祠伏莽深潢池跋浪只歸涔朝三漫博蒼生（羣狙）喜顰一翻生赤子（得隴）心佩犢帶牛誰作俑魚頭爛額始成禽化行風草應知愧敢

頌飛鵷變好音

城社

暖戀桑榆足自娛糧餘倉鼠望終壺（求盈變底）深機自恃千年調華屋難容

一廛居城社憑依感久假蠻系枝界網非疏早知象齒爲身累何

似留教寸地餘

秋聲詩十首 刻二首

物弗拘乎一候情乃感之自今聊擬宋辭非襲歐賦

雨聲 刻

不盡蕭二意伊人水一方離愁侵辟荔秋思在瀟湘孤枕眠難穩

空階聽轉長遥憐三徑冷狼藉暮花香刻

雪聲

嚴風浩呼洶洒淅小窗幽荒徑多叢篠空江獨釣舟銀砂散蘆荻
冰柱折琳琇夜半高歌發尋梅續舊游

泉聲

細雨幽崖滴依林灕二鳴援琴心自瀉漱石夢俱清曲赴澄潭邃
高懸絕磵橫排間春火候啜茗有餘情

溪聲

岩壑無心出悠然似白雲小橋流處急高枕靜中聞澎湓激波起

沿洄幾派分了知廣長舌於意果何云

鐘聲

約畧天將曙衾寒露乍零閒情今夜永塵夢幾人醒梵課魚應和
晨曦柝未停衷殘慵蠟屐勝景憶南屏

柝聲

數徧蓮花漏依微聽欲沈還傳無月夜祗攪不眠心守望鄉閭近
酣歌院落深宵闌俾晝作憂擊漫流音

雁聲 刻

紫塞風霜苦平沙暫宿留無家偏遠別有客乍驚秋倦翮三千里

寒雲十二樓，沓々行歲晚。漂泊荻花洲，

蛩聲

淡月窺牆隙，淒々夜又中。迎霜先振羽，破柵屢爭功。哀響當階切，雄心伏櫪同。及時還好樂，物候感唐風。

松聲

閉户年華老，高柯百尺高。孤根歷霜雪，萬壑響風濤。翳景陰長茂，瞻雲興獨豪。層樓通絳闕，宮徵奏琅璈。

竹聲

山中無管籥，雅韵此君留。響處非因雨，聽来總是秋。音稀村屋穿

蘋動夜窗幽鳳啸鸞吟合逌然孰與儔

積書

坐擁連城樂未央荒淫到處擇姬姜束同架閣愁雲擲圍欲成巢

穩退藏含咀誰憐蜂採蜜取携〔應〕笑鼠搬董兔園缺用充便腹應可

較弓彎二石強

朱新甫鷗鄉養志圖

清福君家占棲遲在水湄催愉鳴寉和潔白野鷗知飯稻馨匙雪

羹魚理釣絲三公應不易好與古人期

胥犇西去長句言哀

翩如野雀寄寒林，一去青霄不可尋。持戒早知成佛果，出塵定許息名心。消歸半偈空華藻，礬頂三衣表素忱。遺命以僧服斂薤露那須嗟和寡，仙禽寶樹畫知音。

也知買相等彭觴，怛化情深轉自傷。淡水頻年同臭味，遺詩他日孰平章。雲鵬我獨悲寥廓，霞佩君應共頡頏。鄉閭最是千秋惆悵事，牙琴欲鼓子期亡。

羅鶴帆年伯遺像為令孫崑圃作歌

先生勵志登賢科，錦袞瓊佩自濯磨。三鳳翩翔振豐羽，摶扶搖上棲高柯。成均鼓篋列上舍，六館髦俊得切磋。秋風錫禩竟垂翼，先弱

一个悲滴沱久福從来慣相左有才無命將如何平生雖尚在林
水丹青寫照神冲和思曼手姿合園柳瀛豁襟抱傾池荷陶情頤
性適我適蓬壺豈必優槃阿予生較晚韓未識披圖髣髴經行寫
學海泝長卬浦後燕詒有終（構）魏戠南宮掞藻冠多士郡符屢綰絲
五綂雖行觳書忝附驥拙藏僅走長崄峨華屋山邱感今昔若顏
舒秀翹菁莪鯤鵬變化雖有待縹緗生擁居其耶琅函雲笈探奇
祕捫参歷斗心胷羅一昨招邀共欣賞下酒不覺衰顏酡三餘文
史足致用會見破壁凌蛟鼉青箱珍重家舊物誦芬詠烈毋蹉跎
屋小蓉乗蘭𡈽

茶熟香温自在吟三閭家學服膺深沅湘芳草知多少惟有幽蘭惬素心

對菊小飲戲翻坡老之案

鏤金錯采益高華裝點南沙處士家珍重黄中推正色争妍未忍薄羣花

舟興

雪雲明滅罨寒溪二上何人理釣絲吟酒一瓢帆半葉坐看紅樹愛歸遲

桃杏空争二月春分明葉艷勝花新牽情不獨深紅色姹紫嫣黄穗

沉人

近況

條響天風葉霪除數株老樹著吾廬沙山具乏惟耽畫炳燭光微
尚戀書排悶幸逢樽有酒安禪恰稱食無魚舊游凋落如秋蒂看
鏡從教兩鬢疎

題荔門詩稾卷

信美如吾土牽峯戶牖間君本貫梁溪今僑居北麓予方交善士君可重名山
繩矩心良苦煙雲意轉閒有奇常共賞把袖欲忘還

病餘

世事不相涸，微痾意亦欣。青疏飽寒露，黄葉画斜曛。偶摘新書艷，難禁薄酒醺。甚遲懷勝賞，岩岫邈層雲。

秋杪冬初同學中逝者不一，各系絕句以存其人

袖詩昨歲訪蓬廬，箋韋清吟謫木孤。半日深談覓千古，空粘佳句入新圖。予於言我廬畢問摘錄其尤不者 譚稱香

移樽幾度醉花前，彩翠紛披映綺筵。彈指春風重拂檻，亭臺深鎖夕陽天。 何吟梅

過涉幾占滅頂凶，秋賦時有還舟之厄依然捉月去匆匆。誰憐江上峯青處，好夢難圓曲已終。 王繩齋

牘背陳辭彼一時，帶羣三禩履機危。連涉清案甫得辨雪早知幻影如流電，只合衡門賦樂飢。同藺君

汗漫常同物外游，一生心事畔牢愁。山光樹色都無恙，癖異年時舊酒樓。黄真逸

羣紀倫跡縞紵緣，飛觴偶遇酒中仙。圖書彝鼎編摩久，種智應留八識由。瞿子雍

同吟

絃詩酌酒摠因循，猶有花前抱病身。暇日琴書差足樂，衰年歲月倍堪珍。松篁晚節常含翠，冰雪空山好耐貧。到滑鑪灰無半餞，始

知方寸有陽春

寒棲

朔風吼樹纈無溫坐擁陳編自閉門殘菊有香留晚節夕陽雖好近黃昏倉分雀耗雙弓薄鮮佳龍淵一劍存離合雲萍如旅泊古歡寂寞與誰論

塵趣

塵趣原無涉幽居不厭深煙霞畸士癖殺畫古人心跡慈梅欹斜寒棲雀聚林徘徊歲將晏攜杖且行吟

題錢葭村壽潛堂詩集

吳會英雄數仲謀（謂心青丈）曲江犀筆重安排出藍才調何容易到得
成藍色儘佳（謀叶媒音本荀子成相篇）
靈珠共道善探驪綮輩妍詞檀色絲一樣瀠洄滿瀨水羨君採摘
得元芝

題許賓門選青小箋即以青箋二字為韻

錢癖人人有惟君眼獨青多藏如武庫奇字即雲亭寶玩偃仰月
銖分上下星圓方備前哲（語見北史）銅行剩芳馨
予夫勤搜采秕懋賣未尊紫標難論賈白水且隨緣廬樣一叉足
適才萬選傳聊同海蟾子墨戲衍波箋

悼三元道院古樹

枝幹摧燒久蠹穿，撥本根（道士以穴蟻掘去）松坡同幻影（謂日涉園孤松）桑海不留痕（樹有纜迹相傳古時海舶直抵山麓）皎月空池水繫霜冷觀門百年耆舊盡往蹟與誰論

賀湘坡記名御史

里閈棲遲靜華門欣聞吉語鵲頻喧持衡相士方勤職（以選司預鄉會分校）補衮儲才又奉恩行野雀祠終夕警應官杼柚幾家存他年問夜聽金鏞空軫民依違

帝閣

題子瑾詩卷追和譽客伯舅韵

久知富才藻今滑暢披吟鳳翥青雲上鯨削碧海深詞林真妙選清廟有元音肯輟渭城唱徒操單父琴當作宰甘州仍赴禮部試

冷吟 刻

斗室經行夕復朝懶殘生事任蕭條漏春不分花先發耐冷翻愁雪易消栖遲心情依竹柏歲寒風味樂箪瓢閑園咫尺同千里何況雲峯石徑遥

逼除

逼除無客叩柴關落得浮生半日閒何世詞章皆苦海愁人圍觀
亦因山紙窗竹屋心偏遠淡飯黃虀福未慳乘興三杯空萬事買
身合在黠癡間
物換星移變態新抽刀難斷水粼粼也知去日多來日未必今人
邈古人注瓦無心聊作戲立錐有地尚非貧忘憂只須花間笑前
尚跡枝索幾處

由石梅至北麓
臘盡春回早寒梅信尚慳雪坡泉脈細草地馬羣閒坐石行頻息
扶林倦未還深居如不出孤負畫中山

早春石梅 丁未

春暄花氣與山高，餐勝情逾醉醴醪。手折涑梅觀散馬，居然意得九方皋。

遣悶

一年清景在初春，小病深居負令辰。寄語玉梅休便放，好花須待詠花人。

訪梅西麓已極爛漫

一蹬無妨占好春，行吟未肎擲芳辰。蹉跎自悔尋花晚，報慈花開不待人。

上元日子真茂材招陪賓之孝廉欽鉞元陽請花下用杜九日藍田崔氏韵

境在山林眼界寬，移樽真合盡君歡。愁予未醒師雄夢，羨客方彈貢禹冠。十斛黃嬌判酩酊，數枝綠靜對高寒。較紅走馬章臺徧，何似巡簷子細看。

盆梅盛放疊用前韵

閉戶尋詩俯仰寬，名花相對更相歡。紅英恰比飛霞帔，素艷應勝白玉冠。漫惱春心將晼晚，可知天骨本高寒。老來青眼渾無恙，許酒休疑霧裏看。

三元院晚梅樹下作

遲日愁怀燠輕風喜乍凉花間無一跡竹外見孫芳春洽山宜浅

心閒畫覺長蓬莱原咫尺何事訪雲房

玉蘭杏花方盛風雨忽来憮然有作

淡白紅香白鬥新姿猛雨隨風驀地吹正齊判花易惆悵忍看含淚

向人時

花朝

綠绡親賞滿庭芳嫩翠嫣紅鬬艷陽暖雨欲来先覺潤殘花將落

尚餘香柳絲誰綰同心結月鏡方窺半面妝惆悵良辰易虛度困

舊感之感排印本俟
作悵

人無奈日初長

春寒 刻

輕風剪〻雨絲〻不定晴陰閑閙居小病恰當中酒後峭寒無奈落花初愁縈舊感將殘夢樂勝新知未見書拾翠芳郊春漸晚玉砂瑶草近何如

西郊

波動綠鱗〻晴光漾麴塵翠眉香柳嫩妍笑遠山春花拂垂鞭袖風薰漉酒巾年〻芳草路瞻換踏青人

破山春日

游夜縱延佇心開想若驚回峯藏佛地幽徑愜山情樹合風篁映泉流磵石鳴山中獨寤宿餐勝快平生

王默卿慧生風雨對牀圖蘊香二子

玉樹連枝画裏看萼趺珎重共言歡天涯游宦多岐路始覺平居聚首難

萍蹤會合想前緣應勝春池夢阿連話到文章流别處源頭還溯老人泉

觀物

且向樽前笑口開顛毛種種敢言才供妍紅紫更番換花亦如人

讓後來

對牡丹有感

名種栽培自故家，空齋蕭冷忽繁華。難輸當戶中人賦，且賞數叢深色花。神女下來行暮雨，麗姝相對伴酌流霞。暫教禎福兼清艷，婉孌斯飢莫漫嗟。

花謝刻

無端金粉委香塵，難倩丹青與寫真。昨日情濃今日冷，落花還似別離人。

春暮

取次韶華晚，春暄夏欲臨。樹深雙鳥隱，花遠一蜂尋。酒易曹騰醉，詩宜自在吟。流萍與池水，聚散又何心。

支溪舟中

扁舟漾漾弄晴暉，一葉凌波載酒歸。遲日水窗風力軟，柳花如雪點春衣。

徐湘蘅獨坐圖 三科武舉

夙裹卓犖志，弗為章句儒。宣力猶有待，坐鎮良非虛。承平歲月久，烽燧靖海隅。溟渤式揚波，乘風須何如。

三月廿一日

暖風吹送百花殘日暮偏嫌半臂單暖意似隨春去盡翠陰踈雨不勝寒

初夏

晝暖飄香雨雲幽滿嫩晴晚花踈綺窓棲葉暗藏明池静魚吹沫林禍爲變聲椬闌人事絶隨處契山情

悼東塢方丈古樹

樵採無憂歲月深福田幸得託叢林禪堂清蔭當庭滿忍向靈根縱斧尋

惜春

摘艷尋香點又陳綠陰如水雨如塵鵑啼從庭闌殘月蝶夢留連
過去春萬事無適長淡泊（漠）一生禁得幾回循此心分作霑泥絮至
竟輸他木石人

即目

梅雨過從絕林亭寂寞中新萱披夜熟（雨）果熟墜晨風鬢短先霜白
顏衰借酒紅稍知無事福冒悔作詩窮

蕭月橋照

博取雄名四海垂卧龍躍馬任驅馳那知第一清閒福只在披書
獨坐時

喜龎生寶生探花及第 刻

鼎魁妙選重鄉閭百卅年來望久虗（自康熙戊戌汪杜林先生後邑未有登鼎甲者）春橋

近攀名吉士（孫長真丈）秋官還繼老尚書（翁寶林先生）蜚聲作喜愜先澤績

學洵能副盛譽伏櫪未須嗟馬齒泥金新色照蓬廬

誰幻

弱水三千儘泛槎宮花錯道等空花出藍衫色騰雲近穠李飛英

異地誇共羨鯉門登疊浪旋看蜃闕散朝霞和羹定價歸金鉉豈

有龍文屬別家

永畫

永晝如經歲，幽情只獨知。竹香疎雨後，茶熟小眠時。列屋頻開卷，依林莫折枝。好山常入望，阿澗足歌思。

南匯唐節母澄心古井圖

仰止孤桐樹，風霜閱歷多。一心常若水，萬古不生波。志操凌貞石，情瀾涸愛河。寒泉流淺下，涇渭較如何。

披書有感

點檢牙籤燭燄紅，丹黃手澤慕無窮。舊書細讀兼悲喜，代補　先人未竟功。

清夏

誰言夏日比年長午夢纔回又夕陽萬卷湯爭南面樂一樽且趁北窗凉苔階積雨濃青潤竹徑流風活碧香欲采芙蓉何處好棄舟隨意泛滄浪

和吴門顧仲安盆中梅花詩四首即以題字爲韵

燈光花影倚清樽恰稱詩人晏上元詩成元夜於藏艷究如金作屋避風端合玉爲盆膽餅難駐枝頭景紙帳空銷醉後魂白石清泉間供養東君着意護芳根

横斜香海萬千叢位置文窗迥不同疎影從來宜月下高人何必住山中根移銅井和雲贈春滿羅浮有夢通信手剪裁都入画欲

持人巧奪勝天工

羣芳次第好安排漏洩韶光是早梅深谷禁寒千樹凍高齋破臘數枝開維持不受冰霜妬灌溉終叨雨露培修到孤山真眷屬卜居湯羨住蓬萊

絳仙素女總堪誇彩翠還來萼綠華底用錦屏圍粉黛且欣丈室粲雲霞綺言漫詡名臣賦清福偏歸處士家珍重春姿同雪窖年年索笑向新花

、一室

疊架連牀塞破廬詠游咀嚼樂何如生涯只在書堆裏未死身先

作蠹魚
六十自述
知非纔過又知非十載蘜氈負帛衣居室常攖摩詰病還田久息
漢陰希三蓺佳争賢已鬧七心猶羨古稀幸比杜陵先一紋杜年五十
九山前邂逅愧癯肥橼
年當耳順笑猶癡半醉扡書過市嬉坐欲辭酲難婦聽行防墜岸
有孫隨山耕治色修眉斂花徑和風拂面吹一日跳狂如一歲卽
今壽已邁期頤一日跳狂當一年明黃偉恭句
覽揆頻更歲序新千秋盛業尚因循桂林每引攀花客比年及門中獲負者

五六人竹屋還來問字人豈有米船誇精玉可祛范硯永傳薪壬孫初學
詩執鞭雖富非吾好游息隨緣只率真
朝籍微名忝附庸頭童齒豁一村翁悅聲偽飾嗤時尚綎緩安詞
樂素風取次三杯酬硯北棲遲五畝託牆東樗材知免犧尊斲雨
露栽培荷化工

聽雨

夜半平添一倍秋薄寒驟覺逼衾裯窗前未種芭蕉樹依舊瀟瀟
滴不休

秋花

憔悴西風裏苦心悄自甘愁深翻似笑開早却旋含雨裛紅妝淚雲麹白玉簪騷人哀怨意香草滿江南

蓼花（刻）

白頭翠葕映風裳幾點疎紅逗晚凉冷淡恰宜傳畫意蕭閒不解惹春光江湖滿地秋千里霜露懷人水一方斜日微波搖落早可能幽夢穩鷗鄉

又一絶句

荒堤瑟瑟響菰蒲冷蕊低垂宿雨餘寂寞空江秋色晚葉舟孤倚一叢疎

挽畬生司馬

名花羅牽罄奇花滿藥闌浮生閒最樂清福享偏難痛飲悲千古
澄懷薄一官桂叢金粟綻會弗少盤桓
牽記忘年契銜杯共賞心送青排闥爽浮白入林深阮嘯徒埋照
郇廚孰嗣音吾衰還獨醉思舊為霑襟

閒詠

除却微吟與淺斟不知何事可娛心樓非百尺且高卧竹有三竿
誰入林際會風雲范陽枕留連山水伯牙琴閒和野鶴溪中宿慚
愧高岩解作霖

乍涼

風露消殘暑幽居早覺秋夜窗蛩韵度曉枕桂香浮地僻宜佳日
年衰愛近游野花饒冶態新翠足內留

壬孫呈詩戲同其韵

舊歡新悲兩茫然但着癡情便可憐涼雨乍飄花滿地殘雲不翳
月當天寸心肯近彈棊局隻眼常看露柱禪聞道解酲須縱酒石
牀判得醉時眠

舊書蠹損感作

白髮猶佔畢燈窗點已陳韋編今朽蠹何況下帷人

秋晚

黯淡情懷似别離，從来秋士有深悲。梧桐葉落西風冷，正是瀟湘夜雨時。

足疾小差消搖成詠

年衰病骨怯西風，藤杖扶将簷旭烘。敢把白髯誇海内，僅餘赤脚詠泥中。荒寒畦圃秋蕪綠，明靚林巒晚照紅。飽食安行真是福，詩無人處轉求工。

買書自嘲

買書堪鄰曾拈句（庚子年尊作買書歎），結習難忘更取盈籯。比士安如好色

但教著手便留情

暫見

菊圃蘭畦著意培園香門色滿妝臺一枝冷艷無人問低傍牆陰背日開

題寄蘭詩卷

中含婀娜外槎牙濡粉搓酥未足誇憑仗冰霜鍊奇骨一生心跡在梅花

九日遣悶

殘暑猶熾淺疾忽發未能出門一步

蠟屐登山足解憂病魔何事苦勾留漫嗟佳節成虛度尚怯炎威

懶出游送酒無人杯自把催租有吏的仍披攬林盼殺狂風雨還
我閒窗一味秋

自嘲

老當益智轉蒙昏吾病支離國華门玲惜數錢藏鼓紙貪餘殘瀝
潤空樽形骸木強頸應責嘯歌嘯鯨（鍾）舌尚存荒徑斷籬散花竹此
中却自有桃源

戲詠白眼果銀杏俗名

尖追登盤碧玉馨新霜鴨脚半林横雨人眼色常如此下酒真（偏）宜
阮步兵

酒邊作

身世蒼茫聽所之秋來處處畫中詩橙黄橘綠新霜後水淡山濃夕照時采菊祗應供魯望援琴何必待鍾期乘除萬變如棊局容易低垂兩鬢絲

偶況

驅馳塵土無佳思寤寐煙霞有至情一蹋春明旋裹足生涯冷淡

李長蘅

九月十八日夢中作

何處秋風早秋生洲渚邊岸花猶宛在汀草更蔥然有意空凝望

無心忽逗妍可憐顔色好枇榔已年二

詠飣盤諸果六絶的

七絶宜珍重分甘記昔嘗經霜風連夕緊紅葉已飄零 林

好備和羹用橫荷後味嘗幾能纖指破橙手亦生香 橙

鼓吹蛙久噤列仗雀宜賀奇名共排衙宜立復宜卧 金瓜

小謝風流遠佳品宣城出嘉名飣座餘馨香滿懷袖愛護勝瓊瑤 木瓜

半熟垂芳實玲瓏映夕陽寒林憑點綴綠轉赤金黃 金橘

碩果山中落秋心奈若何物華看又晚嫋嫋洞庭波 朱橘

杪秋山行

信步無人徑，空山晚獨尋。貪看紅樹豔，漸入白雲深。霞重嵐微掩，風蹤葉自吟。盤栢幽映裏，鐘梵度禪林。

重過半野園

意行隨處感滄桑，物是人非舊酒場。竹徑依然通步屧，菊籬誰復引壺觴。瀠洄池沼飄殘葉，罨画樓臺冷夕陽。歷歷游踪留雪卬，終同欲去又徬徨。

哭羲人弟四十韵 十月初九日

慨爾能全酒，歸與竟逝川。兮携纔一月，永訣已千年。九月十四崑圓家同席 濯足凌滄海，乘槎問碧天。興豪齡莫假，才美運偏遭。摩從倘封求

英姿重惠速佩韉方婉孌舞象作翩躚偶着銅柯詠俄成玉潤緣
心青丈胥其鄧尉古柏訣妻以愛女藻思真綺麗芹洛早騰騫鳳具煙霞癖頻賡唱
和篇聽泉分名坐罰醉倚壚眠庾節欹材廣名墉脱穎先上庠還
把臂內含恰隨肩樹橿李觀察甄别山書院同取內課寘予愧冲霄翮君誇下水船
叠雙占集獲百步羨楊穿食餼後速擢優等桂罨塗終阻桑苞室未堅塵
中多白眼囊底綠青錢大厦支非易良裘業克專縹緗倉不涸鐘
鴞筆如椽每飫春盤蓿聊忝幕府運縱懷新雨樂祇覺故山妍黜
陟空花幻榮衰枯木禪黃封奚必是紅友且陶然北麓棲遲久西
河泣涕漣三子僅存其一嘯歌傷翼折酩酊任膏煎老我朋儕寡伊人臭

味聯昔曾看揔角今並隨華顛談藪咨詢切忘機歲序還鶯聲求
不厭鴻爪跡徒傳滿瀨平沙路蓽鄰覓郭田帶經何自苦乞食山
猶賢三宿浮家慣孤帆利涉便鷺飛顏駭浪鷗浪夢付寒煙秋收海門得疾
歸沒于舟中恒化同流電離塵或證仙蓬壺行可即兒女望長懸撒手
真靈杳闃心舊事牽漫期蒐髮鬢無復話纏綿顧影悲寥落回腸
忍棄栢松陰鳴別鶴楓葉染啼鵑遮莫陳清酌胡由續盛筵成連
如返棹更爲奏牙絃

相傳一絕句云朝臣待漏五更寒鐵甲將軍夜渡關山寺日
高僧未起算來名利不如閒戲爲翻案要知無事人原不除

事也

名利關身處不違山僧穩入黑甜鄉鐘鳴梵誦衝寒起待漏宵征一樣忙

代僧答

鳳樓神悚雲霄上虎帳身親矢石間課誦勤勞方寸逸公侯終遜讓衲僧閒

兩解

朝市何妨成太隱清涼只在淨凡情（用韓蘄王事）吉祥安睡無分別心太平時萬法平

漫成

窗依竹柏翠長含斗室安居嘗怵庵食品已兼二十七戶封何羨一千三殘花帶艷枝猶傲宿酒餘香夢亦酣斷句拈來如半偈心藏禪悅不須談

夜艾

閑書然卷枕函橫夢入層岩樹底行酒醒被池寒似水時聞風葉墜階聲

汎舟

飛輓東南苦繹騷附輸倍蓰總民膏揚帆滄海樓船捷納稅都畿

御廩高狼戾無須遵夏貢鼠憂竟已析秋竜耕三但祝餘紅腐斗揭箕張敢告勞

菊殘

青女威稜已更〻不支更想亂發損芳姿飄零漫惜春花早晚節禁持得幾時

周燮三大令同學挽詩

壽登杖國列簪纓壯歲才優賦鹿鳴六邑棠陰猶衆毋歷任衡水深澤青縣新樂平山棗強諸邑十年芹水久為兄懸車洛社新交寡衣錦雲鄉舊宅更瑜珥難忘嬌稚子榴書異日盼成名

題肖陶小梅花庵圖用六如桃花庵歌韵并擬其體 刻

仲圭舊住梅花庵畫師久作梅花仙風流歇絶五百載零香墜蒂
荒苔錢羅浮夢斷夢還續花下又有詩人眠詩人能詩兼畫禪圖
圓蒲一念抵萬年託興偶在孤山間参禪要悟威音前聊因數朶
横斜趣同結三生翰墨緣若將詩畫角才藝半屬人工半屬天若
將禪悦寄詩畫筆有奇怪心自閑酒中散聖書中顛畫意詩情都
貫穿飢來嚼蕊困卧雪願君徧種梅花田

夢題畫梅

風威動折雪深埋畢竟芳心未肯灰發點忽驚春色早疎枝横過

斷崖來

鐵如意刻

明趙忠毅公物也此天啓壬戌製者今爲趙次侯所藏

主少朝危憂懷欽〻祥金在冶以寫我心解一高用如鉤台衡位竊詭隨是懲曲而有直節解二風恥摸稜虛乃不劇氣節成名予豈得已解三拂衣奮袖式舞且歌大耋流離窮荷戈解四以折弗若屏諸林埛何意魍魎近潛宫廷解五不如意事十常八九鐵錚〻於公何有解六在前有兕觥罍惟以人重歸趙斯同其世永寶用解七

雪中簡德卿乞蠟梅

酒空六尺已横斜想殺黄梅未見花笑我耐冬爐不火絶勝送炭到寒家鑪

臘月十一日大雪

昔年逢快雪賞心極其遊林壑閒尋討朋儕恣獻酬秀若訪姑射爽於登瓊樓良較夜月勝莫廻風花儔比來體多郤栗烈常豫愁雖有縱眺興未免祁寒憂縱欲效墐戶況敢行經邨因思無衣乎繒纊何從謀歠飲水適冷炊斷薪難求人方頌為瑞彼將疾如讐可知人間世境同情不侔以予衰殘質例彼飢凍流美中縱不足已較勝一籌優游誠自愧退藏庶寡尤為民作年豐嘉兆宜歌謳

排印本無丁未兩字

次夢甫韵 刻

冷癖瓜廬似石龕，靜參雪竹證瞿曇。年華[光]已等將歸燕，情緒還同自縛蠶。春氣欲來偏我覺，詩懷多癖與誰談。周旋最久惟紅友，一枕甜須趁半酣。

丁未除夕 刻

丹鉛鐘漏總蹉跎，六十年華電影過。積雪林亭宜小飲，過除風味獨高歌。破除煩惱方書驗，壺攤光陰悔已多。得一刻閒知是福，奇寒立地轉陽和（是日立春）

晚行石梅 戊申

地偏散步覺身輕，吹面風柔倍有情。山帶夕陽看不厭，池經春雨漲初平。時光忽漫收燈近，花信還遲卻月橫。多病難逢腰腳健，嬉游且逐少年行。

吏勢

太倉雀鼠耗相因，新法更張畫策臣。用二翻赦憂不足，求千幸免瓶其陳。難盈溪壑漸於海，已分溝渠置此身。禱祀重逢天雨粟，東南澤國轉陽春。

靜夜

輾轉重衾擁依稀遠漏沈闌情留斷夢夜雨損春心雲黯空凝望
梅蹊綠獨尋眠蠶絲未盡委宛付微唫

詠花 刻

肯逐暄風爛漫開花根合倚水雲隈冰霜鍊就真仙骨不愛紅梅
愛白梅

偶買西梅開後輒作紅花感賦 刻

愛看淡白橫斜出詎許嫣紅點綴勻畢竟難除脂粉氣樹猶如此
况於人

題麗評蘭秋夜讀書遺照

年光胡荏苒芳菲易枯槁無那秋氣悲賴有書味好櫚風梧月間
剩春豁塵抱沈沈千載心故紙今人老席門當英彥君亦勤蒐討
新花蒙然生落葉期盡掃未獲登石渠俄嗟返瑤（蓬）島榮名志長賚
祕笈世能保瑤琨並蘭芽兩學日方昇池上得鳳毛水中樂鳧藻
努力及春華青雲致身早

探梅招真丹井上一株忽已化去而井亦堙矣慨而成詠

春衫準擬襲餘香驚醒羅浮夢一場寂寞玉容何處去獨留瘦竹影
冷斜陽

名山仙跡果通靈暫許寒泉照眼明曾為東陽傳韵事十年泡影

重傷情亡友鏡齋重浚此井予爲作記今君歿已十稔

舟行遣悶

柔櫓沿緣半日程阻風無奈酒初醒水村冷落春光晚惟有楊枝
逗嫩青
金粉空勞舊夢溫最愁人是近黃昏遠山只在雲深處盼斷蛾眉
翠一痕

旃林六十壽詩

商霖事業夙心期(儀)雲路參差負役施何必隱山常隱市不爲良相
且良醫昔忝蓮幕分猷遠今詠蘭臺奏致奇人我猶同登壽域益

延榆景到期頤

染香欣恰得順風聞燕坐超然思不犀覺徧有情欣普度筭增無量

受餘薰修持百葉還求悟游戲紅塵漫醉終慙愧伊蒲先一飯可

餘半席與君分

游鐵佛寺

犖确不辭遠探幽到上方徑迷嵐靄翠茗飲石泉香春色藏花榭

雲陰映竹房經行歸路緩林表又斜陽

、半野莊

桃李陰陰柳帶斜樓臺無恙舊煙霞當年勸酒人何在零落池波

萬點花

三月廿日西郭競渡紀游

意行得得倦難休一碧嵐光萬綠稠半醉歸來劉社散山風吹帽落春流

鼍鼓龍艄棹欲飛紅男綠女合成圍烟波別有留情處楊柳樓臺暮未歸

牡丹

風和日麗娟韶光暖處春濃識異香仙露若爲調粉白彩雲端合想衣裳杏桃避面先藏拙蜂蝶傾心敢逞狂圃蕙清芬同供養爲

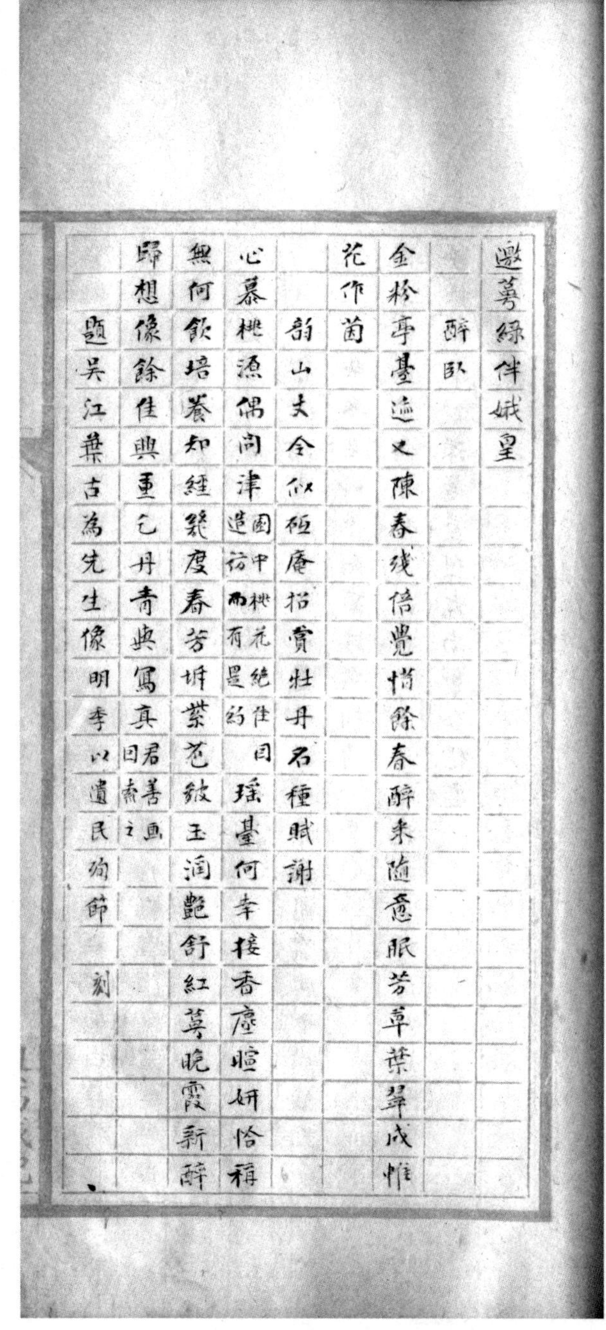

邀萼綠伴娥皇

醉臥

金粉亭臺迹又陳，春殘倍覺惜餘春。醉來隨意眠芳草，葉翠成帷花作茵。

韵山丈全似碩庵指賞牡丹名種賦謝

心慕桃源偶問津（園中桃花絕佳因造訪而有是約），瑶臺何幸接香塵。暄妍恰稱無何飲，培養知經幾度春。芳妍紫苞皺玉潤，艷舒紅萼晚霞新。醉歸想像餘佳興，重乞丹青與寫真（君善画因索之）。

題吳江葉古為先生像 明季以遺民殉節 刻

食毛便合報君恩，誓援龍髯叩九閽。殉國何須丹轂貴，捐軀始覺布衣尊。易名在昔遺泯晦，畫像而今浩氣存。釣雪灘寒波不起，同時空有未招寃。

題梁溪金氏烈孝傳後

金氏僑居金陵，壬寅夏杪避吳未離，遇盜采石，姑婦兒孫十七人並以水死，事詳侯楨傳。

海寓方清晏，豺牙礪而氏。避坑偏落塹，抱玉肯投泥。九死悲風鶴，全家殉澤觀。流芳薰烈孝，南董合標題。

紅藥

相贈無端感歲華小紅艷色妬朝霞濃春幾度曹騰醉夢尾匆匆賸此花

勸酒雜言 刻

四月廿三日丙晨夢餘得之生平於夢中得句猥多此詩雖成於覺後實初無欲構之心而忽焉自來也

朝進酒暮進酒萬事不如閒袖手冉冉老至可奈何只有杜康堪尚友合歡用作媒掃愁爾惟帚乃既能沃心我豈悼濡首詩家豈有麒麟閣史筆任他牛馬走醉鄉日月特地長世態浮雲果何有塊頹不禁消肉糟轉耐久儘放百分空焉用三不朽君不見韋仁

蹠暴同一邱清聖濁賢真適口逐金烏幻蒼狗少壯㡬時忽衰醜

百年中有千萬春黃耇應須酌大斗

花了 五月二日夢綠仲、

浪隨蜂蝶逐香塵滴粉調脂著手春看到綠肥紅瘦日始知萬片

摠愁人

觀物

蠹蝕木漸萎木槁蠹亦死口戕還自戕亂沒不知止

詠洋繡毬

麗娟蹴踘倚新妝移得繁英近曲廊迎夏媵春霑雨露淡紅淺碧想

衣裳凡範漫門皚皚白（常種白色）只靜賞鬆閒漠漠香脂粉罷施偏絶
代數枝留取殿羣芳

得閒

冷醉閒游兩鬢華謝天借與好煙霞山空儘有求聲鳥春去還逢
得意花奇石誰能當我拜惡詩未敢向人誇遲遲佳日愁壺擲禅
榻風輕獨品茶

雨後

涑雨盆傾發漲江採苓何處艤蘭艭眼明小草皆良藥心逸愁城
即樂邦衣出人工終有縫曲成天籟本無腔詩魔書癖時相鬪始

覺閒情未易降

戲續酒仙歌　老杜飲中八仙歌唐書作酒八仙如以竹林之數例之明謂七賢一不肯也亦宜

少谿皤腹何便二頭破額裂氣倍前昨宵醉倒今依然羲人人在羲皇前引滿不問聖與賢海上捉月歸何年南香多病將華顛散愁賴有壺中天伯酣[倫]荷鍤堪隨肩預成秘器供酣眠寄蘭大戶憑尊奉以一眠八斛攻堅伯治酷似宅相傳秋深泥飲東籬邊自誇吾是花中仙大阮更有蘿汀賢青綾不及黃嬌[妍]谷口燕[息]真洞天覺如夔酒不夔[禪]来汁即佛何逃焉海顛三壽殊醺然噫嗟凡骨無由

仙階甓却有詩千篇

題桐花館詩卷

彫筆錯來儘求工，七寶莊嚴絢畧同。金碧樓臺彈指現，光明海印妙空二。相馬如何比画梅，前人心悟自天開。神奇合在驪黃外，領取生香活色来。

讀漢高帝紀

欲（巧）把分羹聽乃翁，鴻溝舊約泯西東。軹蛇早定興王兆，京猗難忘壯士功。楚舞無心格四皓，魯城有淚泣重瞳。繡衣故里歌慷慨，已

在英雄末路中

自題綴草圖後

無盦刻畫荷光榮數較蓬山學士贏珍重囊中背頼脱一言九鼎執毛生自仲皋太守至望之孝廉題詩詞者十九人

喜從篇翰見鬚眉衰晚交親畧在兹底事墨痕金比重就中只欠阿連詩頻年促迫羲人著句竟成靈願

倚杖

雀梅條翦未全枯蹇步攜持共老夫首重趾輕顛仆易却愁杖轉要人扶

讀杜詩

梟夔蹶躃因風塵，蹉屈難求尺寸伸。萬歲千秋成底事，獨令後人為傷神。

心重語長不自持，脫羈天馬向空馳。若無魯直一隻眼，誰處夔州以後詩。

廟園觀荷

東苑池亭位置新，彩虹橋下水粼粼。聊憑殘醉消長日，每見名花憶故人。翠蓋含風香自遠，紅衣著雨淨無塵。世間不少清涼境，難得行唫自在身。

二三集雜詩從

閒窗

晴窗午過尺垂簾，就飲難辭宿病添。古帖寶書娱獨坐，自憩清祿太傷廉。宋希趙希鵠有洞天清祿集，今訛為清錄。

杜詩韓筆認家風，一悟餘教萬派通。莫張求奇須避熟，前賢語妙戒雷同。

暑退

雨氣香秋暑漸除，疎花幽草伴閒居。水村履畝兒曹事，送老時披架上書。

偶成

花因遲放春難老月不長圓夜自明解使閒愁盡消釋誰言花月
本無情

炳也表丈挽詩

長篋捧袂幸盤桓（七月廿日於仲才処暘叔竟日）梁壞峯頽孰控搏晤淺翻添今
昔識生前早當古賢看望雲盼斷雲司冷愛日嗟承日晷歡莫訴
三珠先弱一瀧阡表待二碑刊
昔年乘興共登山自北徂西竟日還（憶同从思恭師游時事）我愧在三惟老
學君欣望七尚童顏　芝封行陟槐卿列檀施頻同梓里間粲社
更期光志乘傳標者碩不容刪

桐琛園

秋半逢佳日名園偶一來蟬吟巖樹隱鶩戲沼萍開叢桂堪留戀伊人屢溯洄重門當晝掩閒卻好樓臺

瓊樓雙鳳圖爲竹岩二子題

人皆羨予望聰明(向)穎慧業匆匆赴玉京畢竟人間遜天上憐才休更盼重生

九日登山

林壑秋將老晴明屐眺初瘦節愁烏道獨樹識僧廬山壠登新穀村沽摘野蔬憑高多感歎茗芋意何如

有感

花開葉墜總無因，涉世何須太認真。宦海飄流橘易折，名韁牽掣馬難馴。塵侵闌檻風為帚，醉臥郊原草是茵。注目寒山青未了，雕蟲得失豈關身。

壽玉汝五十

意氣猶餘銳，嶔崎半百人。清修老居士，佳日小陽春。承啓俱無忝，矜狂自有真。吾憨十年長，贏得鬢如銀。齋廚絕雞鶩，杞菊欵親用。濾志空塵味，慈心即壽徵。瑾瑜良玉韞，炳燭夜光騰。道與年彌進，同參最上乘。

對菊

禁霜裹露貴培滋野徑籬邊足自怡瑣碎何須求貴種蕭疎總覺出天姿偶留山月傳清影絕勝屏風畫折枝冷淡幸逢知己賞甘將傲骨寄人籬

行山

山中雨過潤輕陰秋盡秋光尚可尋碧嶂重遮黃葉秀丹林遙映白雲深泳游魚樂偷閒日縹緲鴻飛獨往心欲名栖邱且嘗竊願將持佳霉贈知音

茶銚

澗水松風靜聽餘，汪泉瀹茗候孫二。一甌酥觧相如渴，夏揚商彝
却不如

晚菊

秋容絢采爛盈庭，綺麗餘波老更成。自是傲霜風骨在，那須聲價借淵明。

讀亭林詩集　刻

世（時）運滄桑後，家緣逆旅中。襟期同杜老，心跡似陶公。經國（世）腸空熱，
藏身道固窮。高歌出金石，未墜古人風。

遺裒

亡知五斗爾身事，橛豎何堪與作緣。喜得盈樽醇酒在，且開白眼望青天。

病魔力爲築愁城（日有痔患），難禁紅藤遶遶行。翠竹黄花孤榻畔，短吟淺酌有餘情。

詠古二律

蘇武齧雪

節旄禿屑散邊風，延喘冰天土窰中。百味珍奇終遜淡，六花含咀未全空。羶腥肉食非吾願，精白臣心與爾同。酷冷割腸還徹骨，耐寒忍餓是英雄。

王祥卧冰

捏蛇騎虎總袁逢判得沈涸慰倚閭不覺嚴冬霄有粟但愁慈母食無魚腹堅泮若青春後睡穩甘栝白醉餘試至直能教金石裂袈曹深薄較何如

夜吟 刻

空庭自行邁孤影共婆娑上岺留雲久林跡見月多醉吟無芥蒂夢寐亦岩阿殘菊餘佳色當如歲晚何

戲詠銅方 改十六歲作

腹裏空無有形標嚴直方如何覺銅臭反使壓書香

人外

人外長間止蕭然退院僧風雲天際想竹柏歲寒朋草歌茆三徑峯逕聳一稜迷陽應裹足歌鳳我猶能

古帖

分隸推唐漢貞珉尚僅存奇應共厥貫石豈不能言完璧琮書庫零璣倚酒樽趙歐如可作墨妙與重論

題秘耘摹石鼓文二絕

岐陽行狩萬邦趍銘勒瑯琊陋霸圖鳳篆龍章遺碣在愧無椽筆繼韓歐蘇

二十五舉法吾卬蝸體還從少藍求重與匡廬剛面目恍游璧水靚共球

冷賞

年光不覺又殘冬猶未成稜振朔風釀雪山容含淡墨報春梅意漏疏紅冥鴻寥廓翔雲外遠樹蕭森認畫中信步獨游還獨息短笻送屬野僧同

言懷

幸無剝啄到門前燕坐清齋意洒然樹下花開吾兮足一甌白酒一青編

遣悶

愁來食蘗覺辛酸，帶索行歌强自寬。歲盡忙如爲旅客，年衰憂不
僅飢寒。林扉冷穿風滾檻，燈火朧明夜漸闌。山際不將淺切嘗薇佰，
更誰能暫解兩眉攢。

夢詠杏花

若教閑倚曲闌干，日炙風吹恨也判。入夢已愁香面損，冶容欲遇
小紅難。一枝牆外長凝望，二月林間尚薄寒。過眼芳菲易拋擲，柳
絲梅片感無端。

哭汝梅姊父

委蛇庸非福歸休世網除貧無一錢病有九年餘藥餌未難繼針砭術太疏竹林零凋落盡懷舊愴何如

畫記元瑜擅才名鏡水香紅蓮頻入幕黃綾未持渠游寓欣傳食幽居困絕糧消流濡涸轍摧謝幾慙惶

哭姪女錦芝五絕句

有姪五人汝最賢昔時阿姊恰隨肩少幼女一歲殘冬追觸傷心事黃壤同歸隔十年

嘉耦翻成怨耦仇自傷命薄此生休早知伉儷緣如是悔不空閨到白頭

生來嬌穉恃親憐，不分乳餅易積愆。受侮既多生趣少，頓離苦海赴重泉。

屈指施衿僅七旬，悠悠長夜付羅巾。泥塗埋沒還摧碎，何事輕抛掌上珍。

萍隨潮落竟長違，欲賦招魂淚兩揮。營奠營齋空擾擾，百身何處贖君微。

除夕

蕭然風雨送年華，歲盡匆匆日易斜。酒債書逋償未了，又從山圃賦梅花。

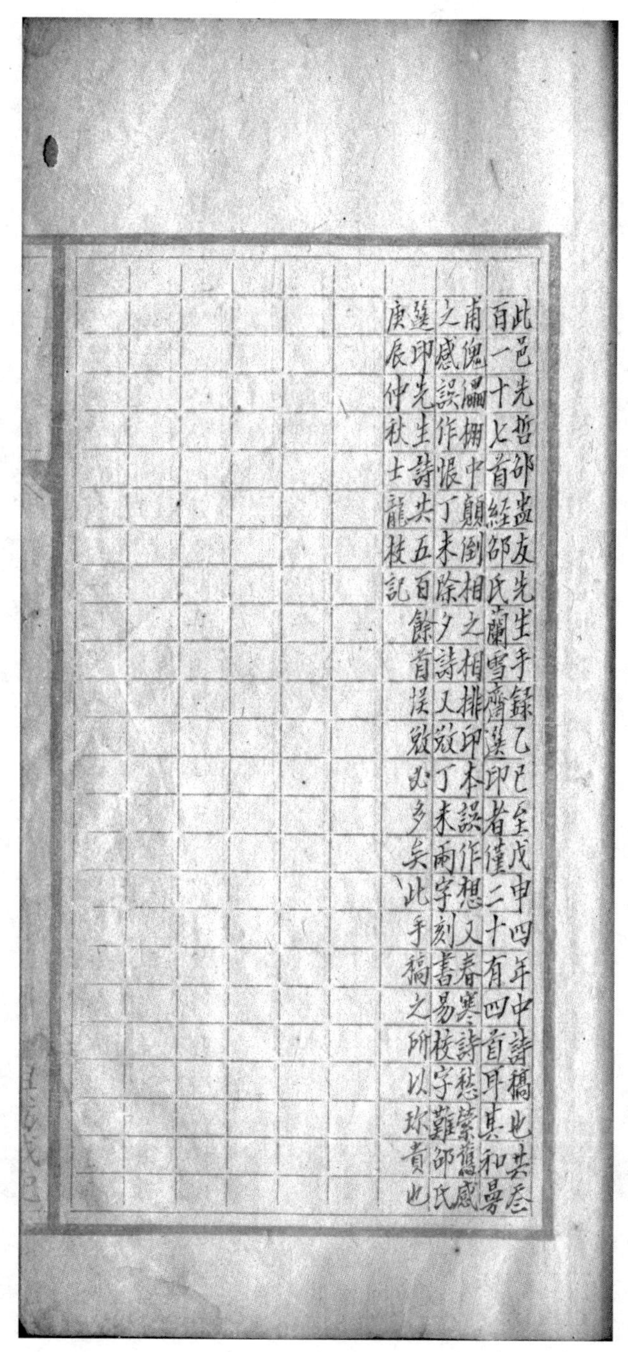

此邑先哲邵盅友先生手録乙巳至戊申四年中詩稿也共叁百一十七首經邵氏蘭雪齋選印者僅二十有四首耳其和曇甫傀儡棚中顛倒相之相排印本誤作想又春寒詩愁縈舊感之感誤作恨丁未除夕詩又敓丁未兩字刻書易校字難邵氏選印先生詩共五百餘首誤敓必多矣此手稿之所以珍貴也

庚辰仲秋士龍校記

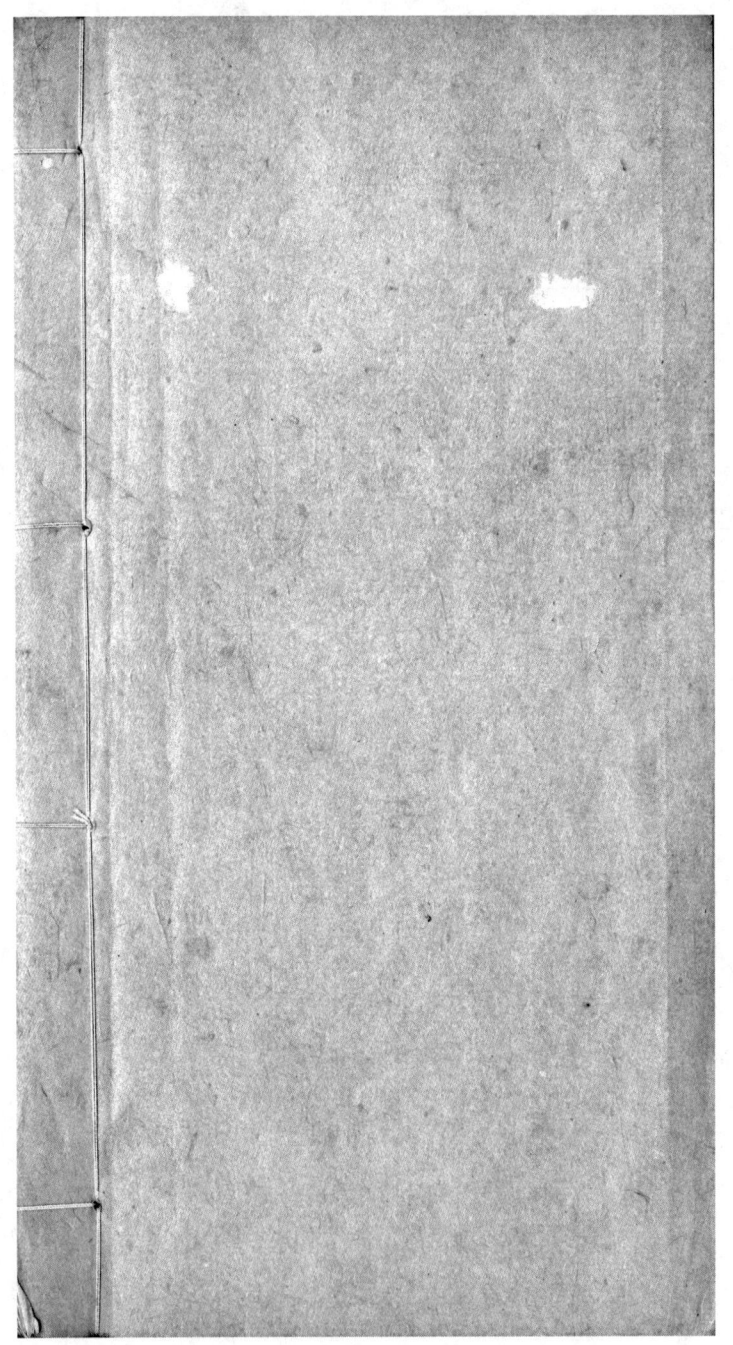

香南居士集

崇恩撰。一册。

崇恩（一八〇三—一八七〇），覺羅氏，字仰之，號語鈴，一作禹舲、語舲、雨舲，别號香南居士、唯然居士、筏喻道人、語鈴道人、敔翁。祖籍長白。滿洲正紅旗人。崇恩一生爲官，官山左最久。道光十七年（一八三七）至二十二年，由山東知府歷官江蘇按察使、江蘇布政使，二十三年任山東巡撫，二十八年調任駐藏大臣。咸豐三年（一八五三）以三等侍衛奉使哈密。咸豐四年至九年，再次出任山東巡撫。同治初，任阿克蘇辦事大臣。崇恩生於詩歌之家，其父舒敏，字叔夜，號時亭，有《適齋居士集》；其弟崇禧、崇封均能詩；其妻鈕祜禄氏亦能詩。崇恩少年聰穎，讀書强記。工書擅畫，富收藏，精鑒賞。收藏歷代書畫、古籍碑帖極富，鑒藏印有「雨舲藏書」「玉牒崇恩」「繡漪精舍」「崇恩之印」等。室名有「香南精舍」「壺青閣」「吾亦愛吾盧」「七佛同龕之室」等。著作有《香南精舍金石契》二卷、《金石玉銘》二十卷、《枕琴軒詩草》一卷、《崇雨舲中丞詩稿守岱集》一卷、《崇恩手札》等。

此本書衣題款云「雨舲道人詩草，咸豐元年正月廿八日記」，當寫於崇恩四十八歲之時。正文題名「香南居士集」，署「長白覺羅崇恩仰之氏藁」，或「長白覺羅崇恩語鈴氏著」。《盆中蠟梅盛開賦詩賞之》詩名下鈐白文方印「紅豆青棠之館」。《香南居士集》原本二十三卷，包括《聽雨集》等十八種，收録崇恩二十三歲後所作詩。此抄本收詩五十九首，其中《歸閑集》四十六首，《拾得集》十三首，爲崇恩四十八歲至五十歲所作詩。《歸閑集》雖無題名，按其詩作，當爲此集無疑。

此本爲其初期草創之本，詩中字句多有增删勾畫涂抹之處，可見作詩時遣詞造句之痕跡。其《歸閑集》《拾得集》前有小序，内容與後出刻本皆不同，部分詩歌亦有小序或説明，爲刻本所未見，可補崇恩生平事跡。詩歌題名亦有與刻本不同者。如《題伊光禄湄深宵憶夢圖》，刻本改作《深宵憶夢圖爲伊光禄湄題》；《由暢春園西步至青龍橋循堤》，刻本改作《飯後步至青龍橋暮歸有述》；《憶幼子阿槃》，刻本改作《憶幼子磐年》。此本亦存刻本未收之詩歌，如《述病示諸寮友》《夏日郊居絶句》十三首中之三首等。

（顔彦）

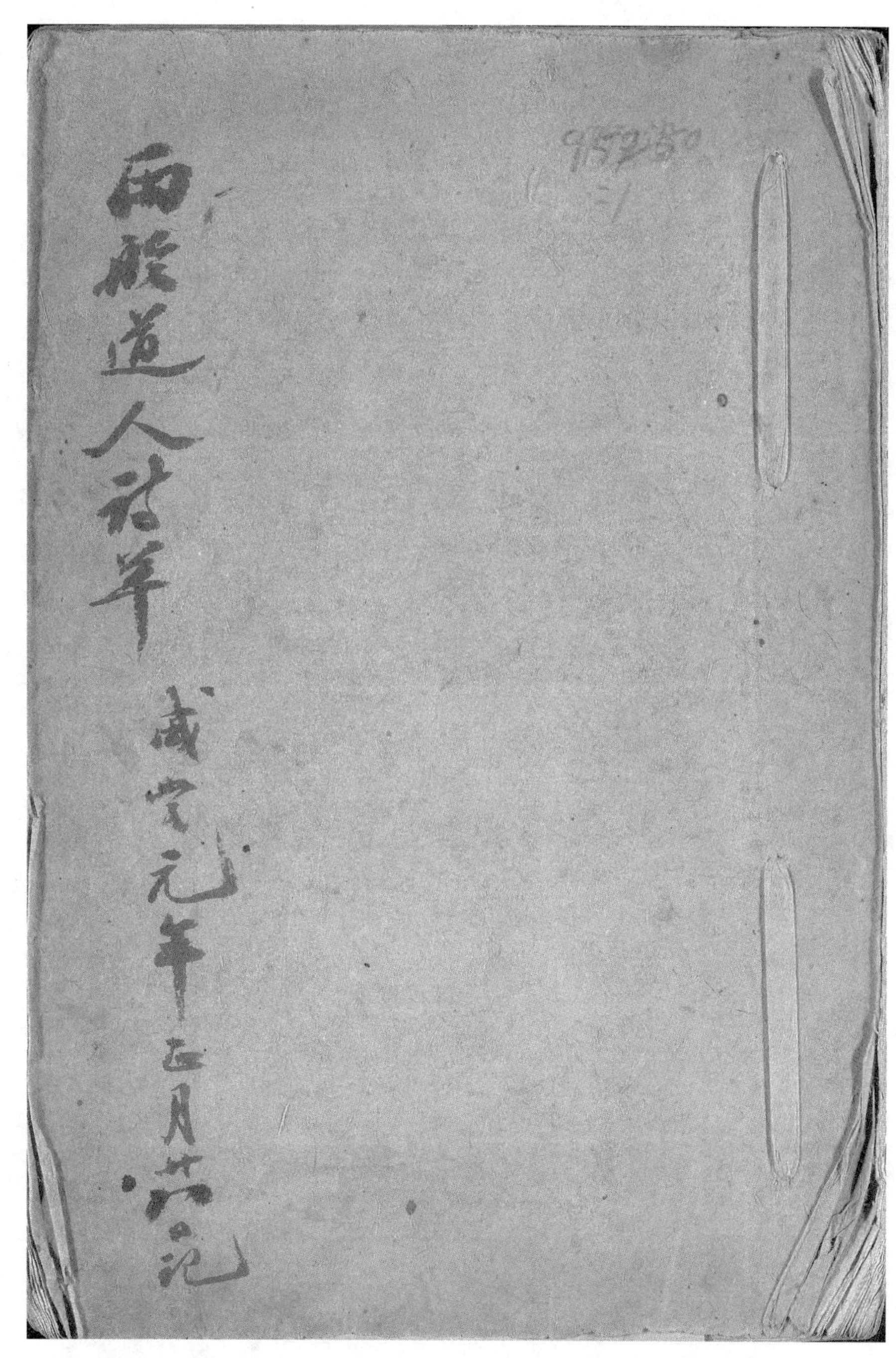

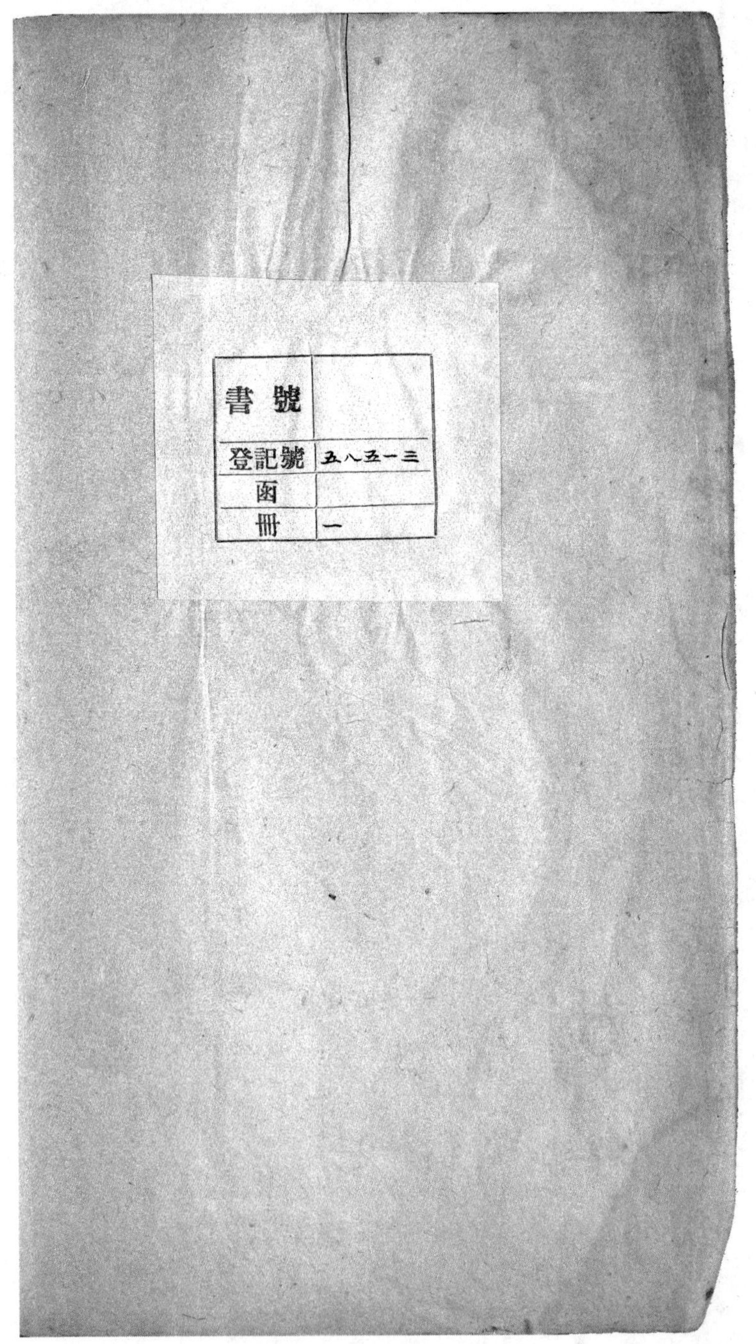
書號
登記號 五八五一三
函
冊 一

香南居士集

長白覺羅崇恩仰之氏纂

小字南士跡究轉別通都修竹翠

正月廿六日夢中作醒後僅記前五句枕上足成之

樹綠徑雜花底繞門風鈴時自語

鼓忘言

〇盆中蠟梅盛開賦詩賞之

梅不頌得勝花中香寂寞春心誰共數真味少

人知蝶羽詩篇蘸殺蜂痕混蜜脾舊遊猶在眼

生平記寄枝 余曩嘗遊寺白下靈谷寺此花皆盛

〇水仙次前韻

名仙真不愧瑤冰稱咸春綽約先春見玲瓏以月兄

名清梓骨枝香冷沁脾借將都好擬梅兄一枝

唐花 二首

曲溪芸封護[?]疏，煖深火候驗徐徐。熏香巧試偷春格，奪艷新翻種樹書。富貴逼人徵覺早，菁華竭處要留餘。任教顛倒爭（無）先後世

四番風信自如[?]

喚春請會費盈金，芳信何須踏雪尋。醒醒只拿笑顏快

栽培仍較密林深

寄語流光莫相促，大都芳意久[?]把人心

閑居雜興

行年將五十倏忽歷三紀

○喜慧安上人見訪

早春開藥圃未盡措柴門深院靜于寺長街荒似邨

犬驚生客至僧喜故人存索讀新詩罷楸枰笑語溫

○春陰

雨帶三分雪，春連十日陰。李秋殊屢念，花事亦關心。漏日晴難穩，峭風寒不禁。敝裘無計脫，袖手獨成吟。

無針痛也刺再痛灸不諧針不足更加薰何年盡方二[illegible]

根[illegible]誰計潛膏肓平生制慮力已此精鍊徨眼前[illegible]

三[illegible]葉汗出思如戟乃以[illegible]戰勝趣近日清涼[illegible][illegible]

前車

[illegible][illegible]此[illegible][illegible]素一病[illegible]岩[illegible][illegible][illegible][illegible]

由九年

雅好弄翰陰峨特壯軒風霜

○和瑞生泉子情代柬次韻

幾箭幽蘭半吐時，輕陰激雪勒春遲。留君不住留卿坐，獨對青燈夜賞棋。

無能安分我隨時，詠向春風討早遲。暇日一尊消遣興，松陰閑處賽年棊。

○雨夜瑞生留宿散齋賦詩又示次韻和之

雨洗春閒靄，燈昏夜突摧。偶成真奇遇，苦惱少年時。

正方知病間來未嚴討，杜陵衣鉢在五字青伯卿

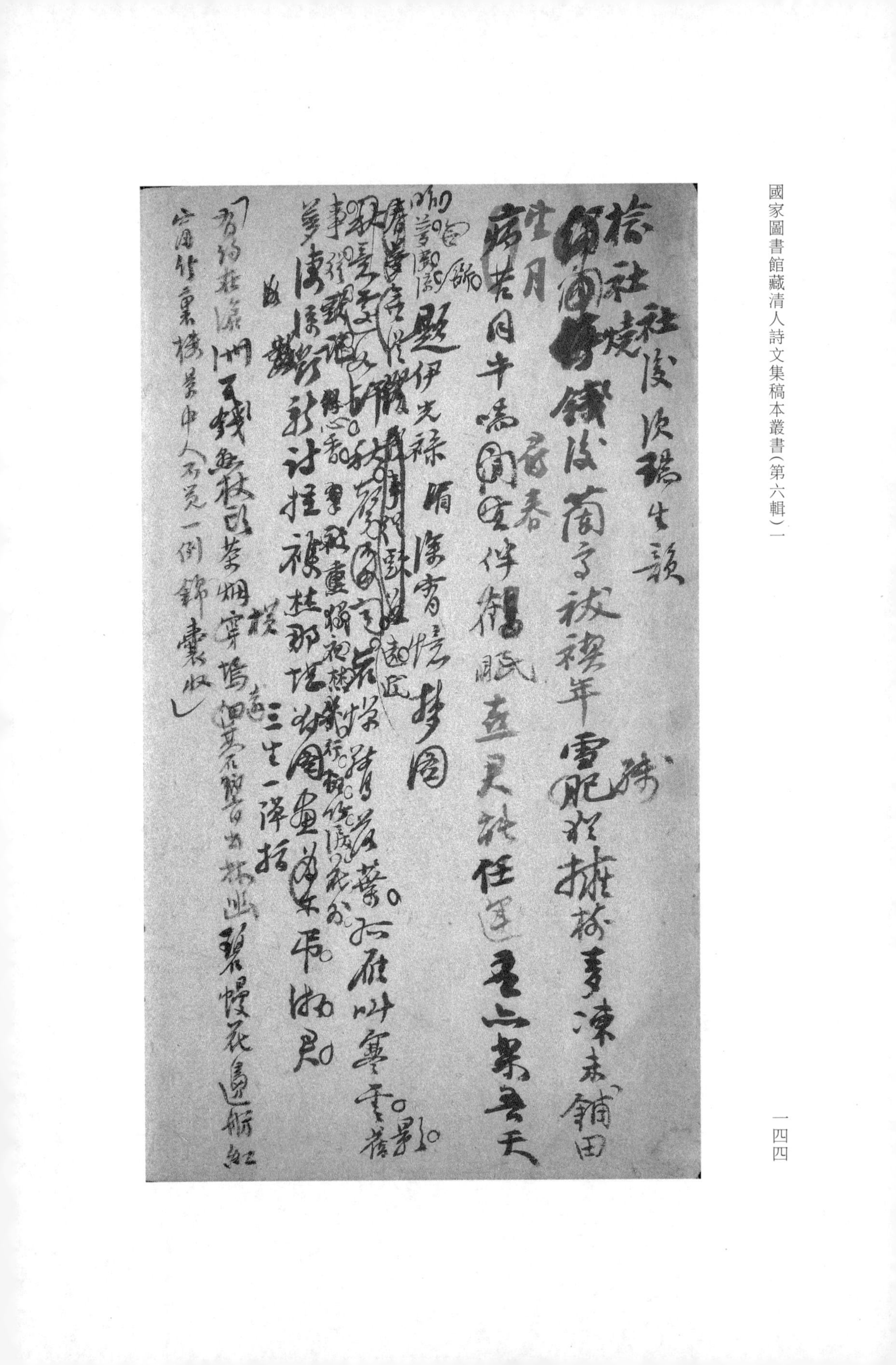

初夏郊居雜興 時寓海淀暢春園舍外即丹稜沜也門栽五柳臨湖帶溪頗擅幽勝

古寺暢春清無五柳前開門常遶溪地偏幽偏謂是通漢

市人家隔水田是陽間傳枝林密信茶然

寺在海淀暢春丹稜沜門栽五柳

開帶溪收極幽勝

疊嶂籠山色岩栖盡盈初涓畫埃愧無補田舍敢求佃漁小菜

斜雲青山盡不收眼前資受用身外任乘除

蒼煙霞嶂境言寂寞鄉湖山只契闊奠馬是猶轉停高臥松

簷靜開門柳陌長風光多借助底用買花莊

風拂幽栖老向分日應裁錦繡紅楷蒔綠女白菩磯白亭裁風慢

青蒲雨雨衣，憐我忘我笑我貧[illegible]

一簇蘂尾洒倒及牡丹時，狂擅情華貴明艷富貴，遙雲神拈

即是艷福享須知，不比忘形久。鐘鼎花香書詩。文乳借寫宰園貴牡丹

野色開平找湖走池，一亭紫虹涵壽，獨白馬猜空，青波漾漾

涵山圖畫，屏榻無塵，遠行葉過前河

華堂接屋寫芒鞋，寄自吳稚他節外，度伴我老詩瓢傢俱千杖

冥縱樹井里逢，時明專一壑，瞑逐小雲還

有錢在時洲，閑錢挂杖頭，茶煙橫塢，遠茶風出林，幽琴慢花邊

船紅窗外棄樓，是中人，不要一例錦囊收

陵陵山横枕深深水浸廊近湖鄰菜美日雨蕨芽肥長静處令下

花塢待鄉佛情詩偶然日未擬比陶常

銀鶴松畦外

覓草蘭汀北聽鸝柳眼南何須携斗酒樂[illegible]自覺雙柑

橋相野亂借兒柑春風

笛韻春短野航人來三兩東[illegible]共語[illegible]耳勝清談

衰病借將老癡狂剩日禪神全如太古境寂亦深山佛亦安[illegible]

懶僧人推薊窗間此趣今已矣長此守禾篷

淀西漁隱消夏襍詩十首

先世有別業在香山南麓，樹擅林木明瑟之勝，所謂清華[illegible]

將[illegible]是也。荒廢已久，莫可究詰。近[illegible]館[illegible]劉氏業。

[illegible]十餘楹，小樓[illegible]有修楼，喜其爽潔，榜之曰淀西漁

隱。偶[illegible]人生行樂[illegible]但[illegible]

以娛我性情耳目者，何莫非[illegible]觸景得句，輒目為

襍詩云

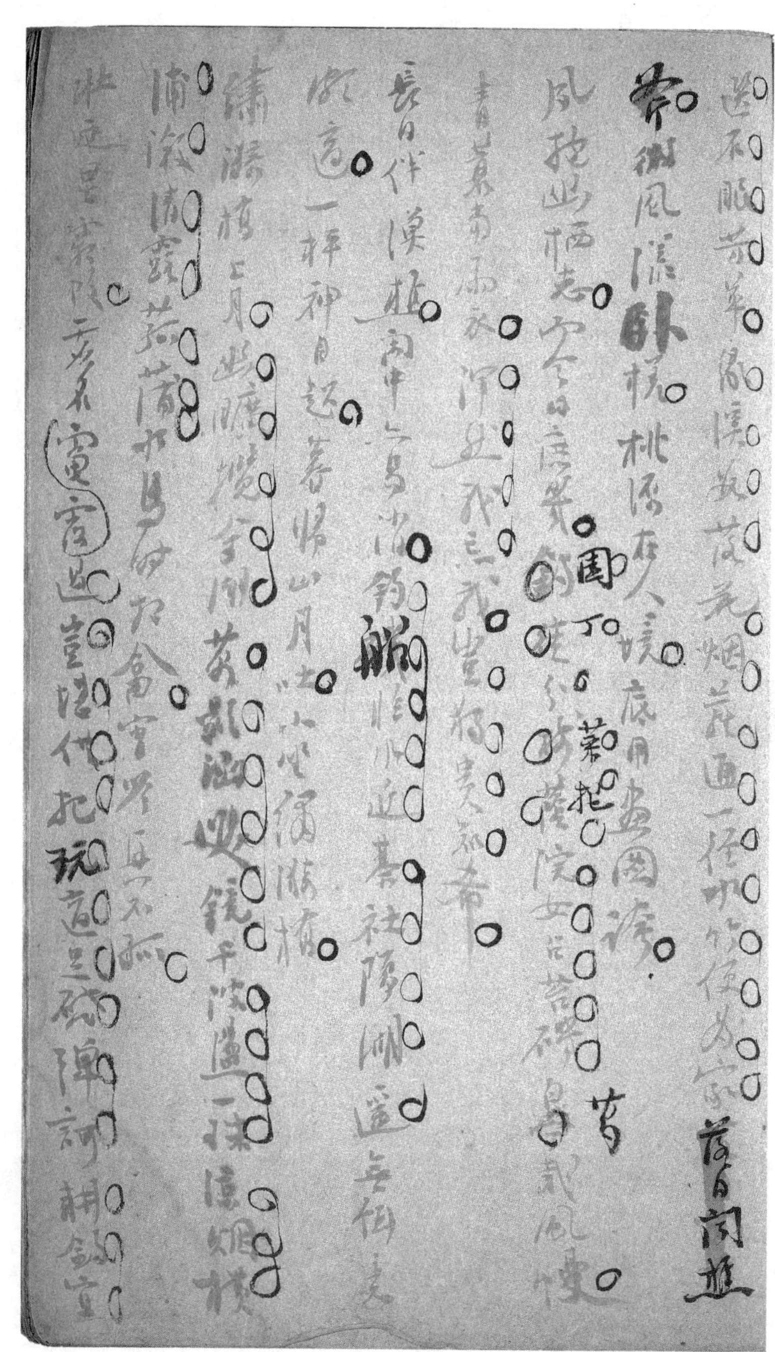

松老林泉住暮齊教人皮觀那所已了為

繞堤青柳裊，夾徑碧花紅。側笠逢微雨，披襟受好風。出留作償之

烟 松 遠壑之悠悠，荊門第遲暮自未工。

佳遊遍幽寺，靜話覓殘僧。鶴接青松了，雕盤白榆層青尾

佳節留舊雨，漫與寄興來。拈五字，萬無神。

紅塵遙隔斷，世事不相關。山寺雲圍合，溪流石道紆，虛亭

近擬 避六月。高閣川居雲物變，晚何飲無由說與君

新漲綠生鋪，河堤淨絕塵。園荷已漲蓋，芳草綠雲菌北流鴻

今押西湖鶴，六驛半生草居易作，有任天真。

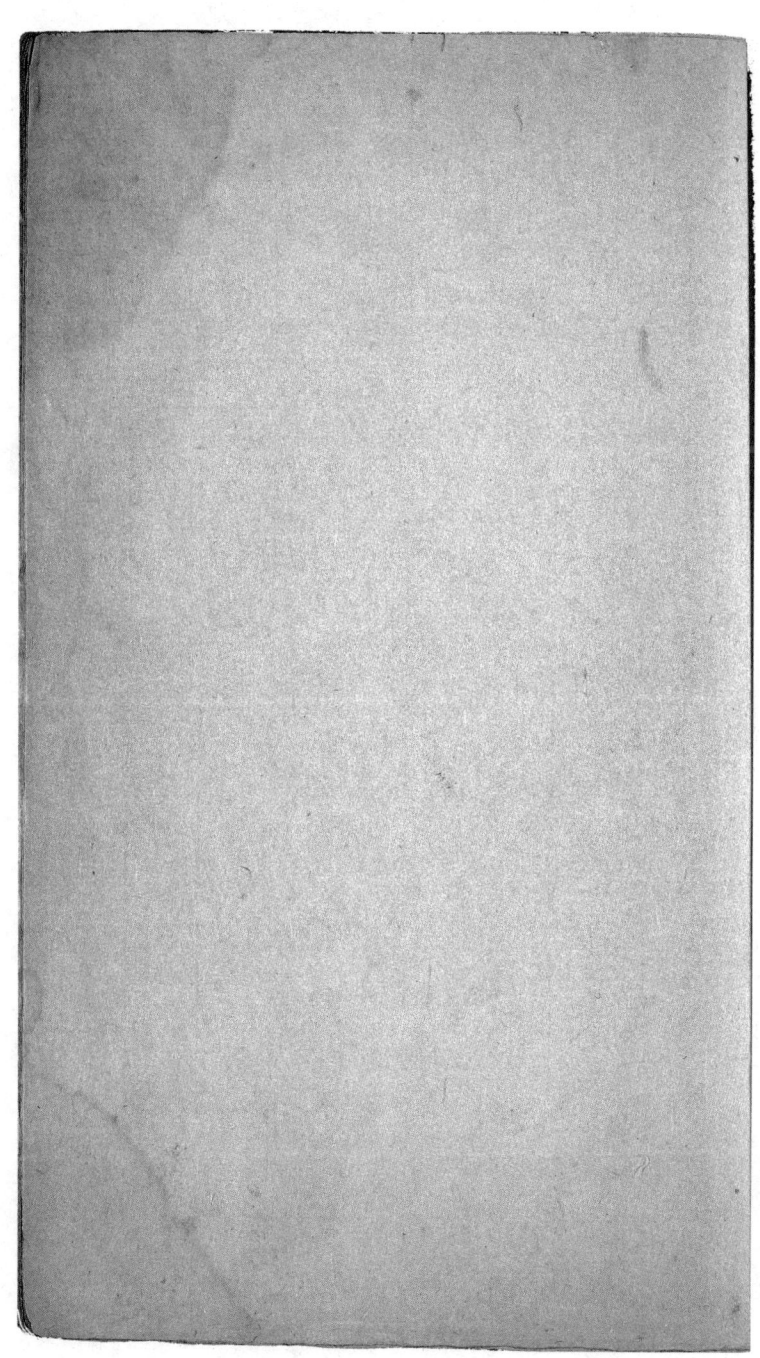

夏日郊居絕句

春行微倦憩枯槐戲看兒童浴小溪撲得紅蜻蜓一朵
笑插斜鬢當簪花

雨餘荷葉淨于拭靜鷺窺魚立似排湖面碧涵天色遠（湖分四垂玉遠煙）
樓頭紅覆夕陽佳（以樓閣對）

樓檣樓臺小接天湖光山色翠相連涼風忽送微微雨一
氣空濛化碧烟

荷香十里白鷗家溪女閒撐小艇斜北渚西疇千萬葉
雨濃忽見兩三花

前頭濤〻浪拍堤兩岸烟籠望中迷流波助我吟詩興
繞過湖西更向西
雨足青山〻外青夕陽紅處擁亭〻遥知溪荒道庵畔
定有枯僧倚杖聽
飯罷閑門不覺勞都前都後繞周遭溪邊游覽情
偏洽筆底吟懷更自豪
露荷香艷復含清雨過新涼翠〻輕葉底一枝紅菡萏 出水
華妝照眼倍分明

花逕曉日紅蘚襯竹徑杖烟翠袖寒香白指來漲來
穩日閒波鷺立前灘
借作園精藤蓋瓦小樓西畔是吾家樓邊幾樹垂
楊柳門外一池紅藕花

湖邨夜歸

隱隱漁樵送送一徑延鐘聲度山寒人語隔溪烟
小近燈光亂市深樹影園非家尚長留秋意得悍此
由暢春園西出至青龍橋循堤
御園西去路路從綠無限夏木深時聲秋猶向晚 動 重題 竹林
花遠岸橫對斜開樣家卜築 清 茅 乘 歸何無竹千里退野人家

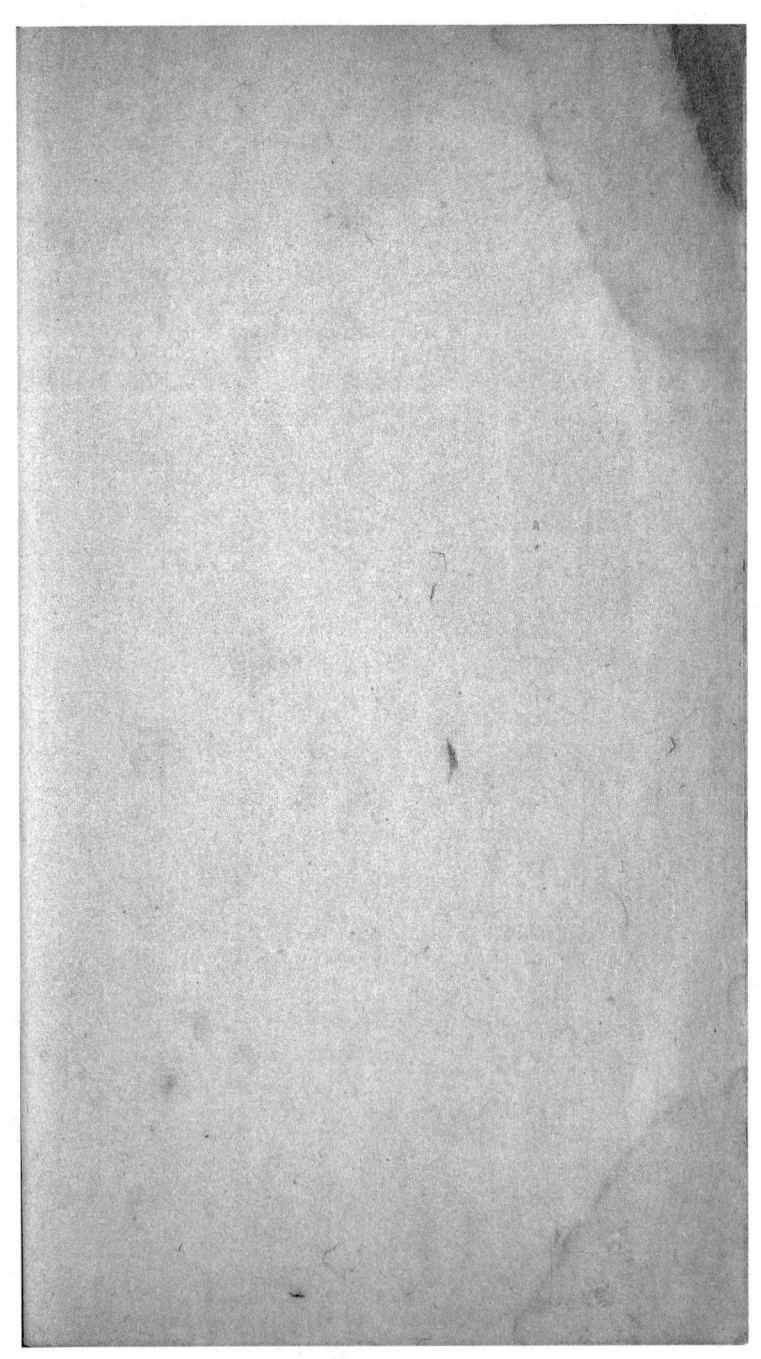

香南居士集

長白覺羅崇恩語鈴氏著

摭得集

心隱三年，漸耽靜趣，悅玩賦之情，訴徙湖山之勝，緣由性分與世相忘之義。春以四方多事，萬目時艱，憂國之心，難忘寤寐。[illegible]勞成疾，養痾一日，癸丑春暮，以病畢餘日，[illegible]持且老。

臚下矣，三月二十三日恩承聖以三年付衛，奉使留京，[illegible]不奉文。

命作尹陪京，於拜職識激恩奮力，[illegible]宮內[illegible]務，恩賞。

召見七次，[illegible]向利[illegible]而[illegible]，[illegible]花之稚[illegible]補。

于消埃居謂思人之一時，以五月十二日出門。[illegible]

十月廿九日履任八月命署理樓常熟出者

病起偶述

美竹扶花立瑣窗，睹冰氣病去初頓，雖春日已芳，旅詩老闌招

新境棋雲寞，襟園閒中偶檢得，封此作好歸

夏店送旅有懷乙未社子因次元韻

驅馬誰追歲月奔西頭陵路夢留痕廿年重踏京東路串串視

萬投月下郵將壁新題空有迹舊題已壓有津門女史題句

云共夜深深雨傍階生綠苔

春泥留屐印今日　青燈舊擢久無溫胡姬已死尾尾信模仕

更誰來濺有思玻

子蒼深淺共論

夜宿郵均有懷文大同歲芟因次乙未倡和元韻韋言

廿載重來話舊蹤唱酬誰與共相羊清詩藉寄雲緣遠

歲何舍夕月花憂　國貴人同軒濟家仔老眼尚光芒

九倩近況民凋飢敝何無補權杖陳倫政待商

儀礼甚精

剡山以東泥深轍隨從者皆病賦此示之

田塍當年使西極宦期了日月隱若將生何者眼

眾鴨一念氣平即坦途

歷城邑宰大令詠雨花洞得句有詩次韻和之

快雨層峰快晴中新亭賴使君三分盡是新妝色一致

映頭樂嵐聲扇峰遂開靈境現筆芊迭奏佩泉鳴琴

遊記有題名在古柏屋蒼眼明

黄鶴樓雅集圖為張刺史積功題

鶴去雲空在，詩傳迹表陳。無心偶拾取，脫口尚如新。膝[?]笑參

時賓客千秋論主[?]落膝攬淡高充誰

韓[?]我高名讓古人。披圖寄迥想，笑里孰能馴。笑參画

題王太守桂詩後 杉上禮仙真 為賓

貢秋殊卫十年，昨風玉椅想依然。雖然讀遍林蒼卷尾，微髮堪附驥材。

題張刺史積功題園圖

披圖似我曾遊歷，毋地東湖岸眼前。黃葉稻秋黃紅照水，千章高柳綠參天。平堤煙景昨風收小閣

莫負晴雨眠國舊來憐君莫笑過園風景賦
歸傳
秋郁

又一首次張刺史韻

竹塢松門次第開一池花氣淨和化觀魚大讀危欄三欽鶴閣徑曲徑東庭陰樹

陰陽水繞頭山色翠千甘棠到處步過陵細凌香石尺基

秋氣小窗晴誰樵樓樹園郁小遠唐宗路湖黃

深署寥蘇葉紅葉萬三株

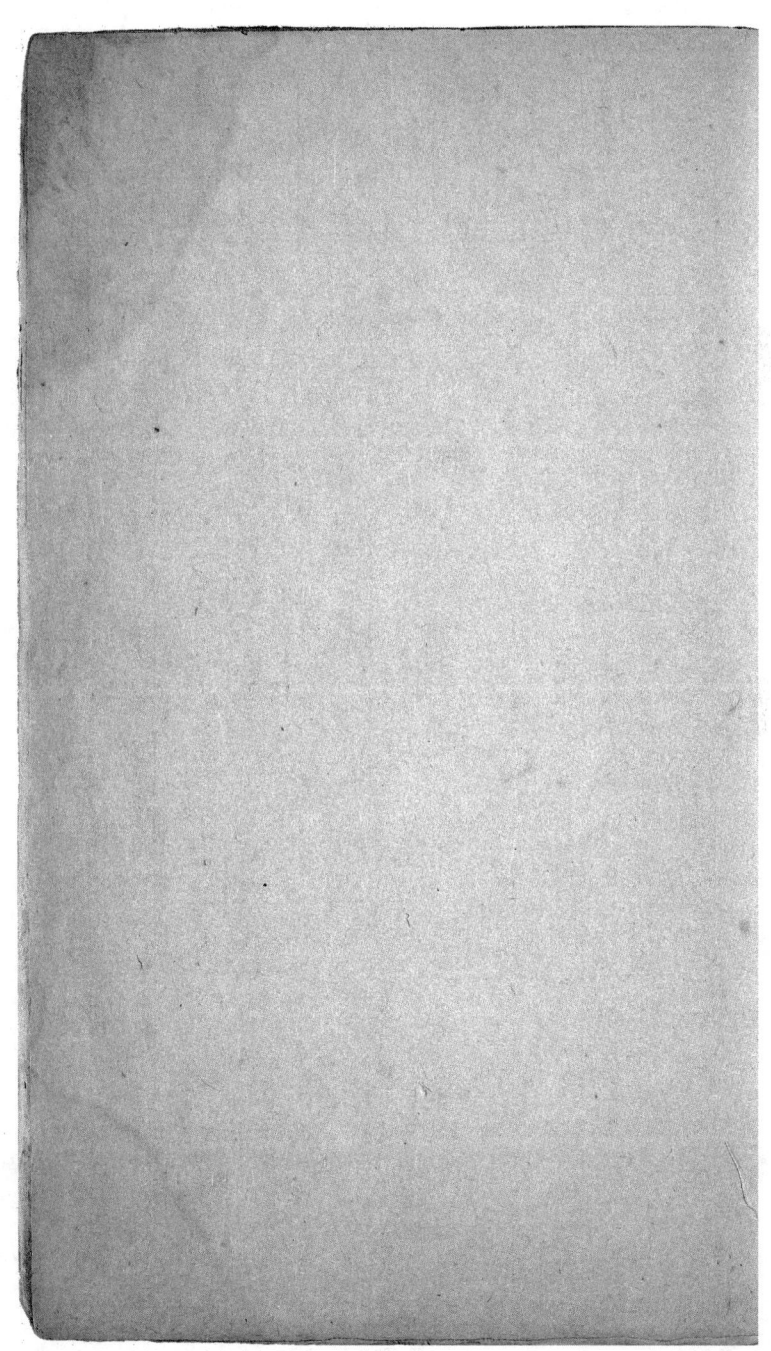

客感道中

雨後麥苗平田土潤葉青道路偏黃蕎青

門對小澗斜照遠紅梨卻貪早霜蟬寒鴉噪晚工勸墨

老驥知途耐素鞭驚月時旅默默孤情誰共語斜陽秋風古道

獨潸然

三月廿三日蒙　恩以三等付給（下略）

陶詩摘句

草木得常理

山川無改時

彭祖愛永年

誰當為汝譽

斯人樂久生

露淒暄風息

氣澈天象明

我無騰化術

立善有遺愛

良辰入奇懷

立善常所欣

縱浪大化中

日月依辰至

往燕無遺影

來雁有餘聲

誠願游崑華

萬理自森著

日醉或能忘

世短意常多

舉俗愛其名

酒能祛百慮

菊為制頹齡

歸去園田
少無適俗韻
方宅十餘畝
草屋八九間
曖曖遠
曖曖遠人村
虛室有餘閒

性本愛丘山
開荒南野際
久在樊籠裏
榆柳蔭後簷
依依墟里煙
復得返自然

羈鳥戀舊林
池魚思故淵
野外罕人事
桃李羅堂前
雞鳴桑樹顛
白日掩荊扉

窮巷寡輪鞅
虛室絕塵想
披草共來往

但道桑麻長
種豆南山下

而無車馬喧
相見無雜言

晨興理荒穢
帶月荷鋤歸
浪莽林野娛

披榛步荒墟
借問採薪者
山澗清且淺

隻雞招近局
漉我新熟酒
歸人望煙火

稚子候簷隙
開徑望三益
星稀發天目

我屋南澗下

今生愛業菊　秋菊氣玉發

山中阻虎迹

薔薇萼乙抽　芽尚有時開

思己不为津

會此三年人

姚毒贈我言

清發振鼙鼓　條風闻芳訊　後諸三所调

枌榆尚如舊

領喜宣所苦之

情通萬里外
形濶府時城
雲在青雲翼
樂與數晨夕
疑義相與析
亂情且賦夢

來曾在何年
武功萬頃濤
但其無所見
抗言談在昔
登高賦新詩
菁莪已就治

虛舟縱逸棹
春秋多佳日
奇文共欣賞
文以笑年歡附

述齋道兄先生大人 十月十日由祝太守處寄到手書，敬審福履綏和，潤澤佳善 [illegible]

[illegible] 合候万福，潭府清佳，克符頌私，莫名欣慰。如弟 [illegible]

於荏鄣署巡防，本兄無適 [illegible]

我郡 [illegible] 臨山 [illegible] 北 [illegible] 地 [illegible]

[illegible] 隨 [illegible] 之 [illegible] 無 [illegible] 阜 [illegible] 林 [illegible] 伏 [illegible] 之地 [illegible]

千餘名 [illegible]

[illegible]

[illegible]

因 [illegible]

歎 [illegible]

知己之前不 [illegible]

閣下法律 南旋約在十月上浣 伻來，命賀錫堂履之京中某[illegible]
若殊之居东不易 弟但能勝踞安地定迹 又[illegible]稱東離南人之意
契以來情意背馳，此來閣扣圓無時或忘也，今見寅老回
十金囑組為敷衍，一俟略有展布，即當清措。寅老，弟[illegible]東鈍頑蠢
大約每歲二万四十金從子壽錢若能因省垣之有存毛說也
宣之兩手，而軍營並無監許支錢，全靠司所謂全座者仍將六成扣除
每月二万餘金，除去省署之行營之用度，總力盡係力不從心之處亦祇能款奉
陳之之函請為掣肘，除半兩全氏暗操其權

硃批諭旨

瑞復　瑞咸簡

瑞芬　瑞鑑

瑞誠　瑞銓

瑞圻

瑞揆

黄廷桂玉余向　一本

高其倬第四　本

李衛第一　一本

王國棟　一本

任蘭枝　尹繼善　一本

共五本

以上五本寄文齋徐借去　同八月九日

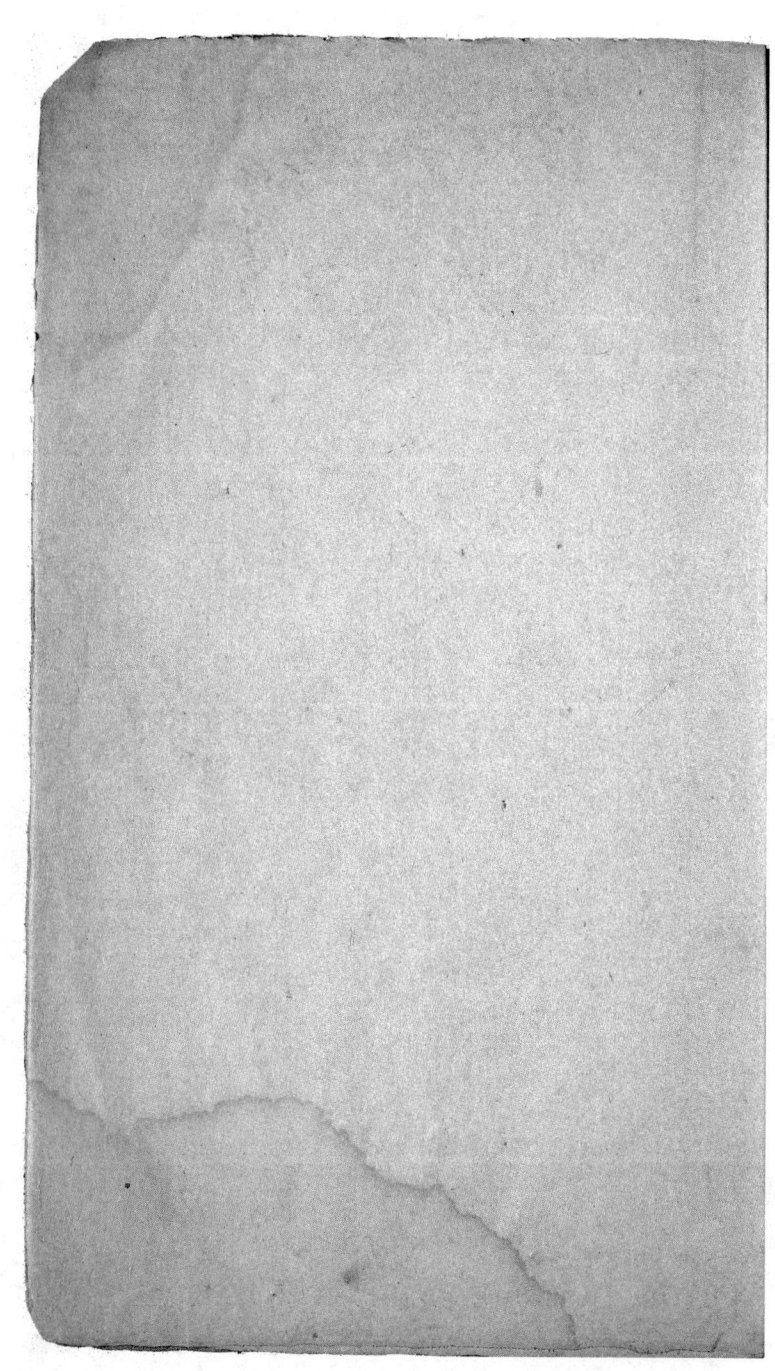

藝圃集 李蓘
宋詩會 陳焯
宋詩紀事 厲鶚

驪珠集
詩觀三集
國雅集
詩志 國朝
詩風
詩持
詩永

王仲儒
鄧孝威
周伯衍
孫豹人
徐子能
陳玄揚

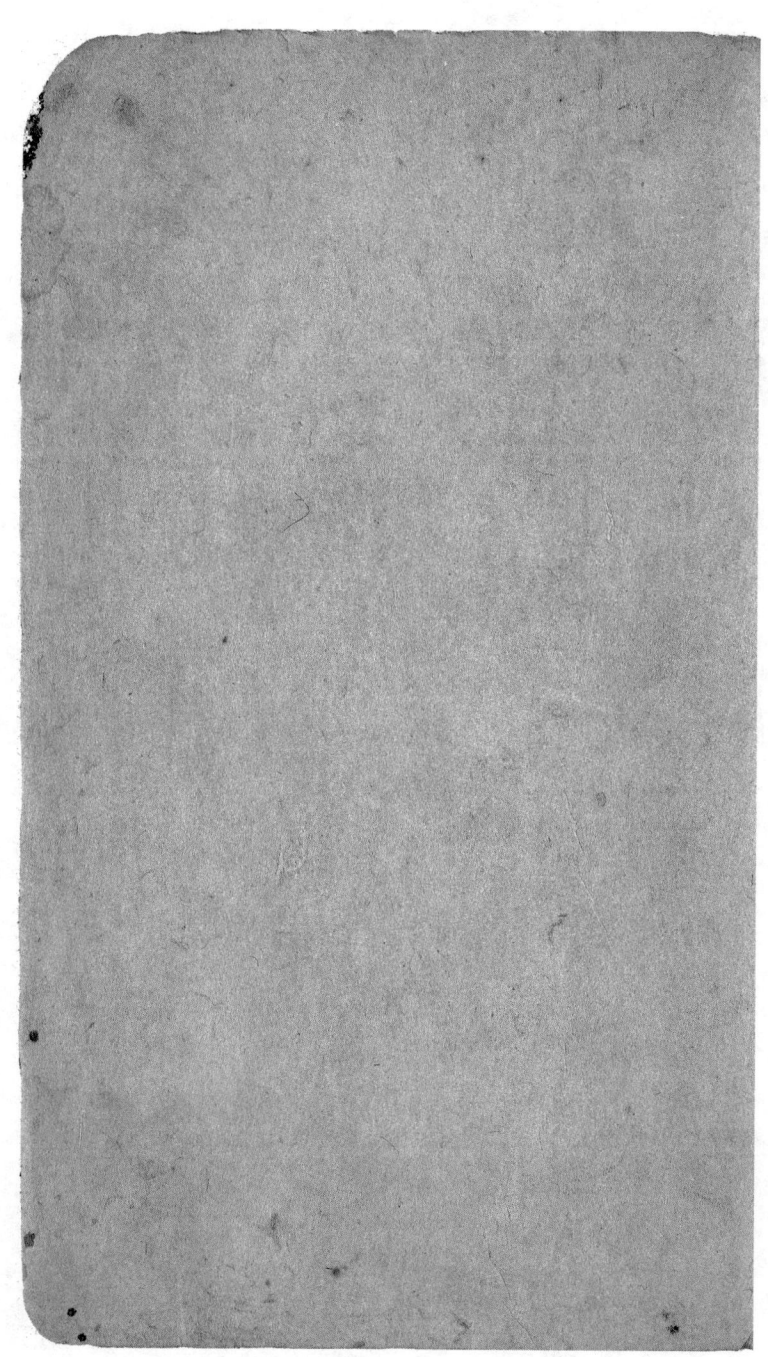

百美新詞

金居敬撰。光緒間稿本。一册。

金居敬(一八一〇—?),字簡庵,以字行。河北大興(今北京大興區)人。工詩翰。清道光二十八年(一八四八)任永嘉巡檢。

書簽題《百美風規》,卷端有光緒十年(一八八四)著者同鄉陳浚疇作《百美風規序》。《序》後爲《百美風規注凡例》、光緒十二年湯鞠榮序、光緒十年張涵哉序、金簡庵《百美新詞緣起》。

金簡庵以爲:「夫古來女子中,品超學粹,孝烈聰明以及貌美行虧者,群書所載,代不乏人,豈僅色美謂之美人。」由是,此本以古往今來歷史上乃至各類傳説、故事中有名的女子爲吟詠對象,擇其「德美才美更或事美」者,創爲詩題,各成五言律詩一首,共計百題,是爲「百美」。詩題下有美人小傳,或簡或繁,述其可歌可泣之處。包括虞姬、王嬙、卓文君、緑珠、木蘭、霍小玉、李娃等等。卷末粘貼有光緒十年湯鞠榮跋、光緒十一年王廷鼎題辭等浮簽。

此稿本初成於光緒十年,光緒十二年由湯鞠榮注并校。其校注内容多以浮簽粘貼於書頁,亦或有眉批。鈐「雩道人詩話印」。

《清人别集總目》《清人詩文集總目提要》均未收録。

(尤海燕)

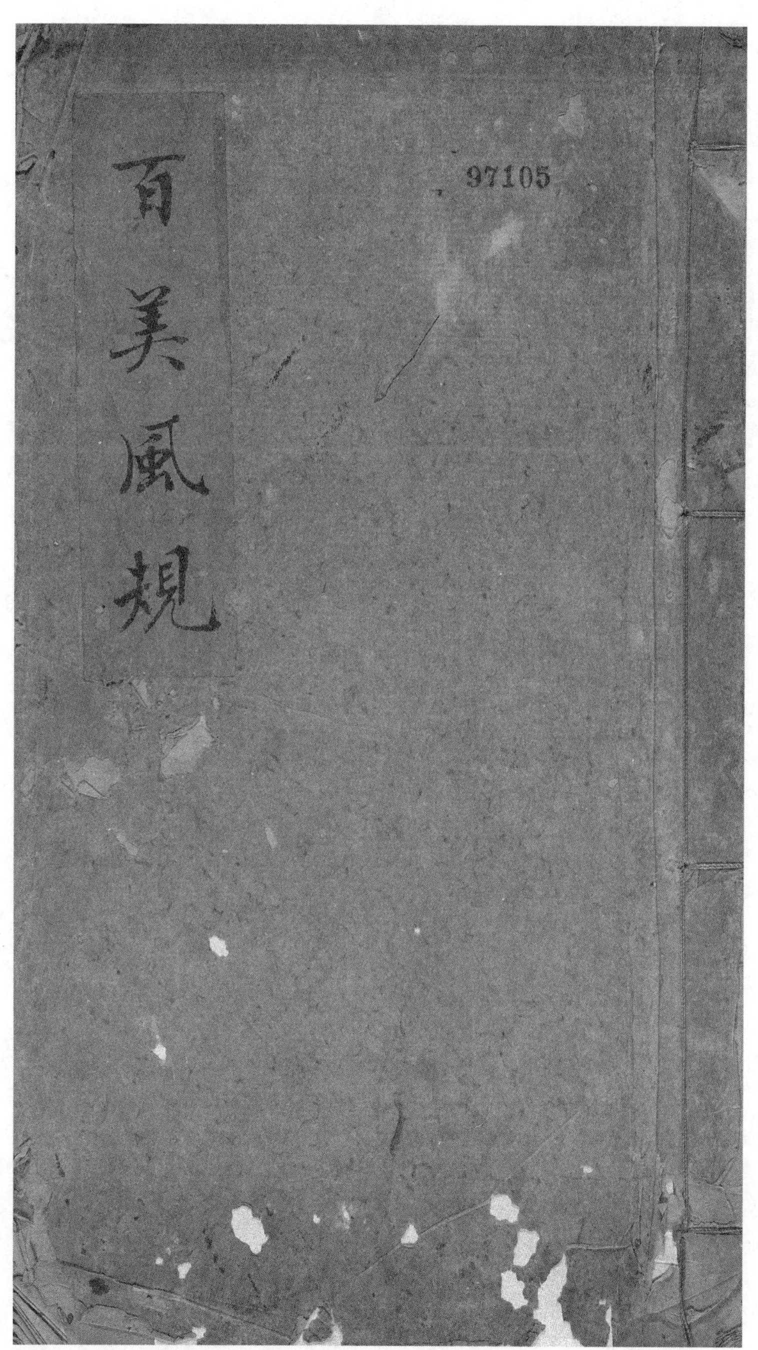
百美風規
97105

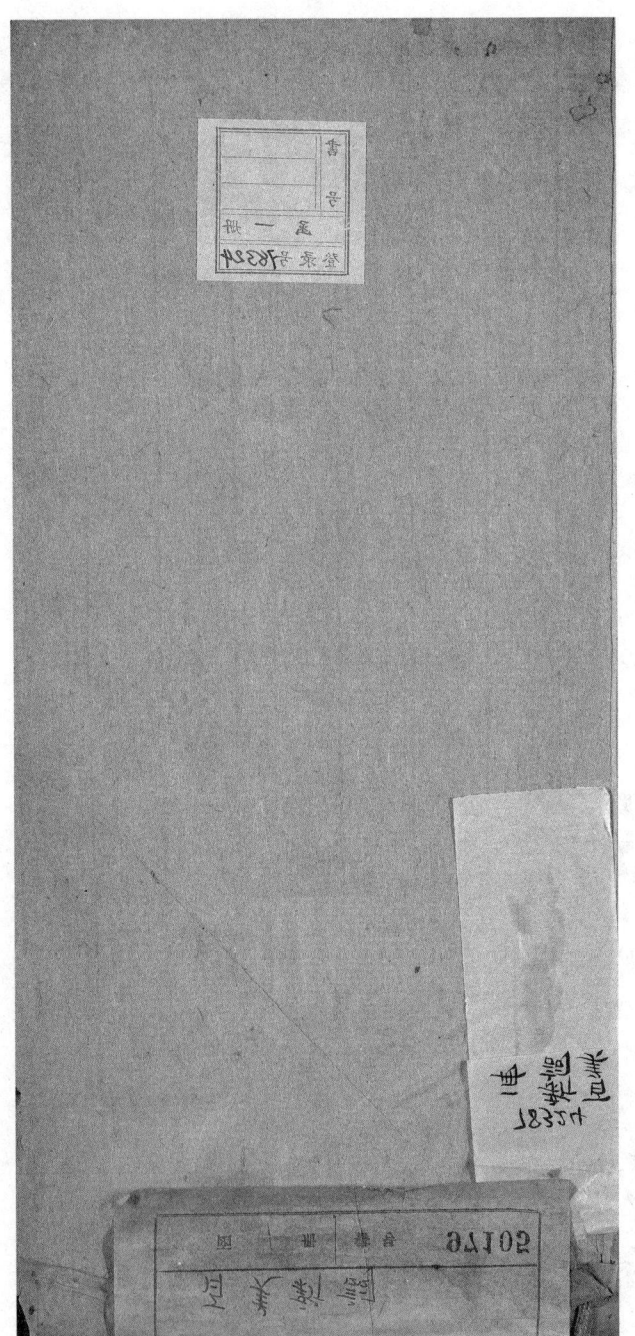

百美風規序

百美不知始自何人，相傳已久，然美以色耳。甲申仲夏，金子簡庵以百美風規見示，專取古來貞節卓行足為巾幗師表者，彙成百美，以比之美，誠不愧矣。西方彼美，詩人所以寄慨榛苓也。夫詩為性情學問之見端，韓子之銘孟貞曜曰：維卒不施，以昌其詩。蘇文忠以為昌詩不如昌志氣，蓋詩昌則志氣與之俱昌，其詩既傳，其人亦不朽。金子本燕趙志節之士，寄跡浙水

安貧守道，平素與知交後進遊，莫不以砥志礪行
相勸勉。年近八旬，樂道彌篤，有時豈爲吟詠，每合
於天人性命之理。其性情學問所蘊蓄者大而遠
矣。茲觀其所集百美圖，足想見其爲人。至於全（詩命意直美，深得元詩西方美人之意）書
且（以史筆作律，尤足壓倒元白輩之相傳，百甚不侔矣）詩有月共賞，毋庸鄙言多贅，謹序。
光緒十年歲在甲申小陽月同鄉弟壽田陳從疇
拜書於瀏河差次

百美新詞[圖]注凡例

一題事概係先生自行徵解。中有（一題而）多載書所載不同。或舛訛之
參差。或情文互繁累。雖趣一轍。無藉旁徵。惟證未甚顯。
事疑舛誤者。以鄙意校正。

一此等詩無關考據。注釋本可從略。故至眼前習見。及前見題解中
之典。概不另錄。以省梓功。

一事有數說。有因一事而多書誌載詳略不同。必取与題關合者。以
助閱者。

一援證典籍。自將原文節有數語數字之處。自不能多節。必須繁

引之處。又已一典兩注。別加按字之處。如經者删一再。以期無脫節

隔膜之病。

一概見題解下之典。勿另標出。閱者先將題解一遍。便知詩中所用詞頭。即在本題本事。雖他處記載甚多。亦無取舍近而求遠也。

一古人所著書易注書難。此書固亦同經史。所注亦無足重輕。而一切引用之書。則必於架上檢閱的確。不敢蹈模糊影響之病。間有架上所無書籍。亦必取各處徵引習見者。方為錄入。罣漏矛盾。知皆不免。大雅幸有以匡正。

前年蒿庵金丈翁以此箸見示粗讀一遍即叙跋而歸之今丈翁後由浙介金弟書鄉寄屬注釋説知愛誼弗獲辭因得展誦再三昔蓮陳編畧加詮証至詩意之未安處之譏以蠡見參酌共商僭西之責知所不逭然丈翁耄壽廣交而歿于數百里外嗟此事屬誰不僕當必先呈以鑒及云多想竣將仍寄還因贅數語以誌之時光緒丙戌天中節前三日非闇湯鞠采再讀于懶水寄廬焚讀

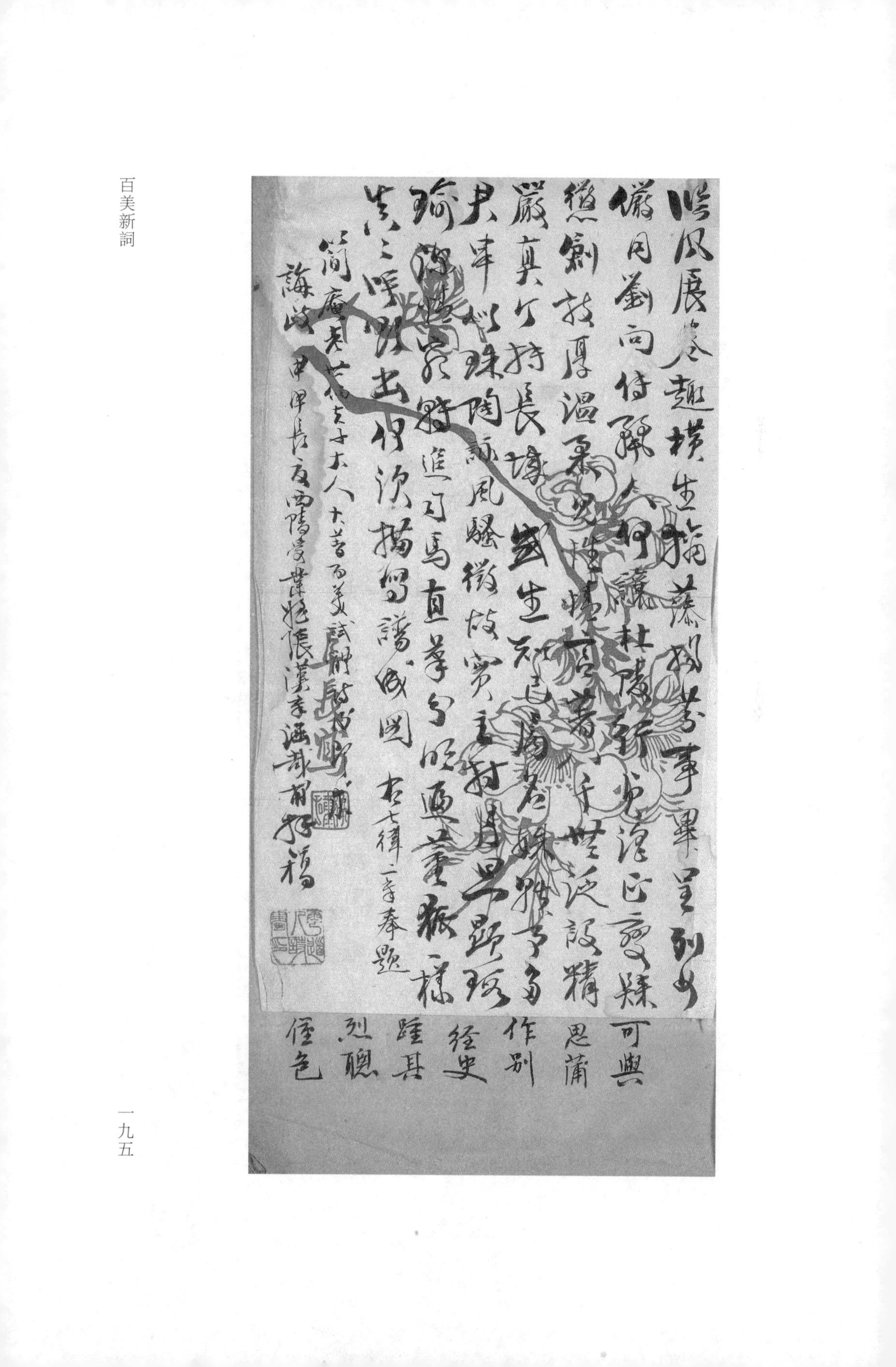

可興

思蒲

作別

經史

雖其

烈聰

僅色

臨風展卷趣橫生，摘藻搜芳事畢呈。列女
儀同劉向傳，騷人何讓杜陵[illegible]。兼[illegible]正變[illegible]
繼劉[illegible]厚，溫柔以性情。著手[illegible]說精
嚴真[illegible]持長城，鐵生[illegible]名雅[illegible]
君[illegible]珠陶詠，風騷微[illegible]封[illegible]題[illegible]
瑜[illegible]進，司馬直筆[illegible]與[illegible]一樣
生三[illegible]出[illegible]沈，摘[illegible]識圖。　又七律二章奉題

[illegible]簡齋老世伯大人大著百美，試[illegible]
誨政

甲午長至後西陵愚弟張漢[illegible]拜稿

百美新詞緣起

余閒居寡歡每思話雨而舊雨零落殆盡無可與談日耽吟咏則拾人牙慧貽羞絕尠新意因思蒲松齡先生以淹長都雅之才輙冠冕堂皇之作別開蹊徑成聊齋志異一書至今膾炙人口蓋以經史文章不如美麗離奇之悦目其寓意深焉爰踵其意撰百美新詞夫古來女子中品超學粹孝烈聰明及顯美行懿者羣書所載代不乏人豈但色

美謂之美人其德美才美更或事美皆可謂之美人而貞淫正變可歌可泣者亦復不少乃擇其可諷者創爲詩題名成五言排律一首不拘拘於題面刻畫但述其事實略參本意彷彿咏史貫串間有拗句似與應制試帖有别借他掌故淘我性情亦消閒破寂之一道也共計百首或一日得數首或三五首成一首工拙不暇深計伏望閲者教我匡繩以體裁則幸甚矣

光緒十年歲在甲申春三月望日七十四叟大
興金氏筒庵漫識

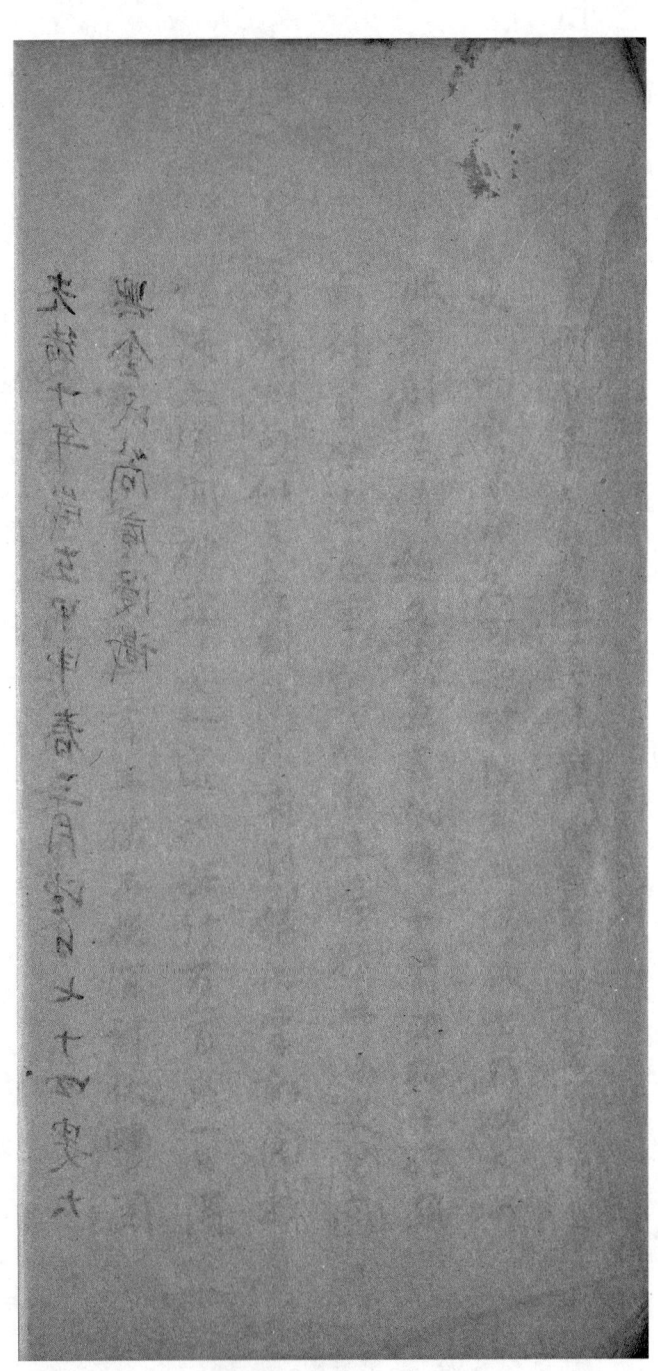

百美新詞

目錄

、天台仙子送劉阮還家

、班婕妤善保晚節

、伏女傳經

、王嫱出塞

、馮昭儀當熊

、李文姬智脱弟難

、麻姑降蔡经家

、孫夫人贊劉先主

、漂母飯韓信

、雋母問所平反

、班昭續漢書

、桓少君共挽鹿車歸里

、緹縈上書贖父罪

、卓文君當壚

、鄭康成婢辱泥中

、趙夫人繡列國圖

百美新詞目錄　二

木蘭代父從軍

、郃女數騎掖圍

、千金公主復仇不果

、侯夫人絕望捐生

、唐文德后朝服賀納直言

、宋若昭爲女學士

、鮑四絃換駿馬

、楊氏勸夫募死士守城

·無鹽諫王

楊香搤虎頭救父

、樂昌公主破鏡重圓

、吳絳仙眞可療飢

、紅拂投李靖

、徐惠妃上書諫修宮室

、王韞秀以詩諫夫慢客

、魏無忌抵璧復仇

、柳氏奉勅甘飲鴆酒

武昌妓續詩

牛女學窮三教

曹娥殉父

劉國容使女僕青短書

薛濤以詩出入鎮幕

關盼盼燕子樓感事

花蕊夫人為宋妃

黨姬煎茶

秦若蘭擁帚掃郵亭

孝婦竇氏遺誣

洞庭君女托柳毅寄書

鬘髻女待嫁愆期

孟光舉案

聶隱娘棄魏歸許

章臺柳終歸韓翊

苗夫人知人選壻

蒨桃獻詩諷諫

黃嬢中夜燃燈唉吟

梁夫人桴鼓助戰

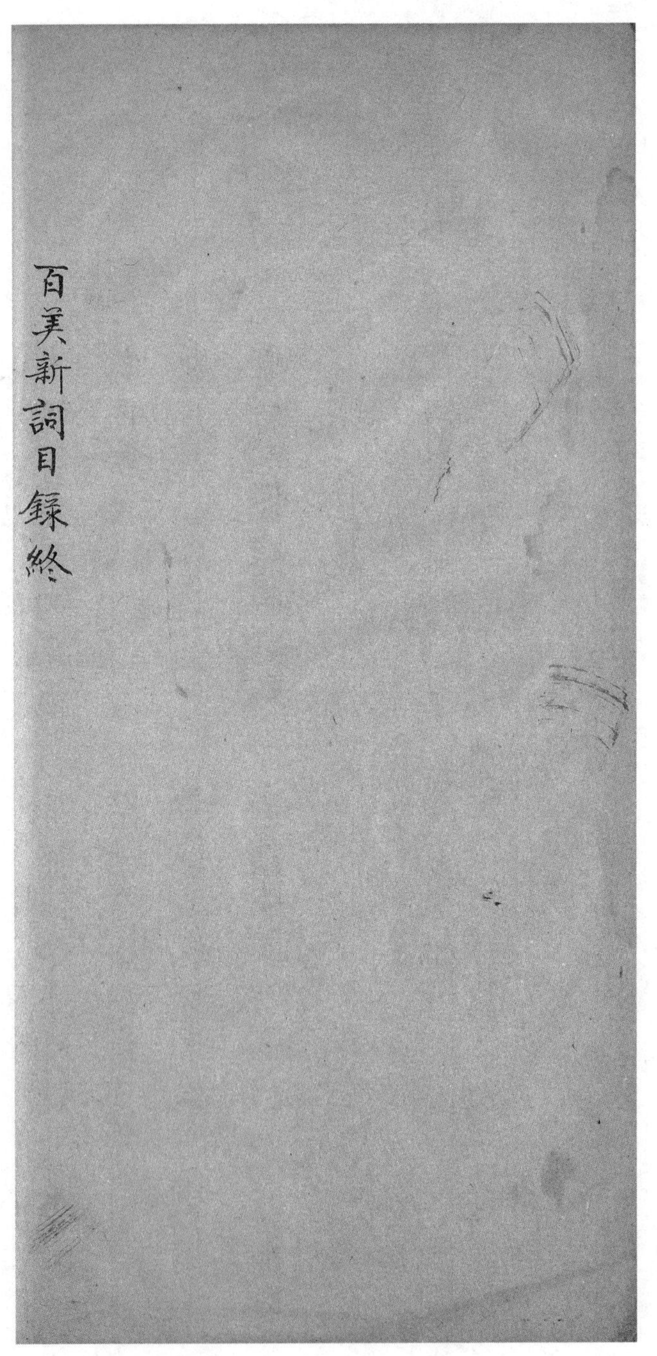

百美新詞目録終

百美新詞

武進湯鞠棠伯綮父注并校

大興金居敬簡庵

嫫母訓宮人

軒轅本紀黃帝納醜女爲第四妃號嫫母使訓宮人有淑德

嫫母全閨德軒轅示帝仁優須前殿詔使訓後宮人
醜縱殊三教賢能敘五倫尊之爲保傅誨爾衆妃嬪
莫笑顏多陋都教性變純講筵深歲月高節比松筠
風化崇端本雲儀靜率真千秋垂懿範長仰鳳池春

百美新詞

湘川記 又博物志 皆載此 稍異耳

按此事 或別有出

講筵

舊唐書趙宏智傳 高宗令宏智于百福殿講孝經召中書門下三品及宏文館學士太學儒者並預ㄧㄧ

保傅

詩葛覃序 后妃在父母家則志在于女功躬儉節用服澣濯之衣尊敬師傅則可以歸安父母化天下以婦道也 ㄧㄧ之手

又戰國策 居深宮之中不離

軒轅

史記五帝紀 黃帝者少典之子姓公孫名曰ㄧㄧ

於蒼梧之野娥皇女英二

竹畫成斑至今號湘妃竹

綠筠同勁節紅淚染成斑

為儔雙袖溫鳳尾萬竿環

任離新粉籜消損舊朱顏

今遺廟古縹緲九疑山

婦人曰予欲婦予女曰予

婦哉自傷儀案為詩所疑

講筵

舊唐書趙宏智傳 高宗令宏智于百福殿講孝經召中書門下三品及宏文館學士太學儒者並預丨丨

保傅

詩葛覃序 后妃在父母家則志在于女功躬儉節用服澣濯之衣尊敬師傅則可以歸安父母化天下以婦道也 又戰國策 居深宮之中不離丨丨之手

軒轅

史記五帝紀 黃帝者少典之子姓公孫名曰丨丨

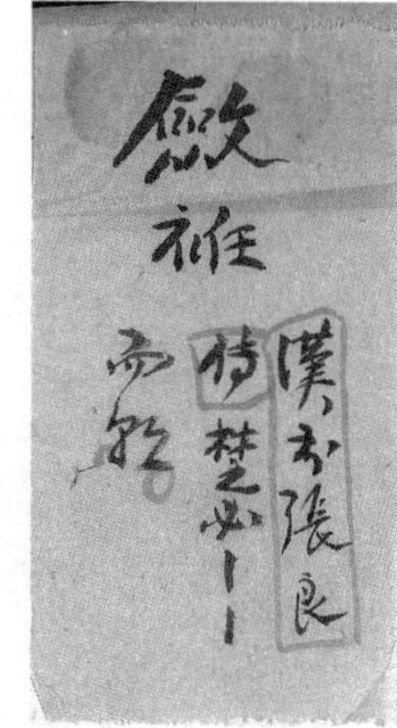

湘川記應作湘州記　又博物志述異記皆載此事惟語稍異耳

按此事出于琴操是否　或別有出處宜標明

湘妃泣竹

湘川記舜南巡狩崩於蒼梧之野娥皇女英二妃悲泣不輟以淚洒竹盡成斑至今號湘妃竹

相對泣潸潸相偎（英皇）墮馬鬟綠筠同勁節紅淚染成斑
名竟湘妃擅魂雖舜帝還寫儔雙袖溫鳳尾萬竿環
菉蕭淋漓下蒼梧想像閒陸離新粉釋消損舊朱顏
慘雨悲雲暗明璫翠羽閒至今遺廟古縹緲九疑山

魯漆室女倚柱悲吟

魯漆室女倚柱悲吟鄰人曰子欲嫁乎女曰子憂君老太子少豈欲嫁哉自傷悵懷為讒所起

望仙樓

薛逢詩 十二樓中盡曉粧。|||上望君王。

墮馬髻

後漢書五行志 桓帝元嘉中京都婦女作愁眉啼粧、|||

九疑山

佩文韻府引湘中記云、|||九山相似行者疑惑故名与說郛所載湘中記稍異（又見水經注）

按山在今湖南永州府寧遠縣南

女

死

老儲猶少誰知妾所憂

志援琴捻澄心逝水流

暮皇恩盡天寒翠黛愁

悵幽明隔悽悽林木秋

桓公妻之公子安之從

以告姜氏姜氏殺之而

去其聞之者

醉而遣之

二

望仙樓

薛逢詩　十二樓中盡曉粧

｜｜｜上望君王

墮馬髻

後漢書五行志　桓帝元嘉

中京都婦女作愁眉啼粧

｜｜｜

九疑山

佩文韻府引湘中記云｜｜｜九山相

似行者疑惑故名与說郭所載

湘中記稍異（又見水經注）

按山在今湖南永州府寧遠縣南

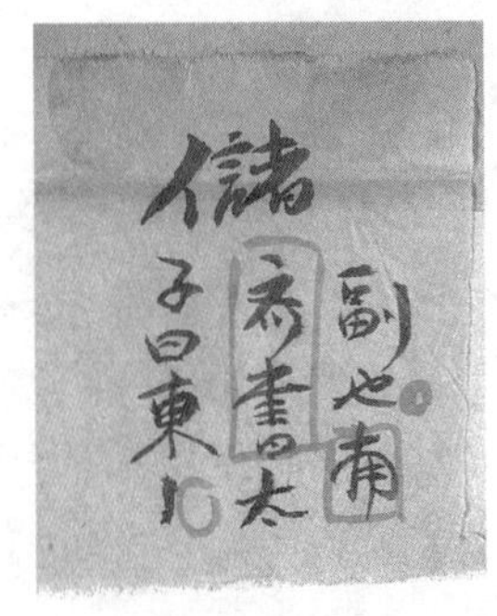

儲

副也　南齊書曰太

子曰東儲

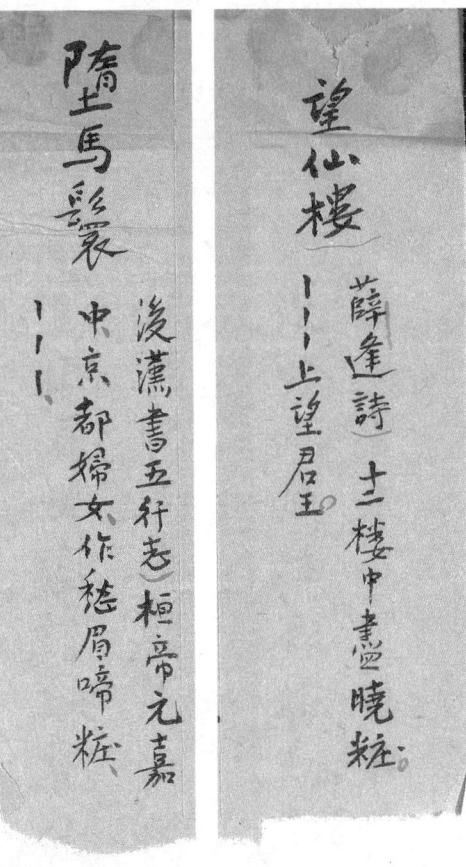

去之山林見貞女廟有女
貞木援琴而歌自縊而死

悲吟人倚柱欲嫁動鄰諏君老儲猶少誰知妾所憂
傷懷緣尚深題賓奈貽羞表志援琴操澄心逝水流
鸞棲貞女廟鶴馭望仙樓日暮皇恩盡天寒翠黛愁
振衣辭漆室斂衽謝宸旒惆悵幽明隔悽悽林木秋

齊姜醉遣重耳

左傳晉公子重耳過齊桓公妻之公子安之從
者謀於桑下蠶妾聞之以告姜氏姜氏殺之而
告公子曰子有四方之志其聞之者
吾殺之矣乃與子犯謀醉而遣之

華表

物原）周公始爲丨丨（又）說文桓亭郵表也徐鉉曰表雙立爲桓今郵亭立木交于其端或謂之丨丨（又）禮記公室視桓楹注桓宫室前表柱也

乞兒

天寶遺事 張九齡見朝士趨附楊國忠語人曰此皆向火丨丨一旦火冷當曝骨溝中矣

紙錢

周世宗本紀論）寒食野祭而焚丨丨 范成大詩烏啄丨丨風

鼠目

唐書李揆傳 苗晉卿數薦元載揆曰麞頭丨丨子乃求官耶

求剩

明璫翠羽

李端襄陽曲 崔叙 翠羽動明璫 散也 不去臙脂粉矣

華表

物原 周公始為ㄧㄧ 又說文 桓亭郵表也 徐鉉曰表雙立為桓 今郵亭立木交于其端或謂之ㄧㄧ 又禮記 公室視桓楹 注 桓墓前表柱也

乞兒

天寶遺事 張九齡見朝士趨附楊國忠 謂人曰 此皆向火ㄧㄧ 一旦灰冷 當暴背溝中矣

鼠目

唐書李揆傳 苗晉卿數薦元載 揆曰 龐頭ㄧㄧ之子 乃求官耶

紙錢

周世宗本紀論 寒食野祭而焚ㄧㄧ 范成大詩 烏啄ㄧㄧ風

求剩

明璫翠羽

李端襄陽曲 崔叙 翠羽動明璫 欲出不出脂粉矣

勇決勝男兒嬰鋒便識機預聞謀者殺乘醉遣之歸

公子安甥館佳人餞禁闈縱龍圖霸業伏虎振軍威

星月離鴛影關山逐馬兒賢能齊國女光彩（曜）晉宮妃

花好紅初度桑稠綠正肥及時籌大志相與報春祈

齊婦瞷墦間乞食

孟子

豈有頻邀飲而無顯者來疑生齊婦瞷相露乞兒哀

遍蹋墦間草潛窺壠上槐飣盤焉（求剩）餘餕冷炙拾殘杯

吹簫

史記范睢傳 伍子胥鼓腹吹篪乞食 注篪一作簫

菉藩

菉与綠通 藩徒沃切 詩 綠竹猗猗 琉 竹韓詩作藩

伏虎

書 戛擊鳴球 琉 敔如伏虎狀背上有刻 戛之以為聲也

春祈

王充論衡 春二月雩 秋八月亦雩 春祈穀雨 秋祈穀實

飣盤

黄損詩 傍水野禽通體白 飣盤山菓半邊紅

按 王應麟玉海

唐少府監御饌用九盤裝菓名九飣食 今俗燕會黏菓列席前曰看席飣坐 古稱飣坐 謂飣而不食者 飣盤二字本此

吹簫

史記范雎傳伍子胥鼓腹吹篪乞食　注篪一作簫

萊藻

萊与絲通藻徙沃切詩絲竹徛徛琉竹韓詩作藻

伏虎

書憂摯鳴球疏敔如伏虎狀背上有刻摹之以爲聲也

春祈

王充論衡春二月雩秋八月亦雩春祈穀雨秋祈穀實

飣盤

黄損詩傍水野禽通體白一山菓半邊紅

挫王應麟玉海

唐少府監御饌用九盤裝纍名九飣食今俗燕會黏果列席前曰看席飣坐古稱飣坐謂飣而不食者飣盤二字本此

鼠目耽〻視蛾眉蹙〻擁日斜華表影風颺紙錢灰
醜態吹簫似驕容曳杖回良人今死此妻妾泣收臺

楚夫人鄧曼知王

左傳莊公四年春王三月楚武王荆尸授師孑焉以伐隨將齊入告夫人鄧曼曰余心蕩鄧曼曰王祿盡矣盈而蕩天之道也先君其知之矣故臨武事將發大命而蕩王心焉若師徒無虧王薨於行國之福也王遂行卒於樠木之下莫敖以王命入盟隨侯且請為會於漢汭而還濟漢而後發喪

戎事講荆尸將齋告伐隨武王心忽蕩鄧曼智先知

一捻 奴協切

開天遺事明皇時有進牡丹者貴妃匀面脂在手印於花上來歲花有指印迹上名為一一紅

玉天

王安石詩野林細錯黃金日溪岸寬圍碧一一

宝借討天道戒盈虧

馳劍履日月闇旌旗

徒卓識千古有餘哀 真

嗚秦穆公以女弄玉

感鳳來集一日夫妻

拋謝謝鸞馭駕翩翩

首日月欲齊肩

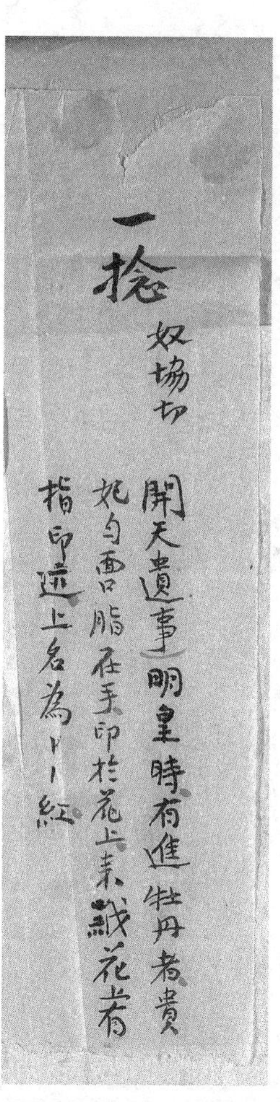

一捻

奴協切

開天遺事明皇時有進牡丹者貴

妃匀面脂在手印於花上來歲花有

指印迹上名為〻〻紅

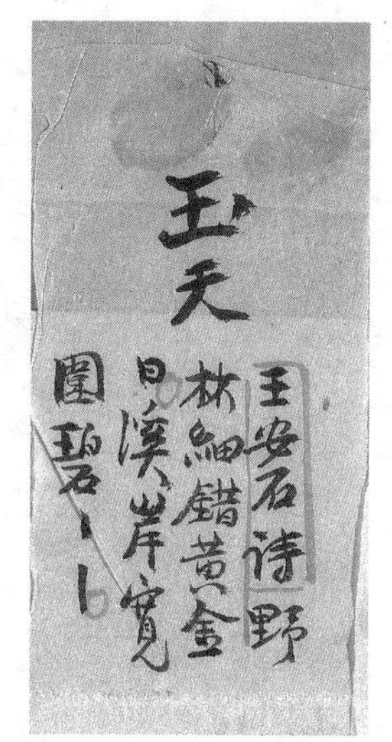

玉天

王安石詩野

林細錯黃金

日溪岸寬

圍碧〻〻

燕寢初相語蛾死遷處眉霸國空借討天道戒盈虧
福佑希身預神靈爲指麾風雲馳劍履日月閃旌旗
祿盡終構木師旋淪漢池夫人徒真卓識千古有餘哀

秦弄玉借簫史上昇

神仙傳簫史善吹簫作鳳鳴秦穆公以女弄玉妻焉作鳳樓教弄玉吹簫感鳳來集一日夫妻隨鳳飛去

弄玉隨簫史神仙眷屬聯鳳樓拋渺渺鸞馭駕翩翩
冀根雙飛上腰輕一捻圓雲[illegible]首日月欲齊肩

壻水 華陽國志 唐公房[illegible] 此川為房因名其鄉曰壻鄉水曰丨丨 又水經注 智水之川有丨丨

娥臺 唐書樂章 德邁丨丨敬仁高擬幄掖

鴟夷 史記 范蠡浮海出齊變姓名自謂丨丨子

烏喙 吳越春秋 吳王為人長頸丨丨可與共患難不可與共宴樂

姑蘇 吳越春秋 越進西施于吳請退師吳得之築丨丨臺游其上

館娃 揚子方言 吳有丨丨之宮 又述異記 吳王于宮中作海靈館丨丨宮銅溝玉檻

烏喙 吳越春秋及史記皆作烏喙

范字似改作房字為佳 高明酌之

懶織女蟾宮訪嬋娟
共修譜偕（始）老萬斯年

修譜始偕

色於苧蘿山得鬻薪
縠教以容步三年使
以椒花之房貫細珠
從范蠡泛五湖以去
歸隱吏傾國擅名姝
辭古越歌舞謝姑蘇
成劫火珠幌化平蕪

四

塉水

華陽國志 唐公房[illegible]此川為居因名其鄉曰塉鄉水曰丨丨

又水經注 智水之川有丨丨

鐵臺

唐書樂章 德邁丨丨敬仁高擬幄披

鴟夷

史記 范蠡將海出齊變姓名自謂丨丨子

烏喙

吳越春秋 吳王為人長頸丨丨可與共患難不可與共宴樂

姑蘇

吳越春秋 越進西施于吳請退師吳得之築丨丨臺時其上

館娃

揚子方言 吳有丨丨之宮 又述異記 吳王于宮中作海靈館丨丨宮銅溝玉檻

堉水通銀漢娥臺近玉天鵲橋憐織女蟾窟訪嬋娟

好約參霄座相將謝世緣鴛鴦共修譜偕（始）老萬斯年

西施隨范蠡泛湖

吴越春秋越王以吴王好色於苧蘿山得鬻薪之女二西施鄭旦飾以羅縠教以容步三年使范蠡獻于吴吴王大悅處以椒花之房貫細珠以爲簾幌後越滅吴西施從范蠡泛五湖以去

不盡興亡感飄然泛五湖扁舟歸隱吏傾國擅名姝

路幸鴟夷混恩慙烏喙辜苧蘿辭古越歌舞謝姑蘇

春夢初醒處秋風好趁鱸椒花（房）成刼火珠幌化平蕪

烏喙吴越春秋及史記皆作烏喙

花字似改作房字爲佳

高郵酌之

百美新詞　四

烏喙吴越春秋及史記皆作鳥喙

花字似改作房字爲佳

高似酌之

堉水通銀漢娥臺近玉天鵲橋憐織女螺宬訪嬋娟

好約叅霄座相將謝世緣鴛鴦共修譜偕（始）老萬斯年

西施隨范蠡泛湖

吴越春秋越王以吴王好色於苎蘿山得鬻薪之女二西施鄭旦飾以羅縠教以容步三年使范蠡獻于吴吴王大悦處以椒花之房貫細珠以爲簾幌後越滅吴西施從范蠡泛五湖以去

不盡興亡感飄然泛五湖扁舟歸隱吏須國擅名姝

路幸鴟夷混兒懟烏喙辜苧羅閑（古）於[illegible]舞謝姑蘇

春夢初醒螗秋風好趁鱸椒花（房）成劫火珠幌化平蕪

百美新詠　四

堉水通銀漢娥臺近玉天鵲橋憐織女蟾宮訪嬋娟

好約蒸霄座相將謝世緣鴛鴦共修譜（始）偕老萬斯年

西施隨范蠡泛湖　修譜始偕

吴越春秋越王以吴王好色於苧羅山得鬻薪之女二西施鄭旦飾以羅縠教以容步三年使范蠡獻于吴吴王大悅處以椒花之房貫細珠以為簾幌後越滅吴西施從范蠡泛五湖以去

不盡興亡感飄然泛五湖扁舟歸隱吏傾國擅名姝

跡幸鴟夷混見慙烏喙辜苧羅辭[illegible]趙歌舞謝姑蘇

春夢初醒蝗秋風好趁鱸椒花成劫火珠幌化平蕪

烏喙吴越春秋及史記皆作烏喙

花字似改作房字為佳　高明酌之

百美新詞　四

富貴功名了烟波眷屬俱館娃長已矣終此伴陶朱

東施效顰

莊子西施病心而顰其里其里之醜人見而美之歸亦捧心而顰其里其里之富人見之堅閉門而不出貧人見之挈妻子而去之走彼知美顰而不知顰之所以美

[illegible]作怪嫫女頓忘羞

[illegible]盼美故仿捧心愁

[illegible]了了避路去休休

[illegible]假借本色自風流

醜人作怪　五代史桑維翰傳維翰為人醜怪身短而面長

按此首句意雖隔一層然必有此一說詩自方不嫌俗是否乞參酌

醜人作怪

五代史桑維翰傳：維翰為人醜怪，身短而面長。

按此兩句意雖隔一層，然必有此一說。詩句方不堆垛。是否乞 參酌。

富貴功名了烟波春屬俱館娃長已矣終此伴陶朱

東施效顰

莊子西施病心而顰其里其里之醜人見而美之歸亦捧心而顰其里其里之富人見之堅閉門而不出貧人見之挈妻子而去之走彼知美顰而不知顰之所以美

未必顰堪效東施枉與佯醜人多作怪嫫女頓忘羞艷羡生來韻娉婷實寡儔欲摹流盼美故仿捧心愁顰蹙窮儂技百揭似彼不闲門窺了了避路去休休徒惹旁觀笑翻招物議尤要知雖假借本色自風流

陶朱 史記范蠡既乘扁舟遊于江湖變名易姓之陶爲朱公治產積居三致千金子孫修業而息之遂至巨萬故言富者皆稱——公

……文伯之母文伯相魯退朝……予敬姜嘆曰居吾語女夫……善忘善則惡心生吾懼……文伯夕哭文伯仲尼聞之曰

闈定省訓趨出堂皇
母貴身猶績免矜語涉狂命居吾語女休情顯熏揚
過惡宜從善偷閑君若忙藏修勤以儉禁忌息而荒
官不邀君寵書仍繼文胥聖褒知禮者千古永流芳

臨洮 係縣名漢書地理志隴西郡——縣在今甘肅蘭州府治此將臨字作靈用誤

翠濤 周耀詩——化千峰

西王母瑤池

陶朱

史記范蠡乘扁舟遊于江湖變名易姓之陶為朱公後産
積居三致千金子孫修業而息之遂至巨萬故言富者首
稱〻〻公

季敬姜論勞逸

左傳　莒女魯大夫公甫穆伯之妻文伯之母文伯相魯退朝敬姜方績文伯曰以歜之家而主猶績乎敬姜嘆曰居吾語女夫民勞則思思則善心生逸則淫淫則忘善忘善則惡心生吾懼穆伯之絶祀也及文伯卒敬姜朝哭穆伯夕哭文伯仲尼聞之曰季氏之婦知禮矣

勞逸均高下春秋述敬姜孝方循宋省訓延出堂皇
母責身猶績免矜語涉狂命居吾語女休情顯熏揚
遏惡宜從善偷閑君若忙藏修勤以儉禁忌息而荒
官不邀君寵書仍繼父胥聖褒知禮者千古永流芳

西王母瑤池

臨洮係縣名漢書地理志隴西郡——縣在今甘肅蘭州府此將臨字作靈用誤

翠濤　閨燿詩——化千峯

燕雀 孔叢子||處堂子母相哺煦煦然甚樂也灶突炎上棟宇將焚||顏不變不知禍之及己也

海棠巢 ||下打流鶯 王建宮詞元是吾王金彈子|| 按此与題無涉或當別有出處

剎那 楞嚴經沈思諦視剎那剎那念念之間不得停住又法苑珠林一息不追則萬劫永別|暫隔則千代長離

烏江 史記項羽本紀項王乃欲東渡||

九華 博物志漢武帝好神仙西王母遣使乘白鹿告帝當來乃供帳||殿以待之

鈞樂 史記趙世家趙簡子疾五日不知人大夫皆懼居二日半寤曰我之帝所与百神遊于鈞天廣樂九奏萬舞

騃室鈞樂奏柷賀碧霄澄漢武嘗迎華蓋無寸恩

燕雀　孔叢子丨丨處堂。子母相哺。煦煦焉甚樂也。竈突炎上。棟宇將焚。丨丨顏不變。不知禍之及已也。

海棠巢　王建宮詞　元日之吾王金彈子丨丨丨下打流鶯。按此与題無涉。或當別有出處。

剎那　楞嚴經　沈思諦觀剎那剎那。念念之間不得停住。又法苑珠林　一息不追。則萬劫永別。丨暫之隔。則千代長離。

烏江　史記項羽本紀　項王乃欲東渡丨丨。

九華　博物志　漢武帝好神仙。西王母遣使乘白鹿告帝當來。乃供帳丨丨殿以待之。

鈞樂　史記趙世家　趙簡子疾。五日不知人。大夫皆懼。居二日半。寤曰。我之帝所。與百神遊于鈞天。廣樂九奏萬舞。

按本傳所言玉闕暨天綠臺承霄青琳之宇朱紫之房連琳綵帳明月四朗共廿六字似不必刪節以歸明顯

西王母傳西王母者九靈太妙龜山金母也所
居宮闕層城千里瓊樓十二左帶瑤池右環翠
水洪濤千萬丈非飈車羽輪不可到也所謂玉
闕連琳綵帳明月四朗左右侍羽童仙女寶蓋
沓映羽葆蔭庭植以白環之樹丹剛之林每令
諸侍女奏樂靈音駭空出則駕九色斑龍隨九
鳳芭采

沓字說文云語多沓沓水之流又水沸溢也又合也又重也冒也貪也皆似與崚嶒用不合擬是[illegible]誤改

欲臨王母宅須借羽輪昇翠水三千丈瓊樓十二層
瑤池環縹緲寶蓋沓崚嶒仙樹靈童植蟠桃玉女承
九華風拂帳四朗月爲燈綵鳳紛紜集斑龍蜿蟺乘
駭空鈞樂奏秘駕碧霄澄漢武嘗迎輦虛無未足憑

虞姬和垓下悲歌

虞姬楚項羽姬也。羽被圍垓下，聞楚歌聲，起飲帳中，慷慨悲歌曰：力拔山兮氣蓋世，時不利兮騅不逝。騅不逝兮可奈何，虞兮虞兮奈若何。姬和之曰：漢兵已略地，四面楚歌聲。大王意氣盡，賤妾何聊生。○下二句緊對虞兮句，一唱一答，聲淚俱咽。

兒女英雄淚，悲來垓下歌。霸圖終已矣，慘別奈之何。略地窮吳楚，呼天嘆坎軻（折磨）。一堂憂燕雀，八字亂虞蛾。誓死王哀甚，偷生妾恨多。翻成楊柳怨，轉羨海棠窠。意氣全銷盡，豪情一剎那。烏江今屬漢，終古泣流波。

八字句屬稱与上句方不離，且八字含蛾眉四字，方圓說話。而視以蹙字始題，終嫌臨澀。妄言如是，未知當否。

百美新詞　六

天台仙子送劉阮還家

幽明錄劉晨阮肇共入天台山采藥溪邊遇二仙女姿質絕艷遂留半年懷土求歸既出無復相識訪問家中已見七世孫矣

既作神仙壻如何又別離聯翩齊跨鳳並轡送揚驄珠閣辭雙幕瓊漿餞一卮桃花紅濺淚楊柳綠縈思流水人同感乘雲犬亦悲烟霞塵外遠歲月洞中遲此日猶攜手他時憶畫眉石梁尋故道門外即天涯

漂母飯韓信

醢

乘雲犬悲 神仙傳 時人傳八公山臨去时餘藥棄置
中庭雞犬舐啄之皆昇天故雞鳴天上犬
吠雲中

石梁 一統志 雲頂山在含山中有丨丨 又柳宗元乞巧
文 今■向天孫將蹈丨丨欸天津

脱粟 史記平津侯傳 宏为人意忌外寬內深食一
肉丨丨之飯 按公孫宏封平津侯

吹簫 見前 大將壇 千金 多多善 封王 就醢 俱見漢書本傳

乘雲犬悲 神仙傳時人傳八公山臨去時餘藥棄置中庭雞犬舐啄之皆昇天故雞鳴天上犬吠雲中

石梁 一統志靈源山在含山中有丨丨又柳宗元乞巧文今■向天孫將蹈丨丨歟天津

脱粟 史記平津侯傳宏为人意忌外寬内深食一肉丨丨之飯 按公孫宏封平津侯

吹簫 見前

大將壇 千金 多〻善 封王 就醢 俱見漢書本傳

醢

漢書韓信傳信淮陰人也家貧無行不得推擇為吏又不能治生爲商賈常從人寄食其城下釣有一漂母哀之飯信竟漂數十日信謂漂母曰吾必重報母怒曰大丈夫不能自食吾哀王孫而進食豈望報乎

寄食孰哀韓窘厄一釣竿淮侯方處餓漂母爲分餐
脫粟晨炊熟秋漁夜耐寒吹簫餘相似磨劍此心殫
簑笠王孫夢旌旗大將壇千金酬舊德一水感新湍
統卒多多善封王赫赫觀功成嗟就醢麥飯旅魂殘

班婕妤善保晚節

譖字是仄聲雖拗律不講平仄而亦無此等拗句法宜易去節意是譖字較妥高雅弱函

按文譖者是趙氏之姊妹今只云姊妹交譖似乎作爲班氏之姊妹矣詩又婕伃未說趙飛燕姊含糊宜正

漢司空掾班彪之姑少有才學成帝選入宮爲婕妤後趙飛燕姊妹交譖之婕妤恐久見危求供奉太后于長信宮嘗作自悼賦及紈扇詩以自傷。音左貴嬪稱其恭讓謙虛可謂知己

姊妹交譖下恩全晚節難與其終受辱曷若退爲安供奉依長信謙虛愜古歡先機恭古鏡明志咏齊紈恩澤移新寵洪流避急湍朗懷如水月清品婉芝蘭不敢邀天眷偏能耐歲寒卓哉婕妤也豈止百憂寬

雋母閔所平反

漢書雋不疑爲京兆尹每錄囚徒還其母問不疑多有所平反母喜笑爲飲食語言異於他時

或亡所出母

故不疑為吏

慈善徵賢母忠臣

莫以雷霆怒而忘

侍膳乘公暇加餐

下氣親扶杖祥光

伏女傳经

漢書孝文時

老不能行於

生老不能㠯

曉也使其女

百美新

正字及言不可曉也

字擬省

覆盆

王充論衡天与地無异若｜狀

（又李白趙）（贈太守诗）顾備義

皇景為人照｜

天眷

見卷末

献太平

颂诗

天春

見卷末

献太平

頌詩

覆盆

王充論衡 天与地無异若｜｜狀

又李白趙贈太守詩 願備羲

皇景为人照｜｜

或亡所出毋怨爲之不食
故不疑爲吏嚴而不殘

慈善徵賢母忠臣孝于门春暉承色笑秋録問平反
莫以雷霆怒而忘雨露見風行三尺法雪深萬民寃
侍膳乘公暇加餐重片言諮諏冠戴免起脫峡啼猿
下氣親扶杖祥光照霞盃不疑多惠政訓秉北堂萱

伏女傳经

漢書孝文時求能治尚書者時伏生年九十餘
老不能行於是詔太常使掌故鼂錯往受之伏
生老不能正言言不可
曉也使其女傳言教錯

正字及言不可曉也之
字擬省

按司馬遷作史記，并非組織之筆，用事宜酌。

太乙藜

拾遺記：刘向校書天祿阁，有老人夜植青藜杖，登阁而進，見向暗中讀書，乃吹杖端火以照向，問姓名，曰：我太乙之精也。

舌耕

拾遺記：贾逵门徒来学，不遠萬里，贈獻者積粟盈倉。或云逵非力耕所得，乃世所謂丨丨也。

腹笥便便

後漢書邊韶傳：韶嘗晝臥，弟子私嘲之曰：邊孝先，腹便便，懶讀書，但欲眠。韶潛聞之，應曰：邊為姓，孝為字，腹便便，五經笥。

西清

文選上林賦注：丨丨者，廂中清淨之處也。

東觀

唐百官志：後漢丨丨，藏書之室。

女宗

列女傳：宋鮑蘇之妻不妒，宋公表其閭曰丨丨。

六宮

周礼天官内宰：以陰礼教丨丨。注：後五前一。

胸羅

李長吉詩：二十八宿羅心胸。

五車

莊子：惠施多方，其書丨丨。

信史

韓偓詩：莫負美名書信史。

竹

太乙藜

拾遺記 劉向校書天祿閣，有老人夜植青藜杖叩閣，進見向暗中讀書，乃吹杖端火以照向，問姓名，曰我太乙之精也

舌耕

拾遺記 賈逵門徒來學，不遠萬里，贈獻者積粟盈倉，或云逵非力耕所得，乃世所謂舌耕也

腹笥便便

後漢書邊韶傳 韶嘗晝臥，弟子私嘲之曰：邊孝先，腹便便，懶讀書，但欲眠。韶潛聞之，應曰：邊為姓，孝為字，腹便便，五經笥

西清

文選上林賦注 西清者，廂中清淨之處也

東觀

唐百官志 後漢東觀，藏書之室

女宗

列女傳 宋鮑蘇之妻不妒，宋公表其閭曰女宗

六宮

周禮天官內宰 以陰禮教六宮 注 後五前一

胷羅

李長吉詩 二十八宿羅心胷

五車

莊子 惠施多方，其書五車

信史

韓偓詩 莫負美名書信史

竹

按司馬遷作史記并非組織之筆而用事宜酌

一炬悲秦火書經絕韋編[前古]漢皇求口授伏女廣心傳

父邁言難曉兒嬌語代宣舌畊殊了了腹笥展便便

文迷唐堯典謨陳大禹篇異遷工組織[著述作]教錯賴嬋娟

簡定零丁記蔡應太乙然才名隆一代巾幗等先賢

班昭續漢書

後漢書扶風曹世叔妻同郡班彪之女也名昭字惠班一名姬博學高才世叔早卒有節行法度兄固著漢書未竟而卒詔昭就東觀藏書閣踵而成之帝數召入宮令皇后諸貴人師事焉號曰大家

未竟憐兒志，班姬奉詔初。遺編治信史，揮翰續成書。東觀親鸞掖，西清駐鳳輿。詞嚴褒貶正，文補闕殘餘。國政維綱紀，朝儀注起居。女宗雙闕重，师範六宮模。手筆超三代，曾羅富五車。古今人第一，紅袖更誰如。

按掖者，庭也。言正門之旁以門也。鸞掖猶鸞閣鳳坡之類耳。而東觀乃藏書之所，則此句實不可解，宜易去。若以親字作近字說，語東觀近乎鸞掖，亦不能。高明察之。

又按漢書叔孫通起朝儀，唐書藝文志云漢獻帝起居注五卷，五代史明宗諭群臣，吾日一隨宰相入見內殿，謂之起居。觀此，知朝儀起居注實不同，所注起居之名有云朝儀也，是否乞酌定。

王嬙出塞

西京雜記：王嬙字昭君，秭歸人，齊國王穰女，端正閑麗，未嘗窺門户。年十七，獻之元帝。帝後宮既多，按圖召幸，衆皆賂畫工。昭君自持貌，獨不與工，乃惡圖之。後匈奴侵擾，求美人為閼氏，上按圖以昭君行。臨辭，豐容靚飾，光動左右。帝大驚，而重失信外國，遂與匈奴。昭君戎服提一琵

百美新詞　九

蝸廬

甑塵

魏畧 焦先自作一瓜牛廬 注 瓜当作蝸 蝸螺蟲之有角者也 俗或呼為黄犢

後漢書 范冉傳 冉字史雲 桓帝以冉為萊蕪長 遭母憂不到官 後欲以為侍御史

因遁身逃命于梁沛之间 徒行敝服 賣卜于市 結草室而居 所止單陋 有时絶

粒 窮居自若 容貌無改 閭里歌之曰 甑中生塵范史雲 釜中生魚范萊蕪

腐儒

荀子 括囊無咎無譽丨丨也 又陆游詩

長恨乾坤有丨丨

玉關

李白詩 春風吹不盡 總是丨丨情

蝸廬
甑塵

魏畧 焦先自作一瓜牛廬 注瓜当作蝸 蝸螺蟲之有角者也 俗或呼為黄犢
後漢書范丹傳 丹字史雲 桓帝以丹為萊蕪長 遭母憂不到官 後欲以為侍御史
因遁身逃命于梁沛之間 徒行敝服 賣卜于市 結草室而居 所止單陋 有時絶
粒 窮居自若 容貌無改 閭里歌之曰 甑中生塵范史雲 釜中生魚范萊蕪

腐儒

荀子 括囊無咎無
譽 丨丨也 天隨子詩
長恨乾坤有丨丨

玉關

李白詩 春風吹不
盡 總是
丨丨情

琶出塞
而去

胡虜侵疆歲王嬙去國時君臣籌策畫女子繫安危
出塞名斯著辭朝色始奇九重隆社稷萬里仗藩籬
烏挽蠻中髻蛾啼畫裏眉日離金闕遠春度玉關遲
花柳宮鶯謝風沙驛馬馳琵琶千載怨高詠杜陵詩

桓少君共挽鹿車歸里

漢書鮑宣妻桓少君裝送資賄甚盛宣曰少君
生富驕習美飾而吾實貧賤不敢當禮少君乃
悉歸侍御服飾更著短布裳與宣共挽鹿
車歸鄉里拜姑禮畢提甕出汲修行婦道

椎布兩字不多見按漢书梁鴻傳有鳴妻椎髻布衣操作而前之語似不可運用椎髻二字爲妥並或別[illegible]項椎布二字自行酌核

不挾兜家富能忘塉室寒于歸同挽鹿侍御屏鳴鸞驂習相仍易貧居俛就雍樂修新婦禮甘飫奩儒餐鳳閣崢嶸遠蝸廬局促盤甑塵君志篤椎布妾心安陝泊勤箕帚繁華謝綺紈少君風義足嬴得百年歡

馮昭儀當熊

漢書元帝幸虎圈鬥獸後宮皆坐熊出圈攀檻欲上殿馮昭儀當熊而立及左右殺熊上問人皆驚懼汝何當前對曰猛獸得人而立妾恐熊至御座故身當之

膽識出昭儀當熊兩手披雄攀圍檻疾楊捍御鑾危

百美新詞　十

侍女如花散佳人障錦奇黑衣衛殿陛紅袖作藩籬
豕突狼奔勢魚沉雁底姿幽嫻承后化果敢爲王馳
汗馬論功大死鴻斂彩遲陞容陳奏對猛獸之何爲

緹縈上書贖父罪

史記太倉令淳于公當刑無男有女五公曰生女不生男緩急無所用小女緹縈上書曰妾父爲吏齊中皆知其廉平今坐法當刑願入宮爲婢贖父罪文帝哀其意乃除肉刑

孝女有緹縈寃能代父鳴上書通禁御爲吏許廉平
縲絏行將死劬勞念所生入宮甘作婢居室苦無兒

伯姘行皆長臣

詔許刑除肉軀

李文姬智

後漢書梁

郡收固三

父門生王成

孤李氏存

州界內令

名爲酒家

巢破無完卵文

奸害當朝彥光

百美新

黑衣

史記趙世家 左師公曰老臣賤息舒祺最少願得補丨丨之缺以衛王宮

汗馬

史記晉世家 文公曰夫導我以仁義防我以德惠此受上賞輔我以行卒以成立此受次賞矢石之難丨丨之勞此復受次賞

完卵

世說 孔融被收時其大兒九歲小兒八歲融謂使者曰冀罪止于身二兒可得免否兒徐進曰大人豈見覆巢之下復有丨丨乎

智珠

珠 五燈會元 珠不自珠者要借丨丨而辨世

黑衣

史記趙世家 左師公曰老臣賤息舒祺最少願得補——之缺以衛王宫

汗馬

史記晉世家 文公曰夫導我以仁義防我以德惠此受上賞輔我以行卒以成立此受次賞矢石之難——之勞此復受次賞

完卵

世說 孔融被收時其大兒九歲小兒八歲融謂使者曰冀罪止于身二兒可得全否兒徐進曰大人豈見覆巢之下復有——乎

智珠

五燈會元 珠不自珠者要借——而辨世珠

伯姊行皆長，臣奴弱守貞。婉陳哀痛表，惻動聖明情。
詔許刑除肉，軀全泣誦聲。漢文嘉乃意，閨闈獨垂名。

李文姬智脫弟難

後漢書：梁冀殺李固，固少子時年十五，名燮。下郡收固三子，二兄受害，姊文姬賢而有智，乃告父門生王成曰：君執義先公，今委君以六尺之孤，李氏存滅，其在君矣。成乃將燮乘江東入徐州界內，令變姓名，爲酒家傭。

巢破無完卵，文姬運智珠。一門存後裔，六尺託遺孤。
奸害當朝彥，兇思盡室誅。連枝傷姊弟，重義感師徒。

變姓乘機隱，酬恩為翼扶。可憐縉紳子，翻作酒家奴。
興敗時相替，循環理豈無。至今閨閣裏，猶說此良謨。

卓文君當壚

史記司馬相如傳：相如蜀郡成都人，素與臨邛令王吉善，往就吉，吉尊禮之。臨邛富人卓王孫知令有貴客，為具召之。王孫有女文君，新寡，好音，相如以琴心挑之，文君夜奔相如，乃與馳歸成都，家徒壁立。文君不悅，復與俱之臨邛，盡賣車騎，買一酒舍酤酒，而令文君當爐，自著犢鼻褌，與傭保滌器于市。王孫聞而恥之，分與童百人，錢百萬，及嫁衣財物，仍歸成都，買田宅為富人居。○西京雜記：卓文君姣好，眉色如望遠山

按謝朓詩紅藥當階翻紅藥即芍藥似不能与袖同翻此所語實字當審義也是否乞酌正

绰約卓文君當鑪滌瓦罇眼澄秋水色眉鎖遠山痕此日臨邛市他年駟馬门琴心名士引月影美人存梶火生新竈梨香出短垣綠楊帘共颭紅藥袖同翻難洗王孫恥偏消醉客魂待看牛酒獻榮辱豈堪論

麻姑降蔡經家

神仙傳王遠字方平東之桔蒼過蔡經家教其尸解須臾遣人與麻姑相聞両時间麻姑來蔡經舉家咸見之是好女子年十八九許頂中作髻餘髮垂之至腰衣有文章而非錦綺光彩耀日見方平坐定各進行廚擗麟脯麻姑自言接待以來見東海三爲桑田向閒蓬萊水乃淺于

百美新詞　十三

往昔豈將復爲陸陵手麻姑手似鳥爪蔡經念

背癢時得此爪杷背乃佳 方平已知暗使鞭經

背亦不見人曰麻姑神人

汝何謂其爪可杷背耶

象胎

説苑淳于髡謂齊宣王曰古者有豹象之胎今無有王選于衆王好味矣

鞠𦜕

𦜕与跽同史記滑稽傳髡帣韝鞠〻

箕帚

吳越一介嫡女執〻〻以晐姓于王宫

步虛聲

逸史唐開成初進士許瀍忽得大病三日後醒起而起取筆大書一詩書畢復寐明日又驚起取筆改其第三句云天風吹下〻〻〻書訖兀然如故

又樂府解題〻〻〻道家所唱備言縹緲輕舉之美

觀好女子難描

擗美味象胎調

不淺陵陸復山遥

綵鄉座右篆香消

康成嘗使一婢不

婢來問曰胡爲

往愚辱斯

彼愁斯辱此中泥

象胎

說苑：淳于髡謂齊宣王曰：古者有豹象之胎，今無有。王選于衆，王好味矣。

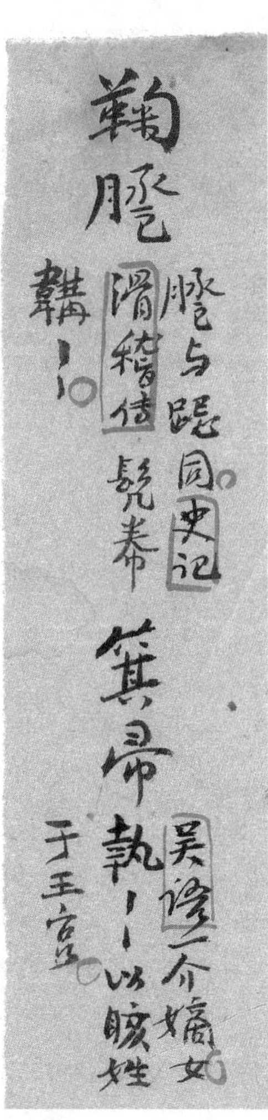

鞠𦜕

𦜕与跽同。史記滑稽傳：髡帣韝鞠𦜕。

箕帚執

吳語：一介嫡女執箕帚以晐姓于王宮。

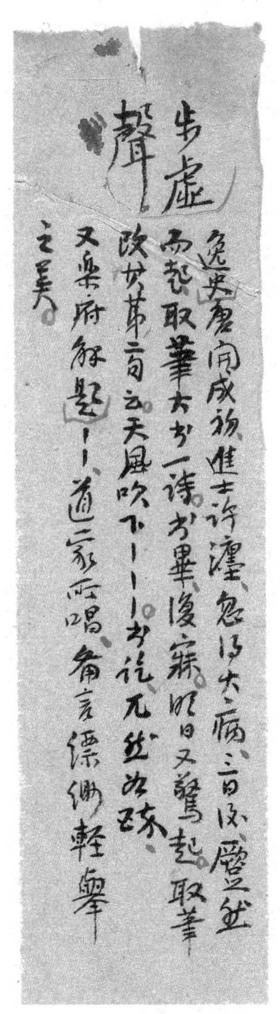

步虛聲

逸史：唐開成初，進士許瀍忽得大病，三日後醒，起取筆大書一詩，書畢復寐。明日又驚起取筆，改其第三句云：天風吹下步虛聲。書訖兀然如醉。又樂府解題：步虛詞，道家所唱，備言衆仙縹緲輕舉之美。

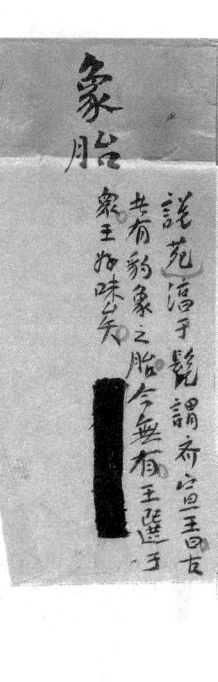

往昔豈將復為陸陵手麻姑手似鳥爪蔡經念
背癢時得此爪杷背乃佳　方平已知暗使鞭經
背亦不見人曰麻姑神人
汝何謂其爪可杷背耶

髻挽髮垂胥麻姑降碧霄蔡經家共覩好女子貌難描
耀日衣非錦扶雲駕御軺行厨麟脯擗美味象胎調
三見滄桑變雙懸日月照蓬萊闊水淺陵陸復山遥
鳥爪心中念龍鞭背上跑步虛聲縹緲座右篆香消

鄭康成婢辱泥中

世説鄭康成家奴婢皆讀書康成嘗使一婢不
稱旨將使人曳著泥中須臾一婢來問曰胡為

手泥中答曰薄言往訴逢彼之怒

風雅康成婢嬌聲答問低薄言逢彼怒斯辱此中泥（往愬辱斯）蟻引花死地鶯捎柳罥隄兩行紅粉咲（悖）雙淚翠顰啼鞠歷風迎北葵傾日漸西語難分弱燕心徹媚靈犀菊已傷憔悴梅猶索品題賤掾箕帚比殊覺韻清淒

孫夫人贊劉先主

蜀漢志吴孫權以妹妻劉先主妹才捷剛猛有諸兄之風侍婢百餘人皆执刀環立先主每入心常凜凜

祭江兩字見于演義中，正史所載似無祭字之說，係壽三國志具在，一時記憶不清，請再考核之。

誤贅東吳壻，臨婚解戰袍。虎臣舜佩劍，侍女凜環刀。剛猛傾城色，驚疑蓋世豪。萍蹤憐泛梗，椒室賦夭桃。粉黛盧魚餌，鬚眉展豹韜。鳳圍真富貴，蛟脫巨波濤。遂席分三國，登龍歎二毛。祭江（蟂磯）他日恨（廟），江水自滔滔。

趙夫人繡列國圖

拾遺記：吳王權趙夫人善畫，能于指間以彩絲織雲霞龍鳳之錦，大則盈尺，小則方寸，宮中謂之機絕。又能刺繡，作列國五岳河漢城邑行陣之圖，謂之針絕。又拈髮以神膠續之，織為羅綺，謂之絲絕。

五紋

杜甫詩 刺繡丨丨添絲

豹韜

蜀志先主傳注 閑暇無事歷觀諸子及六韜商君書益人意智

按隋書經籍志太公六韜五卷內有丨丨

逐鹿

吳志孫策傳注 策性好獵馳驅丨丨所乘馬精駿從騎絕不能及

贅婿

史記秦始皇紀 三十三年。昔嘗逋亡人丨丨賈人取陸梁地 注 贅曰謂居窮有女使就婦家為贅婿

網胸次刻山川

刊萬縷陣圖圓

畫神似仗針傳

石三绝女红全

法夫人輸入織

夫人爲神女敵

谷夫人憂戚不

進吳主以琥珀

能感人

爲後宫

五紋
杜甫詩
剌繡丨
丨添弱

豹韜
逐鹿
蜀志先主傳注閑暇無事歷观諸子及六韜商君書益人意智
梭隋書經籍志太公六韜五卷内有丨丨
吴志孫策傳注策性好獵馳騁丨丨所乘馬精駿從騎絶不能及

贅壻
史記秦始皇紀三十三年昔嘗逋亡人贅壻丨丨賈人取陸梁地注贅謂居窮有子使就婦家爲贅壻

誰擅方輿稿夫人巧製焉指尖工刺綳胸次列山川
绒線分諸國星河共一天五紋城邑判萬縷陣圖圓
花鳥池邊樹犁牛井上田像生非筆畫神似仗針傳
地脈交通界絲痕宛轉連吳宮無出右三绝女红全

潘夫人織室顕殊姿

王嘉拾遺記吴主潘夫人父坐法夫人輸入織
室美態少儔聞幽者百餘人謂夫人爲神女敬
而遠之有司聞于吴主使圖其容夫人憂戚不
食減度改形工人寫其真狀以進吴主以琥珀
如意撫案日此神女也愁容尚能感人
況在歡樂乃命雕輪就織室納爲後宮

按支機石係織女支機之石據以按切則可若謂舊与支機爲素鄰而今詩意紐于其中有未安妥處

如聽吳王語愁容尚感人撫圈思織室遂命迸離輪

𤻲世驚神女雖宮納貴嬪漫誇纖手巧且愛秀眉顰

侍輦承新寵支機謝舊隣真捐憂戚貌美稱綺羅身

琥珀應如意珠璣迥絕塵從茲君寵固香火亦前因

大小喬嫁孫策周瑜

吳志周瑜從孫策破皖城得喬公二女皆國色也策自納大喬瑜納小喬策從容戲瑜曰喬公二女雖流離得吾二人爲壻亦足懽娛

國色傳佳話君臣配二妹長姬先奉策季女繼歸瑜

乘龍

楚國先賢傳 孫雋与李元禮俱取太尉桓焉女時人謂其婁俱丨丨言得婿如龍也

玉潤

世說 衛叔寶是樂彦輔婿并有海内名裴叔道稱之曰婦翁冰清女婿丨丨

織室

漢書五行志 丨丨所以奉宗廟衣服 又三輔黃圖 丨丨在未央宮

支機

集林 有人尋河源見婦人浣紗問之曰此天河也乃与一石而歸問嚴君平君平曰此織女丨丨石也

快婿

劉延明傳 處士郭瑀有女妙選良偶别設一席語弟子曰吾有一女欲覓一丨丨坐此席者吾當昏焉延明遂奮衣坐神志湛然瑀遂以女妻之

顧曲

吳志周瑜傳 瑜少精意于音樂雖三爵之後其有闕誤瑜必知之知之必顧故時人謠曰曲有誤周郎顧

乘龍

楚國先賢傳 孫儁与李元禮俱取太尉桓焉女時人語其婿女俱丨丨言得婿如龍也

玉潤

世說 衛叔寶是樂彥輔婿并有海內名裴叔道稱之曰婦翁冰清女婿丨丨

織室

漢書五行志 丨丨所以奉宗廟衣服 又三輔黃圖 丨丨在未央宮

支機

集林 有人尋河源見婦人浣紗問之曰此天河也乃与一石而歸問嚴君平君平曰此織女丨丨石也

快婿

劉延明傳 博士郭瑀有女妙選良偶別設一席謂弟子曰吾有一女欲覓一丨丨坐此席者吾當婚焉延明遂奮衣坐神志湛然瑀遂以女妻之

顧曲

吳志周瑜傳 瑜少精意於音樂雖三爵之後其有闕誤瑜必知之知之必顧故時人謠曰曲有誤周郎顧

氣各英豪擅襟連姊妹呼美娃離患難快壻共歡娛
互印當心鏡平分合掌珠曲聲希善顧霸業助雄圖
築雀臺空鎖乘龍駕並扶喬公應破笑玉潤競東吴

蔡文姬歸漢

蔡邕女名琰字文姬博學才辯善鼓琴爲離鸞
別鵠之操漢末胡虜入中原文姬被虜左賢王
以爲后春月感笳之音作歌十八拍以言志在
胡十三年生二子魏武帝閔邕無嗣遣使以金
帛贖回嫁爲陳
留董祀之妻

秣馬鞶花韉文姬返國年風馳胡虜地日盼漢朝天

百美新詞　十五

按明妃塚邊之草獨青，所謂青塚也。必兼合草字，或不言草字，亦當運用得宜。此云青別明妃塚，似乎以其塚為青，誤矣。箇中法律，高所當再酌之。

青別明妃塚，黃銜戍卒烟。舄亡抛子女，忍淚涉山川。劍拂霜充驛，弓鶩月挂邊。笳聲悲十八，遡塞歷三千。氷雪凋鴉鬢，沙塵破翠鞭。歸來親尚在，多謝老瞞憐。

張后殺婢滅口

晉書：宣帝初辭魏武之命，托以風痹，常曝書，值暴雨，不覺自起收之。家唯一婢見之，張后懼事泄，乃手殺之以滅口，而親執爨。

按曝暴者，題注中言曝書也，詩中亦言。未言書字，則曝字似嫌無著，所問所曝何物也。

滅口因除婢，全身乃為夫。病辭風痹慶，曝值雨狂趨。消息瞞無泄，欺朦懼見誅。履危徵膽識，執爨亦心輸。

假狐威

李商隱詩虎威狐更假

說見國策不備引

智珠

見前

秦庭哭

左傳吳五戰及郢

申包胥如秦乞師

立依于庭墻而哭

日夜不絕声

奪標歸

唐詩紀事盧

肇及第還因

競渡賦詩云向

道是龍剛不信

果然奪得錦標歸

鸞射鳥權避假威狐

張氏后智運昔年珠

曾所園其女灌年十

城実園求赦於平南

衡以出嫁日去如死

花濺淚拂劍月侵衣

雜襬褓一夕擁旌旂

百美新詞　共

假狐威

李商隱詩虎威狐更假　說見國策不備引

智珠　見前

秦庭哭

左傳　吳五戰及郢　申包胥如秦乞師　立依于庭墻而哭　日夜不絕声

奪標歸

唐詩紀事　盧肇及第還因競渡賦詩云向道是龍剛不信果然奪得錦標歸

拯字仄声

勇矣三從婦究哉兩髻奴夢安鷺射鳥權避假威狐此日猶朝貢他時受版圖音書張氏后智運昔年珠

荀灌十一歲踰城乞援

史記晉荀崧守襄城爲杜曾所圍其女灌年十一率勇士數十人乘暮踰城突圍求救於平南將軍石覽兵至圍解

嬌小脫闤闠踰城策馬肥陣雲衝以出落日去如飛遠作秦庭哭來蘇楚地圍乞兵花濺淚拂劍月侵衣赴難爰摧敵拯危甚救饑十年難稱禪一夕擁旌旃

弱女情憐裨將軍怨奮威守陴人盼望歡勝奪標歸

謝芳姿被罰歌曲

晉王珣婢也珣与珉好捉白團扇與芳姿情好甚篤嫂知之加以箠楚王东亭求之嫂令歌一曲應聲歌曰白團扇辛苦互流連是郎眼所見白團扇顦顇非昔容羞與郎相見

芳姿嗔小婢暗與小郎通罰使歌兼舞輕銷罷抵功應聲團扇白啓齒唾花紅眉引纖纖月身迴面面風嬌喉珠錯落素手玉瓏[玲]璁慧黠高攀桂低回倦倚桐賞超調律外聚勝玉玲瓏，僥倖偕良侶多情樂未終

雪蕻讀
專房〻〻莫相妒各自有顏色

妒女驚主擲刀
[illegible]桓溫尚明帝女南康公主悍妒溫平蜀以
勢女為妾主聞拔刀率婢往砍砍〻見李在
前理髮〻委藉地姿貌端麗徐〻結髮斂手
向日國破家亡本無心至此若能見殺是所
願神色閒正辭氣悽婉主乃擲刀抱之
阿子我見猶憐何況老奴遂善遇之
降妒驚刀不忍誅悍鋒公主斂豔色小姬殊
憐汝輸心況老奴眼澄秋水淨髮委綠雲敷
[illegible]感神閒氣正俱悽辭容以婉善遇冀而扶
房寵人驚聽代妹天良初未泯明帝掌中珠
百美新詞　廿七

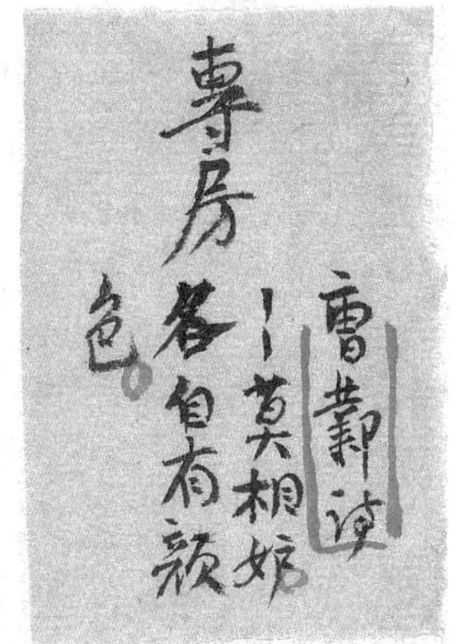
曹鄴詩
莫相妒
專房各自有顏
色

李勢女驚主擲刀

世說桓温尚明帝女南康公主悍妒温平蜀以李勢女為妾主聞拔刀率婢往欲砍之見李在窗前理髮髮委藉地姿貌端麗徐徐結髮斂手向前曰國破家亡本無心至此若能見殺是所本懷神色閒正辭氣悽婉主乃擲刀抱之曰阿子我見猶憐何況老奴遂善遇之

美絕能降妒鸞刀不忍誅悍鋒公主斂豔色小姬殊覿面猶憐汝輸心況老奴眼澄秋水淨髮委綠雲敷國破家亡感神閒氣正俱悽辭容以婉善遇翼而扶妾許專房寵人驚曠代姝天良初未泯明帝掌中珠

三墳

左傳 左史倚相趨過 王曰是能讀丨丨五典八索九邱

又孔安國尚書序 伏羲神農黃帝之書 謂之丨丨

霧縠

漢書禮樂志 被華文廁丨丨

又子虛賦 雜纖羅垂丨丨

誄宗

後漢書列女傳 南郡君學窮道奧 文爲詞宗

詠絮

晉列女傳 王凝之之妻謝道韞 謝奕之女也 聰明有才辯 嘗内集 俄而雪驟下 安曰何所似也 安兄子朗曰 撒鹽空中差可擬 道韞曰 未若柳絮因風起 安大悦

拈花

五燈會元 世尊在靈山會上丨丨示衆 衆皆寂然 惟迦葉尊者破顏微笑

大雅扶輪

庾信趙國公集序 棟梁文囿 羽儀詞林 丨丨丨丨 小山承蓋

三墳

左傳 左史倚相趨過王曰是能讀｜｜五典八索九邱 又孔安國尚書序伏羲神農黃帝之書謂之｜｜

霧縠

漢書禮樂志 被華文廁｜｜ 又子虛賦雜纖羅垂｜｜

詞宗

後漢書列女傳 南郡君學窮道奧文爲詞宗

詠絮

晉列女傳 王凝之之妻字道韞謝奕之女也聰明有才辯嘗內集俄而雪驟下安曰何所似也安兄子朗曰撒鹽空中差可擬道韞曰未若柳絮因風起安大悅

拈花

五燈會元 世尊在靈山會上｜｜示衆々皆寂然惟迦葉尊者破顏微笑

大雅扶輪

庾信趙國公集序 棟梁文囿羽翼詞林｜｜｜｜小山承蓋

謝道蘊與小郎解圍

世説王獻之與客談義不勝其兄凝之妻謝道蘊遣婢白曰請與小郎解圍乃施青紗步幛自蔽與客談客不能屈

不信蛾眉掃經綸富滿胸小郎艱義勝佳客笑才庸座請陪三五圍將解一重青紗施步幛白戰挫談鋒辯難人如玉鳴湍石應鐘女應鸞學師合拜爲詞宗詠絮傾心久拈花覿面逢謝家傳道蘊靈秀兩間鍾

文宣君紗幗授徒

晋書韋逞母宋氏父世儒学就家立講堂置生徒一百二十人隔紗幔授業號文宣君帝賜侍婢十人

講設碧紗幔文宣廣授徒雲從師範風教女宗儒
淡淡眉痕秀便便腹笥腴化裁文似錦謦欬唾成珠
十婢趁屏底三墳擁座隅天機閑活潑霧縠隔模糊
童冠希賢哲鈞陶鑄聖謨英材環百二大雅共輪扶

劉女披肩認老奴

世説温嶠表婦從姑劉氏女有姿慧姑屬嶠覓壻嶠自有婚意答曰佳壻難得但如嶠何如姑

百美新詞　六

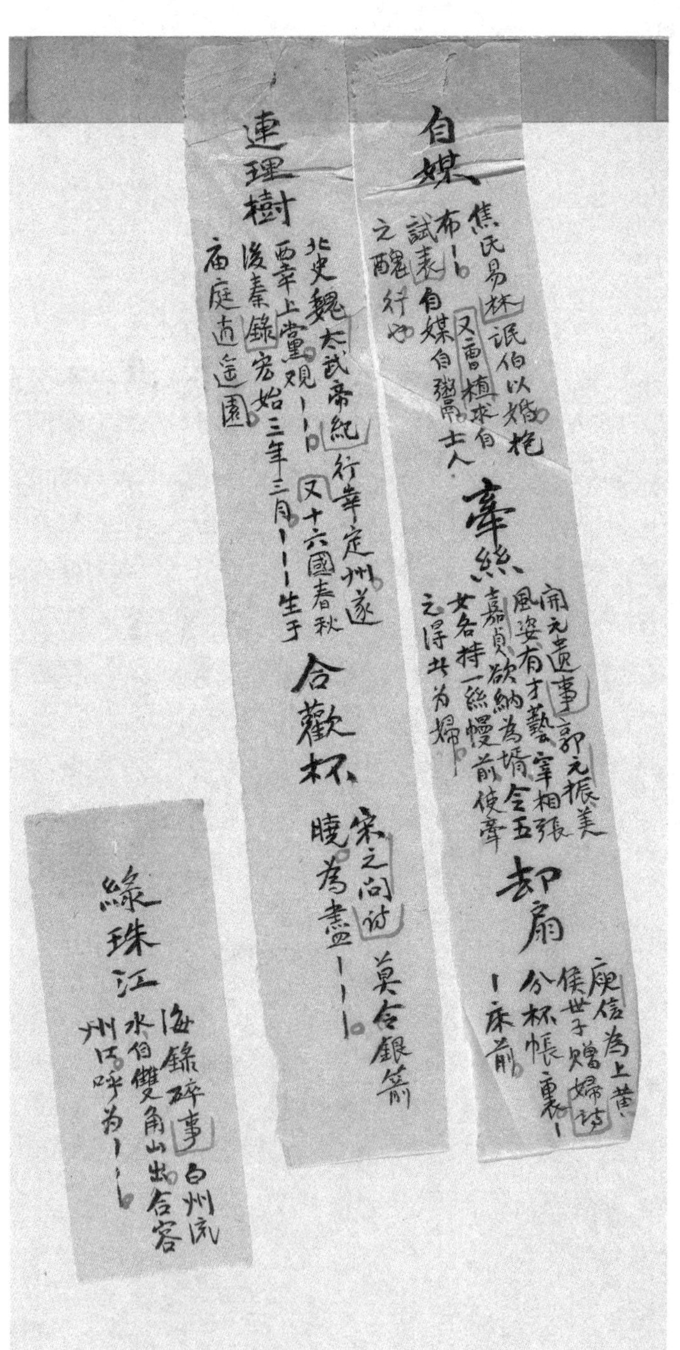

自媒

焦氏易林諐伯以婚抱布丨丨又曹植求自試表自媒自衒士人之醜行也

牽絲

開元遺事郭元振美風姿有才藝宰相張嘉貞欲納爲婿令五女各持一絲幔前使牽之得者爲婦丨

却扇

庾信爲上黄侯世子贈婦詩分杯帳裏丨丨床前

連理樹

北史魏太武帝紀行華定州遂西幸上黨觀丨丨又十六國春秋後秦錄宏始三年三月丨丨丨生于廟庭逍遙園

合歡杯

宋之問詩莫令銀箭曉爲盡丨丨

緑珠江

海錄碎事白州流水自雙角山出合容州江呼爲丨丨

自媒

焦氏易林 氓伯以婚抱布｜｜ 又曹植求自試表 自媒自衒士女之醜行也

牽絲

開元遺事 郭元振美風姿有才藝 宰相張嘉貞欲納為婿 令五女各持一絲幔前使牽之得者為婦

却扇

庾信為上黄侯世子贈婦詩 分杯帳裏｜｜床前

連理樹

北史魏太武帝紀 行幸定州遂西幸上黨觀｜｜ 又十六國春秋後秦錄 宏始三年三月｜｜生于廟庭逍遥園

合歡杯

宋之問詩 莫令銀箭曉為盡｜｜

綠珠江

海錄碎事 白州流水自雙角山出合容州江呼為｜｜

日何敢希汝也他日馳至掖云已得壻矣门地粗可壻身名宦盡不減嶠因下玉鏡臺一枚姑大喜既婚交禮女以手披紗扇撫掌大笑曰我固疑是老奴

佳壻殊難得温郎乃自媒誑云姑所囑差似嶠之才
官頌金鑾殿盟要玉鏡臺牽絲新婦笑卻扇老奴猜
花欲參差合珠屏迤邐開喜諧連理樹交飲合歡杯
帳暖春宵度牕明曙色催多情聯眷屬花樣試新裁

王玉京與燕爲侶

衛敬瑜妻霸陵王整妹敬瑜卒居常有双燕巢梁间一日雄燕爲鷙鳥所傷其雌孤栖徘徊至

秋死集王氏之臂若告别然氏以红缕繫其足日明春復来爲我侣也明年果至因贈以詩曰昔時無偶去今春猶獨歸故人恩義重不忍更双死自是春来秋去凡六七年氏卒明年燕来周旋哀鳴家人語曰氏死矣墳在南郭燕至墳所死焉每風清月明時人見氏與燕同游壩上

賴尔頻相盻銷余恨滿腔人方嗟影隻燕好伴形雙
寂莫拋妝鏡呢喃對綺牕縷經前度繫情約者番降
捲幔先飛蝭啣泥驚吠厖花傷紅杏雨水撩綠珠江
擁被身欹枕栖梁焰照缸兩間靈秀合生死共鄉邦

綠珠墜樓

歌字下二十字擬省

晉書南海梁氏女貌美善吹笛石崇以珠三斛易之故名綠珠大將軍孫秀橫甚欲之求于崇不許崇謂珠曰我為爾得罪珠泣曰當効死於君前因自投金谷樓下死珠嘗有詩曰懊儂歌「絲布澁難逢令儂十指穿黃牛細犢車遊戲出孟津」

絕命酬恩寵綫於曲事雕玉顏韡縟幕金谷墜高樓
濺淚花同落驚心鳥亦愁過雲沉笛韻捲雨泣簾鉤
香逐晨烟散魂依夜月浮千絲穿羅指百尺謝梳頭
孤負珠三斛淒涼土一坯懊儂歌調在鄉莫覓溫柔

紅綫取合

探囊

五代史南唐世家 韓熙載初与李穀相善明宗时熙載奔吳穀送至正陽酒酣臨訣熙載謂穀曰江南用吾为相當長驅以定中原穀曰中原用吾为相取江南如探囊中物耳

杞憂

列子杞國有人憂天地崩墜者又有憂彼之所憂者因往曉之曰天積氣耳無處無氣奈何憂其崩墜乎

探囊

五代史南唐世家　韓熙載初與李穀相
善明宗時熙載奔吳穀送至正陽酒
酣臨訣熙載謂穀曰江南用吾為相當長
驅以定中原穀曰中原用吾為相取江南
如探囊中物耳

杞憂

列子杞國有人憂天地崩墜
者又有憂彼之所憂者因往
曉之曰天積氣耳無處無
氣奈何憂其崩墜乎

朝廷上擬加紅線傳三字以明出處
此字又見于廿澤論

朝廷遣潞州節度薛嵩女嫁魏博節度田承嗣男田募勇三千將併潞州嵩日夜憂悶青衣紅線曰隣境事易與耳請暫至魏城覘其形勢二更當五更可復命嵩備燈危坐忽聞一葉墜露則紅線回矣曰往見中軍卒步巡庭下乃發扉入其寢室田叔翁鼓跌酣眠枕前仰開一金合遂取以歸往返七百里冀減主憂嵩乃發使遣田書曰昨有客夜至云自元帥床頭獲一金合不敢秘謹封納田驚怛絶倒明日賫帛馬犒珎以獻于嵩曰某之首領繫在恩私便宜知過敢議姻親

紅線技何神勞軍柱夜巡若探囊內物肜視帳中人
手合持為信頭顱保示仁杞憂舒懦主草動駭強鄰

百美新詞　二十

腰劍寒光斂胸羅俠氣伸鸞風衣墜葉如月袖籠珍

髻謝烏蠻挽書從虎穴陳果教鸞恒服卑禮議和親

按列女傳有後漢列女傳及劉向列女傳此乃出後漢列女傳擬加後漢兩字

羊妻以織機勗學

列女傳樂羊子遠游尋師學業一年來歸妻問其故樂羊子曰久行在外懷思無他妻乃引刀向機曰此機生自蠶繭成於機杼一絲而累以至于寸累寸不已遂成于尺累尺遂成段疋今若斷之則損前功稽廢時日當日知所無以就懿德羊感之七年不返

一絲而累寸寸尺丈成縑端積支機織還憑積縷添

因材為段疋勤學比精嚴杼斷功勞棄交同損益占

按列女傳有後漢列女傳見此局傳此事出後漢女傳按加後漢字

羊妻以織機勗學

鄴侯籤 張耒赴亳州教官詩牙籤喜校——

香奩 全唐詩話——集和魯公之所作也以其艷麗故嫁其名于韓偓

藥奩 鮑照有——銘

豐年玉 世說世祢庾文康為——

不夜珠 飛燕外傳真臘國獻——光照人無妍醜皆美麗

虎穴 後漢書班超傳不入——不得虎子

抄

僖負羈妻識賢人

左傳 負羈妻曹人晉文公出亡過曹曹共公不為禮負羈妻曰吾觀晉公子賢人其從者皆國相必有晉國得晉國而討無禮曹其首也子盍早自貳焉乃饋公子盤飧後文公復國果加兵于曹令無入負羈之室

成敗辨賢豪閨中識見高勸夫修禮遇瞞主別恩叨

復國重興晉加兵首及曹敵將行賸意遠慰出亡勞

助子壺飧饋煩儂并白操敢期他報玖竊比彼投桃

按列女傳甚多此事出後漢列女傳宜加四漢勘字

鄴侯籤 張美赴亳州教官詩 牙籤 喜校一一

香匳 全唐詩話一一集 和魯公之所作也以其艷麗故貴後嫁其名于韓偓

藥匳 鮑照有一一銘

豐年玉 世説世稱庾一一亮為一

不夜珠 飛燕外傳 真臘國獻一一光照人無妍醜皆美麗

虎穴 後漢書班超傳 不入一一不得虎子

抄

僖負覊妻識賢人

左傳 負覊妻曹人晉文公出亡過曹曹共公不爲禮負覊妻曰吾觀晉公子賢人其從者皆國相必有晉國得晉國而討無禮曹其首也子盍早自貳焉乃饋公子盍飧後文公復國果加兵于曹令無入負覊之室

成敗辨賢豪閨中識見高勸夫修禮遇暱主别恩叨復國重興晉加兵首及曹敵將行贐意遠慰出亡勞助子壺漿饋煩儂井臼操敢期他報玖竊比彼投桃

按列女傳並多此事出後漢列女傳宜加四漢勅字

廢時嘗鑒此失業不無嫌所貴三餘惜休教一刻掩
賢哉羊子室勉矣鄴侯箴乃引刀相喻香匳勝藥匳

如願婢出青草湖

搜神記甄明過青草湖湖神邀歸問所需有一人私語曰君但求如願不必餘物明依其語湖君許之及出乃呼如願是一少婢也至家遂大富後歲旦如願起遲明鞭之入糞帚中家漸貧

青草湖中去湖君問所需人言如願好我便此心輸
蛟室雙扃啓龍宮一笑呼修眉驚少婢腕手贈狂奴
寶獲豐年玉珍同不夜珠綠鬟歆翡翠紅袖倚珊瑚

蕭
擲者

錙銖
說文銖十分黍之重也八銖為錙
白居易詩時情變寒暑世利算錙銖

金柝
鐵衣
俱見木蘭行

風雲擁節旄文公旋振旅難免里門遭
文祭夫
劉孝綽妹也姊妹三人並有才學令
嫻為三娘為文尤清拔悱官晉安郡
文祭之辭甚悽愴悱（側）父欲為哀詞見
筆蕭韶稱孝綽諸妹文采艷發甚于
娘大筆奇至情和淚寫苦境許魂知
天緯地儀女篇騰艷彩又製輟哀詞
詩絕唱隨春風無限恨夜月未亡悲

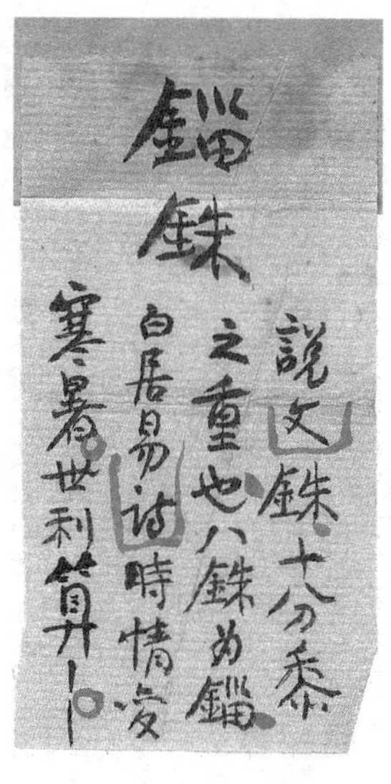

錙銖

說文：銖，十分黍之重也，八銖爲錙。

白居易詩：時情變寒暑，世利筭

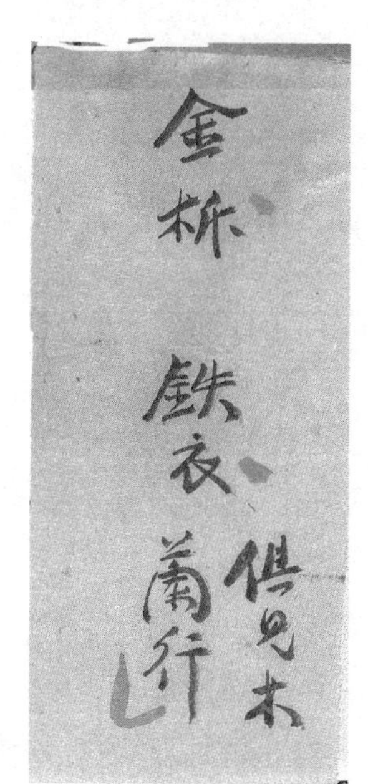

金柝　鐵衣　俱見木蘭行

日月歸征騎風雲擁節旄文公旋振旅難免里門遭

劉令嫺為文祭夫

梁徐悱妻劉孝綽妹也姊妹三人並有才學令嫺最幼人稱為三娘為文尤清拔悱官晉安郡卒令嫺為文祭之辭甚悽愴悱（惻）父欲為哀詞見其文乃閣筆蕭韶稱孝綽諸妹文彩艷發甚于神人也

蕭韶以下十六字刪者

夫死為文祭三娘大筆奇至情和淚寫苦境訴魂知泣鬼驚人句經天緯地儀女篇騰艷彩父製輟哀詞撫瑟增悽愴吟詩絕唱隨春風無限恨夜月未亡悲

女郎下九字擬省加樂府有木蘭詞六字較合

緣卜他生合神傷此日難意長嗟紙短不盡斷腸期

木蘭代父從軍

梁時代父戍邊十二年始歸人不知為女郎是一節操幹將豪傑女子也其人其事不失一奇七

代父易戎裝從軍出女郎便親辭綃閣萬里赴沙場機織新拋素河流遠渡黃眉痕籠塞月鬢影掠胡霜鴛劍腰橫細雕弓手挽強威揚金柝氣寒逼鐵衣光鄉夢廿年別雄心百戰忙千秋奇事在姓氏木蘭香

多

無鹽諫王

列女傳 鍾離春者齊無鹽邑之女也為人極醜行年四十銜嫁不售於是拂拭短褐自詣宣王王

風嘯

管輅別傳 虎者陰精而居于陽依木長嘯動于巽二氣相感故能運風

黃庭堅詩 風壑嘯於菟

舉案

梁鴻傳 与妻至吳為人賃舂每歸妻為具食不敢于鴻前仰視——齊眉

銅柱

後漢馬援傳 援至交趾立——為漢之極界

風嘯

管輅別傳 虎者陰精而居于陽依木

長嘯動于巽二氣相感故能運風

黃庭堅詩 風壑嘯於菟

舉案

梁鴻傳 与妻至吳為人

賃舂每歸妻為具食

不敢于鴻前仰視——

齊眉

銅柱

後漢馬援傳

援至交趾立

——為漢之

極界

召見之乃舉手拊膝曰殆哉殆哉宣王曰願聞命
對以四殆宣王喟然而嘆即拜無鹽女為王后

尚德何論貌千秋特表揚無鹽生醜女短褐見宣王
拊膝陳言直低鬟肅拜莊萬機憂四殆一諫振三綱
封后儀循禮回天事異常椒房資內治金鑑受餘慶
視魯君多矣匡齊國益強六宮皆秉訓史冊並爭光

邵女數騎拔圍

白帖劉遐妻邵續女也驍果有父風遐嘗為石季
龍所圍妻單將數騎直撲敵營拔出劉遐於萬
人之中

按此等 宜標明 若知何 耳

月勢張弓

白居易詩弓勢月初三 又老子天道其猶張弓乎

撼山

宋史岳飛傳 撼山易撼岳家軍難

龍胆

本草久服益智不忘輕身耐老 陸龜蒙聯句詩藝可屬

鵝鸛

陣名 左傳昭二十年 鄭翩願為鸛其御願為鵝

雄 中 弓 銅

合家時期國政

月勢張弓

白居易詩弓勢月
初三又老子天道
其猶張弓乎

撼山

宋史岳飛傳
〻〻易撼
岳家軍難

龍膽

本草〻〻久服益智
不忘輕身耐老
陸龜蒙聯句詩藝
可屠〻〻

鵝鸛

陣名左傳昭二十一年
鄭翩願為鸛其
御願為鵝

數騎遠嘶風死沙起半空直驚龍臉蔭獨逞女心雄
陷陣危憐壻衝鋒敵破或突圍乎帳外拔出萬人中
鵝鸛翻雲黑旌旗擘袖紅霜霏光掣劍月滿勢張弓
孰謂山雞撼終教水洩通依然眉舉案不羨桂標銅

樂昌公主破鏡重圓（本事詩情感第一）

陳後主之妹色豔兆太子舍人徐德言婦陳政
方乱德言知不相保謂公主曰以君之才名國
亡必入權豪之家斯永訣矣倘情緣未斷猶期
相見宜有以信之乃破一鏡各執一半約他時
以正月望日賣於都市後公主歸楊越公素家
德言如期訪之有蒼頭賣半鏡高言出半鏡合

按此事見本事詩宜標明惟詳稽參差知係數字之刪削耳

百美新詞　三三

之題詩付蒼頭公主得詩悲泣越公詢得其實
台德言與飲令公主作詩遂厚遺送還江南開
者咸感嘆　德言詩曰鏡與人俱去鏡歸人不
歸無復姮娥影空留明月輝公主詩云今日何
遷次新官對舊官笑啼
俱不敢方信作人難

世亂各流離風移玉樹枝五都元夕市半鏡德郎詩
國感滄桑變人增伉儷悲豈期花落後重見月圓時
璧合仍歸趙珠聯復認隋喜偕新蝶夢悲壓舊蛾眉
緣分鴛鴦債恩私草木知江南同返棹應勒越公碑

千金公主復仇不果

五都
東連趙魏　宋玉賦
九連燈　閩覽　少昌
九華殿一
隋珠一　南都賦
夜光

趙王招女周主斌以之妻突厥和親後趙王爲楊堅所殺堅篡周國滅主國克復因說突厥起兵討隋不果公主乃請改姓楊隋封爲大義公主因傷感題詩屏風上隋主恐其爲患搆突厥殺之其詩曰盛衰等朝暮世道若浮萍榮華寔難守池臺終自平富貴今何在何事寫丹青盃酒恒無樂絃歌詎有聲余本皇家子飄流入虜廷一朝覩成敗悵恍忽縱横古來共如此非我獨申名惟有明君曲偏傷遠嫁情

國破家何有孤身入虜廷畏威和突厥顧影惜娉婷
成敗君親念縱橫涕淚零復仇兵不果應劫地無靈
寂寞宮花冷徘徊塞草青畫圖愁搦筆詩句感題屏

百美新詞　二百

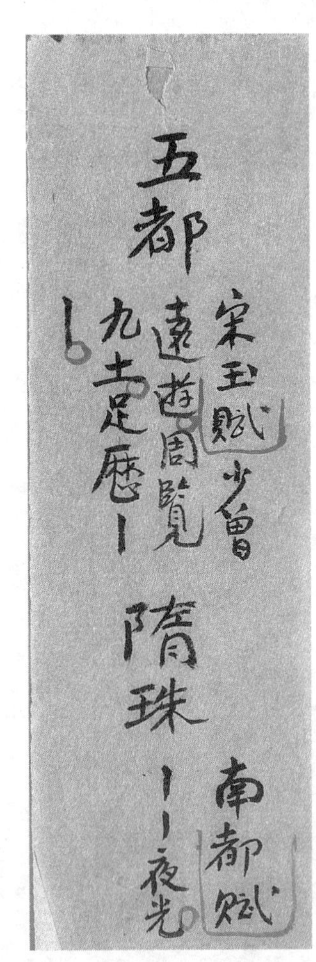

五都
宋玉賦 少曾
遠遊周覽
九土足歷丨

隋珠
南都賦
丨丨夜光

趙王昭女周主斌以之妻突厥和親後趙王爲楊堅所殺堅篡周國滅主圖克復因說突厥起兵討隋不果公主乃請改姓楊隋封爲大義公主因傷感題詩屏風上隋主怒其爲患構突厥殺之其詩曰盛衰等朝暮世道若浮萍榮華實難守池臺終自平富貴今何在何事寫丹青盃酒恒無樂絃歌詎有聲余本皇家子飄流入虜廷一朝覩成敗懷抱忽縱横古来共如此非我獨申名惟有明君曲偏傷遠嫁情

國破家何有孤身入虜廷畏威和突厥顧影惜娉婷
成敗君親念縱横涕淚零復仇兵不果應刧地無靈
寂寞宮花冷徘徊塞草青畫圖愁擱筆詩句感題屏

勤王

周禮春官大宗伯秋見曰覲注覲之爲言勤也欲其一一之事

窺　詞　帝傳命後視焉　螢

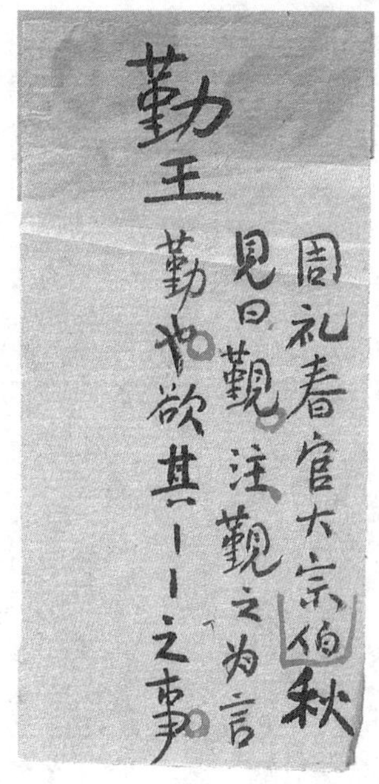
勤王

周礼春官大宗伯秋見曰覲。注、覲之为言勤也。欲其丨丨之事。

徒壯勤王志徧傷隕汝形千金何處是荒塚暗飛螢

吳絳仙真可療飢

隋煬帝殿脚女帝登龍舟憑絳仙肩喜其柔毳
善畫長蛾眉得日賜螺子黛帝每倚簾視
之曰古人言秀色可餐若絳仙真可療飢矣後
失意於蕭妃稍稍不得親幸帝以水果一双命
小黄門馳賜之絳仙受而附詩一首曰驛使傳
來果君王寵念深寧知辭帝里無復合歡心帝
省詩曰何怨之
深耶女相如也

豈止餐其色真堪療我飢絳仙推絕代煬帝致諛詞
猩黶調櫻口螺痕畫黛眉鳳鬟臨鏡整龍馭倚簾窺

珠宮

蘇軾詩海石來〻〻秀色如蛾綠。

玉漏遲

宋史樂志良夜永。玉漏已遲。

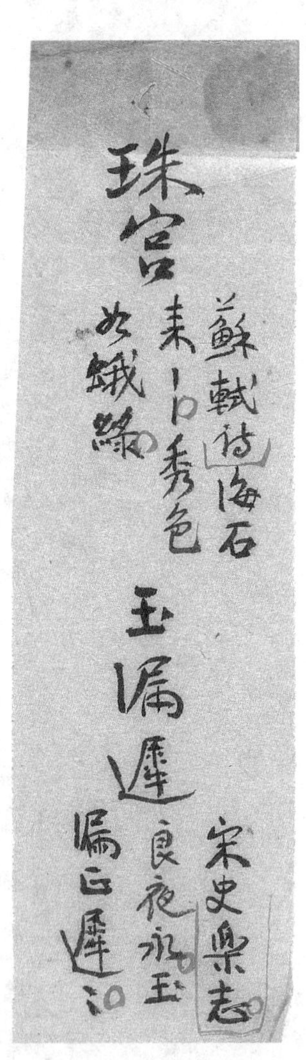

珠宮

蘇軾詩海石來珠宮秀色如蛾綠

玉漏遲

宋史樂志良夜永玉漏正遲

失意珠宮早含情玉漏遲身非承寵日心異合歡時
馳賜新鮮果遥陳感遇詩省思深極怨辜負此嬌姿

侯夫人絶望捐生

煬帝後宫女帝建迷樓選良家女千居之後宫
多不得進御侯夫人以色自喜意在希寵乃徬
徨絶望怨而自經臂繫錦囊中有詩帝臨視感
慟以禮葬之日誦其詞令樂府歌之 其詩曰
庭絶玉輦跡芳草漸成窠隱隱聞簫鼓君恩何
處多欲泣不成淚悲來翻強歌庭花方爛熳無
計奈春何

薄命違君面捐軀痛妾心鳥鳴哀已甚花落怨何深

百美新詞 二五

冷月沈宮室淒風達上林翠華親幸視紅淚賸悲吟
流水杳[悠]然去芳魂沒處尋殘妝憐破鏡挂壁感遺琴
寂寞迷樓影蒼涼碧樹陰夕陽侵輦路環珮想餘音

唐文德后朝服賀納直言

唐史太宗會朝罷怒曰會殺此田舍漢文德后問誰忤陛下帝曰豈過魏徵每庭辱我使我常不自得后退而具朝服立于庭帝驚曰皇后何為若是對曰妾聞主聖臣忠今陛下聖明故魏徵得直言妾備數後宮安敢不賀帝色霽視魏徵加厚

觸忤猶強諫幾乎禍及身賢良文德后匡救直言人

按諍字雖有通爭之説然庭諍諍諫等字皆用仄声為多此因於第二字用仄声不諧宜酌正
又按腹經綸固知言腹內經綸之意然三字不連缀有語病高明細參之

朝服端為賀鷟顏問所因 九乾逢聖主百揆出忠臣
轉怒翻成喜回思用體仁庭諍寬蓋直樸宮範肅妃嬪
帝德資勷贊皇猷邁等倫魏徵等何幸甚不腹經綸

徐惠妃上書諫修宮室

唐書徐惠妃名惠賢之女也生五月能言四歲通論語八歲能屬文父嘗使擬離騷作小山篇太宗召為才人軍旅未甯上書諫修宮室詞甚典美上嘉然之

玉宇尚煙塵崇宮美奐輪君偏軍旅急妃獨諫書陳
義動英明主忠懃內外臣堂皇詞體國典麗語驚人

百美新詞　二六

殿閣因仍舊樓臺罷作新才超前代女識冠後庭嬪
燕婉抒丹悃鴻謨助紫宸禁闈傳妙筆長侍翠華春

紅拂投李靖

紅拂傳李靖微時謁見楊素有一姬持紅拂侍側目靖久之靖歸逆旅夜有紫衣戴帽者扣門而入脫去衣帽乃一美人曰妾楊家紅拂妓也閱天下人多矣未有如公者絲蘿願托喬木耳靖遂與之適太原

俊眼識英雄波流客座中青巾叅帥府紅拂侍屏風
退舍門雙掩進樓鼓二通扣關聞吠犬脫帽出驚鴻

吟有癖

貔貅 曲禮 前有摯獸則載——

青巾 蘇軾李委吹笛引 進士李委聞坡生日作新曲鶴南飛以獻呼之使前則—— 紫裘要笛而已

退食 詩 —— 自公

譙樓 史記陳涉世家 守丞与戰譙門中 師古注譙門謂門上為高樓以望遠者耳 樓一名譙

青巾

蘇軾李委吹笛引 進士
李委聞坡生日作新曲鶴
南飛以獻呼之使前則一
紫裘腰笛而已

退食

詩 一一
自公

譙樓

史記陳涉世家 守丞與
戰譙門中 師古注譙門
謂門上為高樓以望遠
者耳 樓一名譙

吟有癖

貔貅

曲禮 前有
摯獸則
載一一

道彼才非美惟公望最隆絲蘿依巨木琴瑟惜梧桐
鬢影花陰亂衣香月色朧偶然萍水合遂與桂歸蓬

宋若昭爲女學士

宋芬貝州人有女五人皆讀書能文辭長若莘次若昭文尤高不願適人欲以學名家若莘著女論語若昭釋之貞元中李抱貞表其才德宗召試文章問經史厚賜賚之高其風操呼女學士穆宗時拜尚宮歷三朝皆待以師禮卒贈梁國夫人若憲尤聰慧若昭卒代司秘書文宗重其學問更加禮焉

學士偏呼女風高宋若昭文詞隆一代師禮待三朝

碩問窮經籍光華射斗杓欲爭才子氣迥異美人嬌

胸次書倉富頭銜繡閾標鵷班同翰苑爵祿羨臣僚勝冠

宦閣逍遊藝宮居獨近叔秀如燕五桂姊妹品皆超

客

載徽時為人所輕氏勸夫

客氏以詩諫之及載被誅

十年太原節度使女十六

長信昭陽給事使爭死亦

無歌[illegible]畫梁更闈重換舞

各知[illegible]浮雲不久長

[illegible]人勸以勸寧輔漫相嘲

鮫泣珠

洞冥記 吠勒國人乘象入海底取寶宿于鮫人之宮得淚珠則鮫人所泣之珠

十

鮫泣珠

洞冥記 吠勒國人。乘象入海底取寶。宿于鮫人之室。得淚珠。則鮫人所泣之珠也。

顧問窮經籍光華付斗杓欲爭才子氣迴異美人嬌
胸次書倉富頭銜續閣標鵷班同翰苑爵祿蕃（勝冠）臣僚
官閣從游藝宮居獨近椒秀如燕五桂姊妹品皆超

王韞秀以詩諫夫慢客

唐王忠嗣女元載妻載微時為人所輕氏勸夫遊學載既貴多慢賓客氏以詩諫之及載被誅上令氏入宮氏曰三十年太原節度使女十六年宰相妻豈能復爲長信昭陽給事使乎死亦幸矣　其詩曰楚竹燕歌動畫梁更闌重換舞衣裳公孫開館招佳客知道浮雲不久長

貴也忘微賤驕多慢故交夫人勤以勸宰輔漫相嘲

舊事從頭憶新詩着意敲閨中修褉草額外想分茅
賓客逡巡去詩書禮義抛殺身償彼怨苦口更誰教
玉碎聲鸞鳥珠沉淚泣鮫貽陽休給使韋葬白楊郊

鮑四絃換駿馬

鮑生妾鮑多蓄聲伎外弟韋生好駿馬一日同
飲酒鮑以小姬佐酌既酣停杯閱馬鮑意欲之
韋曰能以人換任選殊尤鮑遣四絃感妝出勸
韋酒歌曰白露濕庭砌皓月臨前軒此時去留
恨含思獨無言韋
牽紫叱撥酬之

如願換其好何妨有易無贈之紅粉女酬以紫騮駒

駿骨千金價蛾眉百媚姝美人風韻豔良駟電光驅愛比空羣驥歡來報喜蛛衣香霏錦綺鞭影逐珊瑚交易消杯酒均（情）堪入畫圖四絃傳鮑氏換馬亦何辜

按唐書列女傳云衛孝女字無忌若僅作唐衛女似乎是唐衛之女殊不明顯宜酌正

魏無忌抵甓復仇

唐衛女無忌父為衛長則所殺無忌甫六歲無兄弟母改嫁女長志報父仇會從父大延客長則在坐無忌竊見之遂抵以甓殺之詣吏請刑褚遂良以聞太宗免之

至孝根天性孤遺女六齡父冤~~斯~~手報母嫁獨心銘歲長猶居室仇來適在庭乘機親抵甓深幸竊窺屏

九鼎

史記平原君傳毛先生一至楚而使趙重于〻〻大呂

空羣

韓愈送温處士序伯樂一過冀北之野而馬遂〻〻

報喜蛛

尔雅蟰蛸長踦疏小鼅鼄長脚者一名蟰蛸一名長踦俗呼為喜子

又西京雜記蜘蛛集而百事喜

九鼎

史記平原君傳毛先生一至楚而使趙重于｜｜大呂

空羣

韓愈送溫處士序伯樂一過冀北之野而馬遂｜｜

報喜蛛

爾雅蠨蛸長踦疏小鼅鼄長脚者一名蠨蛸一名長踦俗呼為喜子又西京雜記蜘蛛集而百事喜

觸器因遭甃趨廷請就刑完名無保節析緯吏分經

司讞風霜奏豪息雨露零不惟輕宥罪還著簡編青

楊妻勸夫募死士守城

合璧唐建中末李希烈謀襲陳州李侃為項城令以城小欲逃歸妻楊氏曰縣不守則地皆賊地也倉廩府庫皆其積也百姓皆其戰士也請募死士固守賊遂去

一言隆九鼎壻罷棄城逃死士倉皇募登陴固守牢

地休資賊利庫可獎軍勞令尹神情沮夫人膽氣豪

寇氛空豕突巾幗展龍韜但運胸藏甲何煩手握刀

獅吼

蘇軾簡陳季常詩

忽聞河東獅子吼

拄杖落手心茫然

貌𪊨連日歷燕雀御風高内助誠無忝才明奪俊髦

柳氏奉勑甘飲鴆酒

朝野僉載唐兵部尚書任瓌勑賜二宫女皆國
色妻柳氏性妒爛二女頭髪充盡太宗聞之賜
以金甂酒云飲之立死不妒即不須飲柳氏拜
微賤更相輔翼遂至榮官今
乃一飲而盡然非鴆也既睡
畏死朕尚不能禁卿其奈之

猥聞聲爭拜勑甘死便傾觴
狂豈容嬌貽屋獨擅寵專房

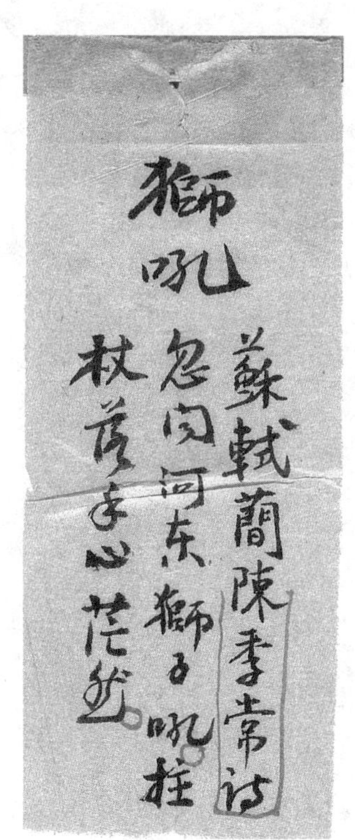
獅吼
蘇軾藺陳季常詩
忽闻河东獅子吼拄
杖落手心茫然

貔貅連日慶燕雀御風高内助誠無忝才明奪俊髦

柳氏奉勑甘飲鴆酒

朝野僉載唐兵部尚書任瓌勑賜二宮女皆國色妻柳氏性妒爛二女頭髮禿盡太宗聞之賜以金瓶酒云飲之立死不妒即不須飲柳氏拜教曰妾與瓌皆出微賤更相輔翼遂至榮官今多内嬖誠不如死乃一飲而盡然非鴆也既睡醒帝謂瓌曰人不畏死朕尚不能禁卿其奈之何乃詔二女別宅安置

不妒無須飲綸音賜酒漿聞聲爭拜勑甘死便傾觴
非鴆迷猶醒如獅吼更狂豈容嬌貯屋獨擅寵專房

閫教降夫壻閫威懾帝王卿兮無可奈朕也莫能強
聽禿宮娥髮雖迴悍婦腸任環妾柳氏奇潑亦名揚

霍小玉飲恨埋香

本傳故霍王小女字小玉諸昆以其出自賤庶擯居于外姿質穠豔與李十郎益善誓日偕老後背前盟玉抱恨沉疾使婢賣紫玉釵會生偕友賞花忽來衣黃衫豪士強勒生馬同行至玉門令家僕抱進挾云李十郎至矣先一夕玉夢生來使脱鞋驚悟告母曰鞋者諧也脱者解也必再合而永訣強母妝梳生果至玉側身轉面斜視良久舉杯酹地曰我為女子薄命如斯君是丈夫負心若此韶顏穉齒引恨而終乃引左手握生臂擲杯于地長號數聲而絶

挾纊

左傳 楚子伐蕭。師人多寒。王巡三軍。拊而勉之。三軍之士皆如挾纊。

毛毿帳

唐書吐蕃傳 其俗有城郭廬舍不肯處。聯｜｜以居。

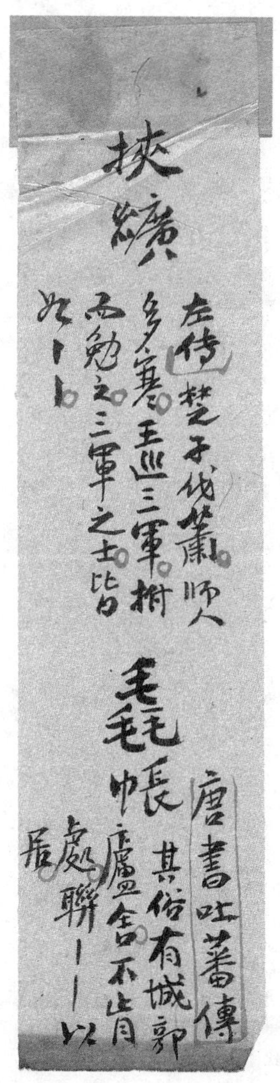

挾纊

左傳 楚子伐蕭師人多寒王巡三軍拊而勉之三軍之士皆如〡〡

毳帳

唐書吐蕃傳 其俗有城郭廬舍不肯處聯〡〡以居

按踰閑之詞存作閑

按此事亦見于本事詩事係小安不必冠唐書之名 事見本事詩情感條 本事詩唐孟棨撰

風月踰閑于烟花墮劫娃鴛鴦情偶合蝴蝶夢全乖
携手懽無極盟心老共偕頻忘星日誓别就鳳凰諧
挹恨長歌枕鴛魂悟脫鞋呼孃强梳洗待墳剖襟懷
怏矣黄衫客傷哉紫玉釵擲杯椎郎背辭慟玉長埋

開元宮人結今生緣

唐書開元中令宮人製纊衣以賜邊軍有兵士於袍中得詩白其帥聞于帝帝徧示宮中令作者勿隱不汝罪有宮人自言帝即以賜兵士曰吾與汝結今生緣也邊人滿悅 其詩曰沙場征戰客寒苦若為眠戰袍經手製知落向誰邊蓄意多添線含情更著綿今生已過也願結後

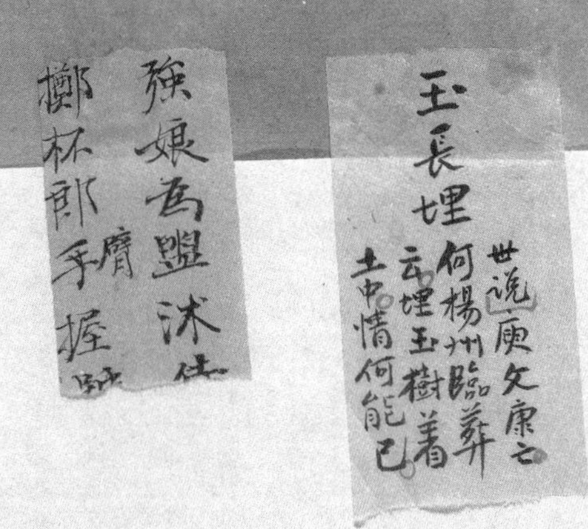
玉長埋
世說庾文康亡何揚州臨葬云埋玉樹著土中情何能已

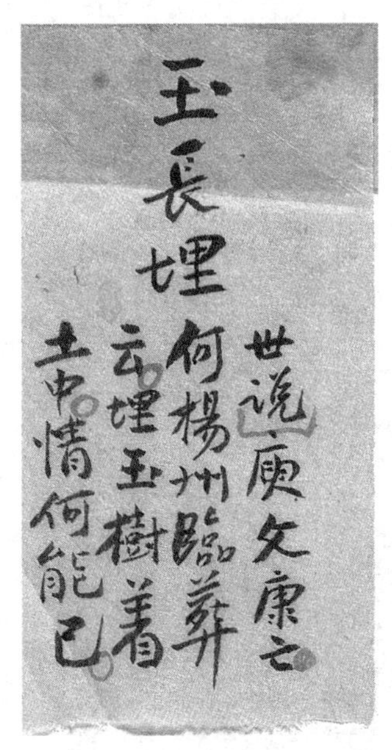

玉長埋

世說庾文康亡何揚州臨葬云埋玉樹著土中情何能已

孫娘爲盟沭

擲杯郎（臂）手握

聖德貽千古今生爲结緣戰袍宫女製絲線塞兵寒
暗恤沙場苦遥豪緬幄憐皇是真挾纊翠黛感添綿
鴛鳳前因合雲泥攜分懸椒房辭拜日氈帳繫援年
雨露同承寵風霜罷戍邊奇逢來意外雙頌有情天

梅妃誦二南

妃姓江氏興化人年九歲能誦二南語父曰我女子期以此爲志父奇之名曰采蘋性愛梅善屬文自比謝女開元中選侍明皇大見寵幸會楊貴妃擅寵遷妃於上陽宫上念之適夷使貢珍珠上以一斛賜之妃不受以詩答謝詩曰桂葉双眉久不描殘妝和淚溼紅綃長門盡日無梳洗何必珍珠慰寂寥

蘋娘爲盟沭佳
擲杯郎手臂握
風慧江妃擅髫齡誦二南國風敦化本家學備朝參

百美新詞　三十

九頫

凋霆震農謠 月初三

鋤耰湯勞犢

方釋十步一一

罡旁方皇

見前

宋艷

班〻

杜牧詩 高摘屈宋

豔濃董班馬香

按宋係宋之問沈

係沈佺期宜標

明

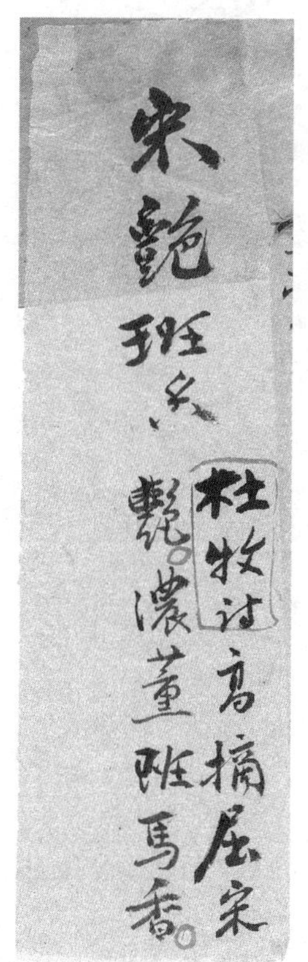

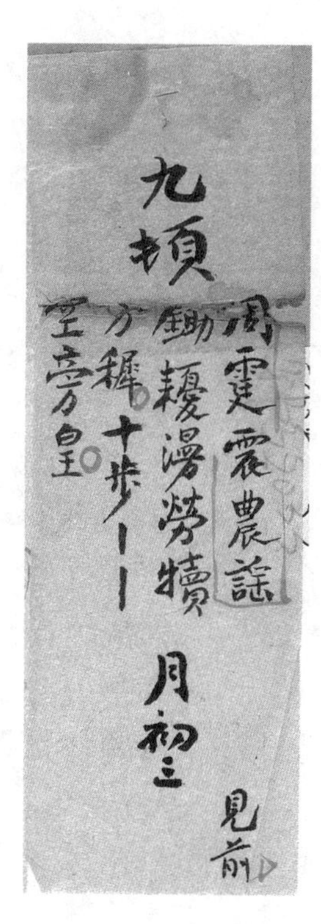

九頻仲椒祝三章慕葛覃工文吟桂什生性愛梅合
助發嫻蘋藻陳謨肅笑談背承金殿寵心怯玉環諳
謝女堪希美班姬擬不慙珍珠酬寂寞良夜月初三

上官婉兒樓上評詩

景龍文館記唐上官昭容名婉兒毋鄭氏方娠夢人畀之大秤曰持此可秤量天下年十四入掖庭聰明敏達才華無比中宗正月晦日幸昆明池賦詩羣臣應制結彩樓命昭容選為新翻御製曲衆集其下須臾紙落如飛惟沈宋二詩不下移時一紙飛墜乃沈詩也評曰二詩工力悉敵沈詩衰句詞氣已竭宋詩不愁明月盡自有夜珠來猶陟健舉

天畀量才任詩爭（豪）盖世豪（名）上官精獨鑒翰苑服公評

按宋係宋之問沈係沈佺期宜標明

魚貫

易（貫魚）以宮人寵，无不利

奪標

（見前）

擲地

孫綽傳 嘗作天台賦以示友人范榮期云：卿試ーー，当作金石聲

繭紙

世說 王羲之書蘭亭序，用蠶ーー

驪珠

唐詩紀事 長慶中元微之、刘夢得、韋楚客同會樂天舍，論南朝興廢，各賦金陵懷古詩。刘滿引一盃，引已即成。白公覽詩曰：四人探驪龍，子先得珠，所餘鱗甲何用耶？于是罷唱。

易簀

禮檀弓 元起ーー

魚貫 易 貫魚以宮人寵無不利

奪標 見前

擲地 孫綽傳 嘗作天台賦以示友人范榮期云卿試ㄧㄧ當作金石聲

繭紙 世說 王羲之書蘭亭序用蠶ㄧㄧ

驪珠 唐詩紀事 長慶中元微之劉夢得韋楚客同會樂天舍論南朝興廢各賦金陵懷古詩劉滿引一盃引已即成白公覽詩曰四人探驪龍子先得珠所餘鱗甲何用耶于是罷唱

易簀 禮檀弓 元起ㄧㄧ

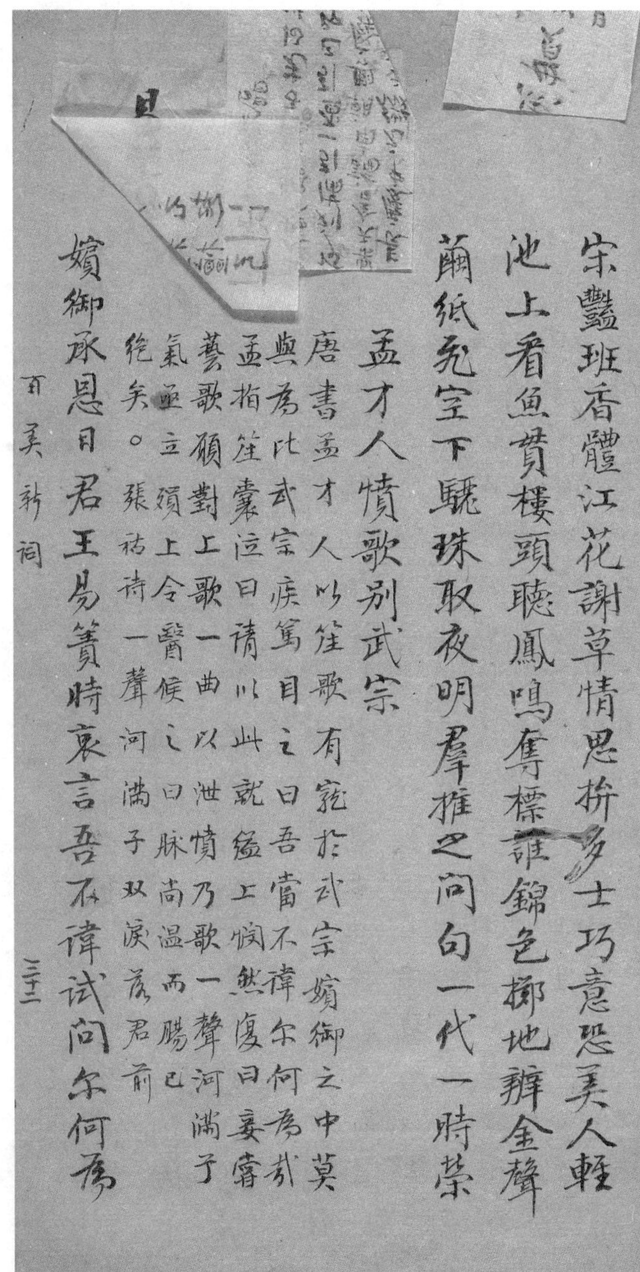

宋豔班香體江花謝草情思拚多士巧意恐美人輕
池上看魚貫樓頭聽鳳鳴奪標誰錦色擲地辨金聲
繭紙充室下驪珠取夜明群推之問句一代一時榮

孟才人憤歌別武宗

唐書孟才人以笙歌有寵於武宗嬪御之中莫
與爲比武宗疾篤目之曰吾當不諱爾何爲哉
孟指笙囊泣曰請以此就縊上憫然復曰妾嘗
藝歌願對上歌一曲以泄憤乃歌一聲河滿子
氣亟立殞上令醫候之曰脉尚溫而腸已
絕矣。張祜詩一聲河滿子雙淚落君前

嬪御承恩日君王易簀時哀言吾不諱試問爾何爲

百美新詞　三三

椒室聲吞泣筐囊指誓辭憤歌凝氣亟診脈絶腸悲

境須黃泉許……限寵妾畢此生癡

……倆子傻淚執裁詩

……隨母往外家震

……言後經兵亂震

……當手古押衙人間

有心人世仙客以情求之半年忽向有仙女使中後無

双石仙㜑采蘋對立形去後異日忽傳處置宮人

乃無双也仙客歸哭是夕深古生領一笼子

入日此無双今死矣療救下活比聞茅山道士

有藥術服之立死三日卻活求得一丸今采蘋

數字

樓此

斷腸花

採蘭襍志 昔有婦人懷人不見酒淚于北墻之下後酒處生草其花甚媚秋開名曰——即今之秋海棠也

咄嗟

晉書石崇傳 為客作豆粥 咄嗟——而辦

斷腸花

採蘭襍志　昔有婦人懷人不見，洒淚于北墻之下，後洒處生草，其花甚媚，秋開，名曰斷腸花，即今之秋海棠也。

咄嗟

晉書石崇傳　為客作豆粥，咄嗟而辦。

按此段宜添此數字較明

椒室聲吞泣笙囊指誓聲憤歌凝氣亟診脈絶腸悲境預黃泉侍車先翠輦馳帝休無限寵妾畢此生癡甘就從容義強如寂寞思不聞河滿子雙淚執裁詩

劉無雙賴古押衙復生偕老

唐王仙客者朝臣劉震之甥也隨母往外家震有女曰無双母愛之而仙客求許有成言後经兵乱震授偽官被誅無双没入掖庭富平古押衙人間有心人也仙客以情求之半年忽向仙客有女使中後無双否仙僕采蘋劃立取去後數日忽傳處置宮人乃無双也仙客歸哭是夕夜深古生領一篼于入曰此無双今死矣療救可活比闻茅山道士有藥行服之立死三日却活求得一丸今采蘋

假作中使以無双逆豪賜药自盡因贖其屍其與聞者皆殺之老夫爲郎亦自刎宜亟變姓名避禍言訖自刎仙客未明亟裝至襄鄧別業與無双偕老焉

好女事本多磨奇哉古押衙亂時求死術活後覓生涯籍没歸鸞掖艱難脱兔罝傷心雖影月返魄斷腸花巹合鸞去雁蓬飛拂鬢鴿殺身初別客攜手遂還家緣分深深敘悲歡咄咄嗟無雙仙客合偕老尚風華

孟母擇鄰 寄裴敬中

列女傳 孟子舍近墓少嬉戲爲墓間之事踴躍築埋孟母曰此非所以居處子也乃去舍市傍其嬉戲爲衒賣之事母又曰此

百美新詞 三十三

拙稿字反声手草一字不諧酌正

非所以居處子也徙舍學宮旁其嬉戲乃設俎豆揖
讓進退孟母曰真可以居吾子矣遂居之卒成大儒

孟母昭千古居先善擇鄰雙開門尚禮三徙里為仁
慎審薰蕕異精求氣味親鶯遷頻選樹鵷卜重傳薪
習染汙除舊觀摩德曜新儀嫻陳俎豆學究達天人
居處 賢蹟至今
思往事移住蹟常遵

牛眠

晉書 陶侃微時丁艱將葬家中忽失牛不知所在遇一老父謂曰前山崗見一牛眠山阿中其地若葬位極人臣言訖不見侃尋牛得之因葬
艾炙

阡表

歐陽修有瀧岡阡表之

一女為富民陸氏妾
豪華極歌舞樓臺之
焉燕

牛眠

晉書 陶侃微時丁艱將葬家中忽失牛不知所在遇一老父謂曰前山崗見一牛眠山阿中其地若葬位極人臣言訖不見侃尋牛得之因葬其處

阡表

歐陽修有瀧岡｜｜之

[illegible]補字反声手第一字不諧酌正

非所以居處子也徙舍學宮旁其嬉戲乃設俎豆揖
讓進退孟母曰真可以居吾子矣遂居之卒成大儒

孟母昭千古居兒善擇隣雙開門尚禮三徙里爲仁
慎審薰蕕異精求氣味親鶯遷頻邃樹鵷卜重傳薪
習染汙除舊觀摩德曜新儀姍陳俎豆學究達天人
闢邾文殊相修成亞聖身至今思往事移徙蹟常遵
（常言居處）（賢蹟至今）

燕燕鬻身葬陸氏

隨影漫録錢塘范十二郎二女爲富民陸氏妾
長曰鶯〻次曰燕〻陸氏豪華極歌舞樓臺之
勝後負貸所居羣妾雲散燕〻
獨不忍去陸死鬻身以葬焉

離合分貧富悲歡重死生風酸留燕燕雲庸散鶯鶯
花月樓臺影狂歌謔笑聲幻成蝴蝶夢淒斷鷓鴣情
犬傍茅檐卧人稀竹徑行鸞將身葬主幸有貌傾城
燕婉是聊盡牛眠穴為營哀墳所表處猶署美姬名

紅綃三反掌示崔生

劍俠傳唐大曆中有崔生者容貌如玉其父與勳臣之一品者熟一日使往省勳臣疾入室命座茨以甘酪命衣紅綃者擎一甌以匙進生食繳哂之及辭去紅綃送出院立三指又反掌者三然後指胸前小鏡子云記取餘無語生歸告其奴崑崙磨勒對曰勳臣歌姬十院立三指者乃第三院耳反掌三者十五數也

按此數字必須添入則下文往省勳臣疾一語方有根勳臣一品係本傳中所有

百美新詞
三五

此字易一字為妥
較明

小鏡月圓兆鏡令郎君來耳玉是夜磨勒先往
斃其猛犬然後負生踰重垣見紅綃背燈危坐
囊橐粧狀磨勒先負資奩出既負生與姬
飛出峻垣其家守禦前後數重無有警者

甘酪締良緣書生破笑憐美人三反掌奴子一齊肩
引螳花原好荊鸞月正圓紅綃新春屬碧落舊嬋娟

……訴舒拳
……于玉今傳
……年其妻
……眹旌已

鈎弋拳
前漢外戚傳孝武鈎弋趙倢伃武帝巡狩過河間使使召之既至女兩手皆拳上自披之即時伸號拳夫人居鈎弋宮

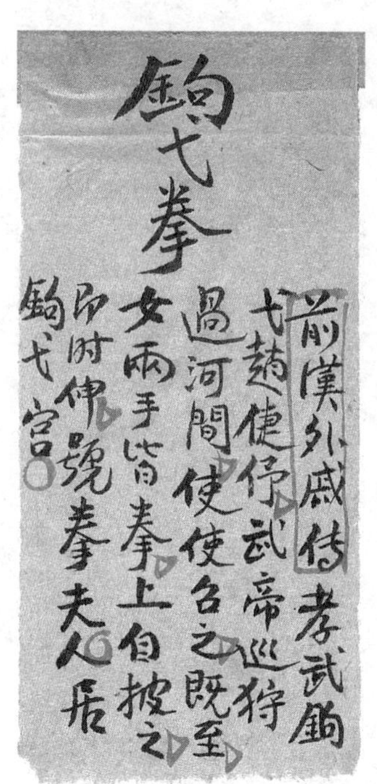
鈎弋拳

前漢外戚傳 孝武鈎弋趙倢伃 武帝巡狩過河間 使使召之 既至 女兩手皆拳 上自披之 即時伸 號拳夫人 居鈎弋宮

此處易一字為一字較明

十鏡月圓九鏡令郎君來耳孟是夜磨勒先往斃其猛犬然後負生踰重垣見紅綃背燈危坐驚喜云此磨勒先負資奩出既負生與姬飛出峻垣其家守禦前後數重無有警者

甘酪締良緣書生破笑憐美人三反掌奴子一齊肩

引蜨花原好翔鸞月正圓紅綃新春屬碧底舊嬋娟

悵隔情魔地歡通色界天麻姑頻現爪鉤弋評舒拳

燕雀初離幕鴛鴦便是仙猶他磨勒助快事至今傳

侯氏繡迴文作龜形詩進上

杼情集唐會昌中邊將張揆防戍十餘年其妻侯氏繡迴文作龜形詩詣闕進上詩曰睽離已

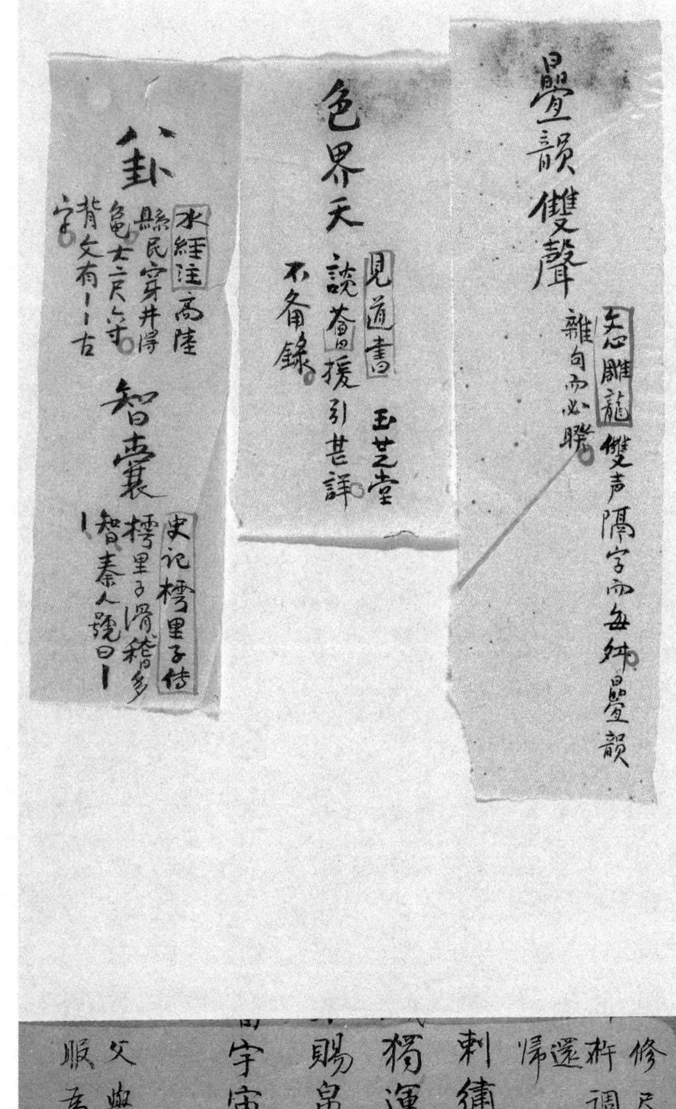

疊韻雙聲

文心雕龍 離句而必睽 雙声隔字而每舛疊韻

色界天

見道書 談薈援引甚詳 不备錄

玉芝堂

八卦

水經注 高陸縣民穿井得龜大二尺六寸背文有八卦古字

智囊

史記樗里子傳 樗里子滑稽多智秦人號曰智囊

是十年強對鏡那堪重理妝閣雁歲回修尺素
見霜一為製衣裳開箱疊綵先垂淚拂杵調砧
更斷腸緬作迴文獻天子感敕征客早還
鄉詔賜絹三百疋以彰其才卯命遣賧歸

十年長在戍巧思寄詩情鴛侶鸞環度迴文刺繡成
迴文分八卦疊韻叶雙聲仙卜無煩笑神鍼獨運精
君王須短詔夫壻罷長征慧智酬囊譜奇才賜帛旌
霜楓歸繫馬風柳語流鶯唐代傳侯氏芳留宇宙名

謝小娥詭服托傭殺仇

廣輿記謝小娥幼有志操許字段居貞父與居
貞同為賈為盜申春申蘭所殺小娥詭服為男

百美新詞　三五

青鳥 漢武故事 七月七日忽見一一飛集殿前東方朔曰此西王母欲來俄頃王母至三一一夾侍

梵王 蘇詩 孤村烟火一一家

忍辱替女釋沉冤
笑靨被底拭啼痕
俠氣盈雪慰幽魂
難去處奉梵王尊

紅葉題詩云流水
紅葉好去到人間
怨葉上題詩寄[泳]阿
拾之後祐托韓

誰置溝上流為宮女韓夫人

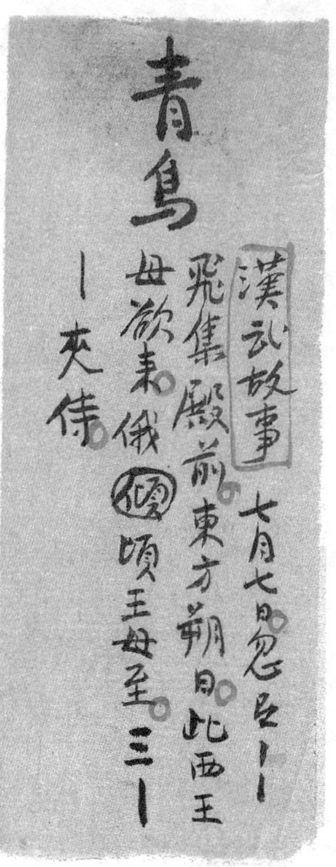

青鳥

漢武故事 七月七日忽見｜｜飛集殿前東方朔曰此西王母欲來俄頃王母至三｜｜夾侍

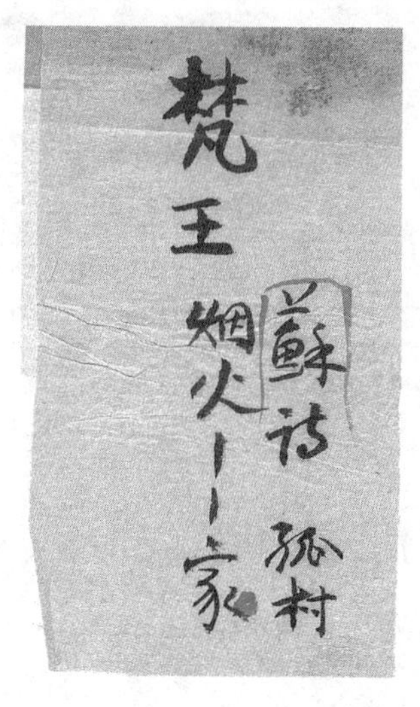

梵王

蘇詩 孤村烟火｜｜家

王如

托備中家軒蘭首大遂手捕賊
鄉人擒春送究小娥爲尼

詭服爲男子，傭身入盜门。事仇甘忍辱，替父釋沉冤。
善順財貌性，思酬骨肉恩。庭前承笑靨，被底拭啼痕。
伺隙頭顱斬，揚聲淚淚吞。劍花伸俠氣，盆雪慰幽魂。
水訝魚龍變，林驚燕雀喧。功成披薙去，虔奉梵王尊。

按此段嘗見于青瑣高議，而事凡六說，不止靈李妙山家也

宮人韓氏紅葉題詩

唐僖宗時于祐於御溝拾一紅葉，題詩云：流水何太急，深宮盡日閒。殷勤謝紅葉，好去到人間。祐題一葉云：曾聞葉上題紅怨，葉上題詩寄阿誰。置溝上流，爲宮女韓夫人拾之。後祐托韓泳門

户字上添一派字猶有着落

館值放宮人泳爲作代嫁祐及成禮各出箇中
紅葉相示乃曰莫非前定也韓氏笑曰一聯佳
句隨流水十載幽思縈素懷今日却成鸞鳳友
方知紅葉是良媒一說盧渥一說李茵皆韓氏

互出良媒證因緣定數中御溝波泛綠題句葉流紅
天上蓬山遠人間曲水通團圞聯月桂宛轉倩霜楓
合卺欣宜室吟詩憶故宮滴龍聞永日諧鳳笑春風
雲路傳青鳥星橋駕彩虹一般同撮合好事補天功

李娃節行瓌奇

本傳略云汧國夫人李娃長安倡女也節行瓌
奇天寶中常州滎陽公子赴試長安與娃善資

縈字疑作滎滎陽乃潘姓之郡名也

百美新詞　三十六

批本係無〻從蹤跡情事計脫之六字乃看

髡計脫之無從蹤跡流落幽肆唱哀歌其父以頭宦入京以爲大辱鞭之垂死棄之同輩憐援出餘食十旬杖策起繼縷乞食一日冒雪過一門急呼飢凍凄絕娃在內辨其聲急出見生瘠殆非人類慟曰父子天性使其情絕殺而棄之我之罪也乃自贖身與生別居調護歲餘平愈費百金購書俾晝夜志學登甲科授成都府參軍娃曰君當結媛鼎族放妾歸養老姆殁之送生至劍門時生父拜成都尹生謁于郵亭慟

鵠結　袁楠詩　楚製慘　1-10

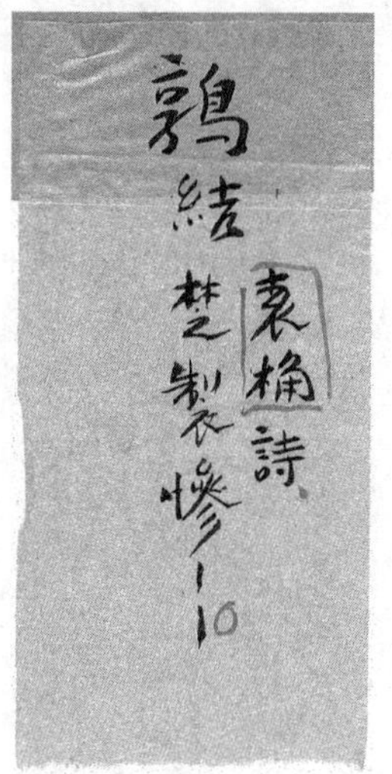
鶉結楚製慘1-10
袁楠詩

按本傳無從蹤跡情事計脫去六字可省

罄計脫之無匠蹤跡流落凶肆唱哀歌其父以顯宦入京以為大辱鞭之垂死棄之同輩憐之授以餘食十旬杖策而起經縷乞食一日冒雪過一門急呼飢凍淒絶娃出內辨其聲急出見生所瘠殆非人類慟曰父子天性使其情絶殺而棄之我之罪也乃自贖身與生別居調護歲餘平愈費百金購書俾晝夜志学登甲科授成都府參軍娃曰君當結媛鼎族放妾歸養老姆孫之送生至劍門時生父拜成都尹生謁于郵亭慟哭移時具陳本末父大奇之明日命媒備六禮以迎之十年間娃封汧國夫人

惻隱人皆有，安危本不移。女娃悲迫勢，公子棄如遺。鶉結嗟行乞，鯨吞痛悔遲。養成鷦鷯志，扶上鳳皇枝。

按此琵琶便可

行乞

史記刺客傳 豫讓 桼身爲厲吞炭爲啞使形狀不可知

丁丐字

烏哺

金樓子 慈烏反哺 注 慈烏曰孝烏長則反哺父母 又廣雅 純黑而反哺者謂之烏 小而腹下白不能反哺者謂之鴉

雁幣

儀禮昏禮疏 昏禮有六五禮用雁 納采問名納吉請期親迎是也 惟納徵不用雁 以其自有幣帛可執故也

行乞

史記刺客傳 豫讓 桼身爲癘吞炭爲啞使形狀不可知〡乞于市

烏哺

禽經注 慈烏反哺 注 慈烏曰孝烏長則反哺其母 又廣雅 純黑而反哺者謂之烏小而腹下白不能反哺者謂之鴉

雁幣

儀禮昏禮疏 昏禮有六五禮用雁納采問名納吉請期親迎是也惟納徵不用雁以其自有幣帛可執故也

按此祇須錄琵琶行之引便可

送別將分手難期再畫眉鯉庭驚俠氣雁幣聘芳姿
烏哺酬私願高封重典儀莫輕風月質節行亦瓌奇

商婦江上琵琶

白居易琵琶行云自言本是京城女家在蝦蟆陵下住十三學得琵琶成名屬教坊第一部今年歡笑復明年暮去朝來顏色故門前冷落車馬稀老大嫁作商人婦商人重利輕別離前月浮梁買茶去去來江口守空船遶船明月江水寒夜深忽夢少年事夢啼妝淚紅闌干

寂寞商人婦秋風載滿船琵琶淒夜月楓荻冷江天
司馬青衫客殘鴇翠鬟年萍逢淪落感梗泛互相憐

按此事[illegible]非出于史記

添酒傾三雅回燈撥四絃幽愁驚裂帛哀怨咽流泉
收淚啼新夢離情訴舊緣曲終餘歎息今夕不成眠

侯唐王三女子歃血討逆

史記史思明之叛衛州女子侯滑州女子唐青州女子王相與歃血赴行營助討逆皆補爲果毅

討逆共要盟紅顏氣不平三州三女子一隊一行營
歃血連鑣出衝鋒擊鼓鳴鴉鬟分統帥帷帳互操兵
花柳迷離色風雷響應聲旌旗驕日蔽粉黛陣雲横
戰咲吳宮戲嬌同遠塞征敵人驚膽落爭避貌傾城

戰咲吳宮戲嫣同遠塞征敵人驚膽落爭避貌傾城

蟹眼

蘇軾試院煎茶詩：蟹眼已過魚眼生。

蓴鱸

晉文苑傳：張翰字季鷹，齊王冏辟為東曹掾，因見秋風起，乃思吳中菰菜、蓴羹、鱸魚膾，曰：人生貴適志，何能羈宦數千里以要名爵乎。

吳宮

孫武子教吳宮人戰，以寵姬為隊長。

敵人膽落

名臣言行錄：范文正公與韓琦協謀，必欲收復靈夏橫山之地，邊上謠曰：軍中有一韓，西賊聞之心膽寒；軍中有一范，西賊聞之驚破膽。

瓜皮艇

北堂書鈔：王濬集云：瓜皮船本圖倉卒用之耳，豈可涉入敵師耶。

茶荈

爾雅：檟，苦荼。疏：檟一名苦荼，葉可煮作羹飲，今呼早采者曰荼，晚采者為茗，一曰荈。苦荼之荼音徒。

三雅

鄭獬觥記注：劉表有三爵，一曰伯雅，七升；二曰仲雅，五升；三曰季雅，三升。

四絃

風俗通：琵琶長三尺五寸，象天地人與五行也，四絃象四時也。

裂帛

琵琶行：四絃一聲如裂帛。

蟹眼

蘇軾試院煎茶詩——蟹眼已過魚眼生

蓴鱸

晉文苑傳 張翰字季鷹 齊王冏辟為東曹掾 因見秋風起 乃思吳中菰菜蓴羹鱸魚膾 曰人生貴適志 何能羈宦數千里以要名爵乎

吳宮

孫武子教吳宮人戰 以寵姬為隊長

敵人膽落

名臣言行錄 范文正公與韓琦協謀 必欲收復靈夏橫山之地 邊上謠曰 軍中有一韓 西賊聞之心膽寒 軍中有一范 西賊聞之驚破膽

瓜皮艇

北堂書鈔 王濬集云 瓜皮船本圖倉卒用之耳 豈可涉以敵師耶

茶荈

爾雅 檟苦荼 疏 檟一名苦荼 葉可煮作羹飲 今呼早采者曰荼 晚采者為茗 一曰荈 苦荼之荼音徒

三雅

鄭獬觥記注 劉表有三爵 大曰伯雅七升 次曰仲雅五升 三曰季雅三升

四絃

風俗通 琵琶 長三尺五寸 象天地人與五行也 四絃象四時也

裂帛

琵琶行 四絃一聲如裂帛

樵青竹裏烹茶

唐書張志和號元真子居江湖自稱烟波釣徒浮家泛宅往來苕霅間作漁歌以志樂肅宗賜奴婢二人元真配爲夫婦名奴曰漁童女曰樵青奴捧釣收綸蘆中鼓枻女則蘇蘭薪桂竹裏烹茶

女曰樵青美烟波侍釣徒浮家頻雪月泛宅共江湖水上瓜皮艇蘆中竹火鑪香烹茶荈嫩薪爨桂蘭蘇玉椀銀鐺具紅裙翠袖扶鶴聲鳴避霧蟹眼瀉成珠逸韻饒詩意閒情擬畫圖主人能志樂婢亦能尊鑪

按此事未詳宜再核所廉向武昌座客韦等變疑皆字誤否則上下有脫畧之字

按貂若是狗尾續也非切續字則貂字誤宜再斟酌者

善

此處擬借易為恨逐蓬飄水材

[illegible]

武昌妓續詩

失其姓名韋蟾（廉）問武昌及罷將行賓僚祖餞蟾曰悲莫悲兮生别離登山臨水送將歸以牋授客請續之座中皆思不属一妓曰某不敢染翰欲口占二句韋異之令即寫出乃續云武昌無限新栽柳不見楊花撲面飛座客（韦）即命唱為楊柳枝詞極歡而罷韋遂納之即日同載而歸

請續新詩（將歸贈）句諸公口書緘登山人賦别詠柳女非凡對酒增貂（詩句）尾臨江送客帆使星光北拱斜日色西銜撲絮侵歌扇飛花落舞衫林鶯啼睍睆檣燕語呢喃一恨逐飄蓬水材樓（憑）采幹巖武昌擕妓去玉霞手摻摻

貂尾

晋書趙王倫傳 倫僭即帝位同謀者咸超階越次不可勝紀至于奴卒厮役亦加以爵位每朝会貂蟬盈坐时人為之諺曰貂不足狗尾續

使星

後漢李郃傳 郃善河洛風星莫之識縣召署幕門候吏和帝即位分遣使者皆微服單行各至州縣觀採風謠使者二人當到益部投郃候舍时夏夕露郃因仰觀向二君發京師时寧知朝廷遣二使耶二人默然驚相視曰不聞也向何以知〃〃郃指星示云有二〃〃向益州分野故知之耳

宋許

魏書段承根傳 剖蚌求珍搜巖〃〃

貂尾

晉書趙王倫傳 倫僭即帝位同謀者咸超階越次不可勝紀至于奴卒廝役亦加以爵位每朝會貂蟬盈坐时人为之諺曰貂不足狗尾續

使星

後漢李郃傳 郃善河洛風星莫之識縣召署幕门候和帝即位分遣使者皆微服單行各至州縣觀採風謠使者二人当到益部投郃候舍时夏夕露坐郃因仰觀问二君發京師时寧知朝廷遣二使耶二人默然驚相視曰不聞也问何以知之郃指星示云有二使星向益州分野故知之耳

宋幹

魏書段承根傳 剖蚌求珍搜巖一一

妥是否乞細校之并訂正

按此宋說半字無 殺
須查本傳於多不……
之牧羊何所用哉……

孝婦竇氏遭誣

烈女傳 唐氏鄭人少寡姑欲嫁之不肯姑嘗曰孝婦事我勤苦奈何姑自經死姑女告孝婦殺其母太守按治誣服于公力爭之不聽卒以論死六月飛霜東海枯旱三年後太守至于公曰咎在是矣太守祭孝婦塚即時大雨甘霖

竇婦遭誣死純乎孝格天有霜飛六月不雨且三年

百美新詞　三十九

拙玉柱

姑事原情昧官書按治懲枉哉非信讞惜矣此閨賢
訟竟瞞肝結形雖性命全冤逞于日雪憤超萬家烟
必以貞魂祭國之霈澤宣于公為肴咎哀感至今傳

牛女學窮三教

記聞牛肅長女曰應貞少聰穎經耳必誦年十
三凡誦儒書佛經各數百卷親族驚異之初未
讀左傳夢中背誦一字無遺覺而試令開卷則
已精熟矣後遂學窮三教博涉多能每夜眠熟
與古名士談文或稱王弼鄭元王衍陸機往來
答難議論蜂起又夢製書食之每食數十卷則
文體一變所為詩賦文詞名遺芳集年二十四
而卒唐宋若昭為之傳采其魍魎問影賦著于

魍魎 家語 木石之怪夔

玉柱 柳毅傳 項掣金鎖

六幅湘裙 李羣玉詩 裙拖六幅瀟湘水

蕭韶 白虎通 舜樂曰

傳采其魍魎問影賦著于

挾懷才家萃百爲學教窮三
聞道流言秘究釋部旨幽探
吾文章聲屢變魍魎影空涵
隱遺芳留有集妙悟勝于男

所遇老母引鬟髻女年十餘
約曰吾十年後還爲此郡十
通以重幣結之後十四年里
其母見曰向約十年不來而

四十

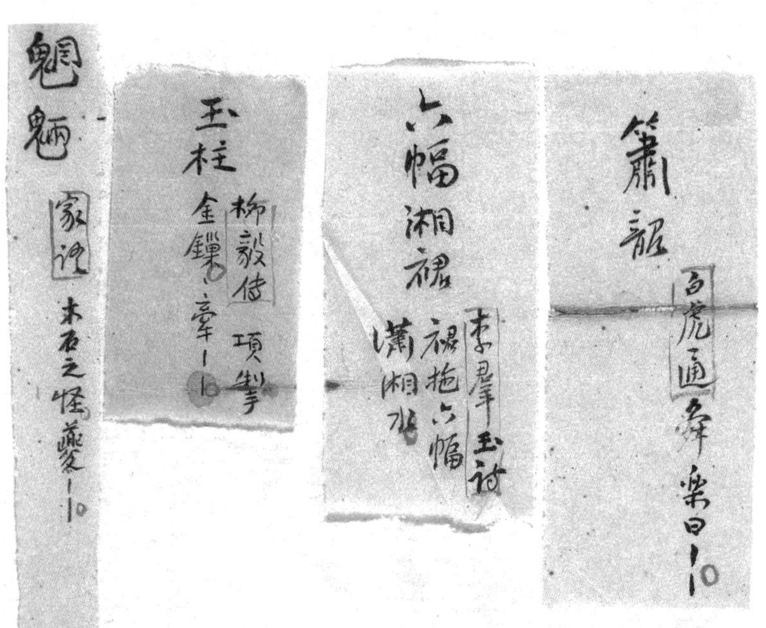

按如此說百家此字句殊晦

按厥可通瘚氣逆也而言羸厥此字未詳

篇有三頤道家之秘言探釋部之幽旨

少女驚聽穎名人夢共談懷才家萃百爲學教窮三議論峰羣起咿唔蝶睡酣道流言秘究釋部旨幽探矻矻通宵苦孳孳至味甘文章聲屢變魍魎影空涵姿貌因羸厥精神不克堪遺芳留有集妙悟勝于男

髽髻女待嫁愆期

羆情集杜牧游湖州遇老母引髽髻女年十餘歲國色也牧與母約曰吾十年後必爲此郡十年不來乃從尔所適以重幣结之後十四年里守湖州亟使召之其母見曰向约十年不来而

後嫁嫁已三年生三子矣牧俛首曰其詞直強之不祥乃禮而遣之因賦詩曰自是尋春去較遲不須惆悵怨芳時狂風落盡深紅色綠葉成陰子滿枝

有約尋春去如何負定期重來三月暮深悔十年遲
綠暗陰連樹紅稀子滿枝水流心共遠花謝意同癡
別緒牽新夢羞容憶舊姿春風無復笑明月有餘思
青鳥難通使黃鸝獨聽時多情憐杜牧感賦女郎詩

曹娥殉父

烈女傳曹娥上虞人父盱善巫祝年日迎神溺濤而

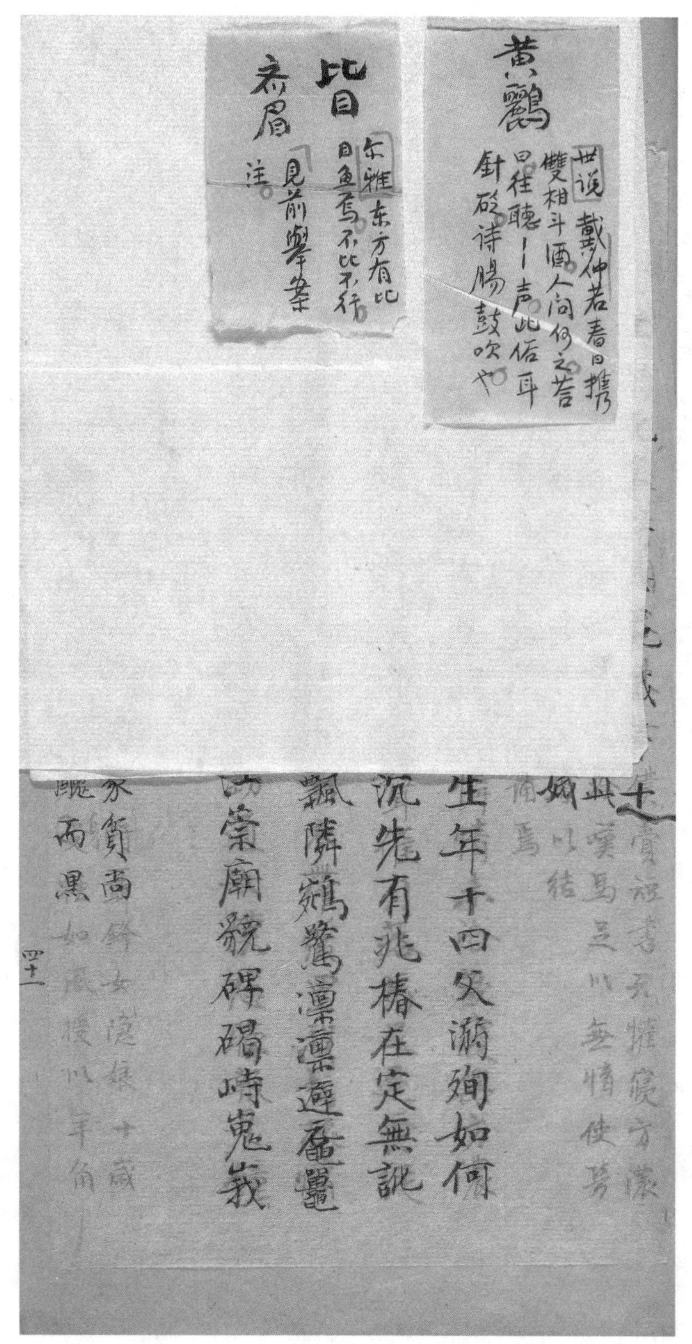

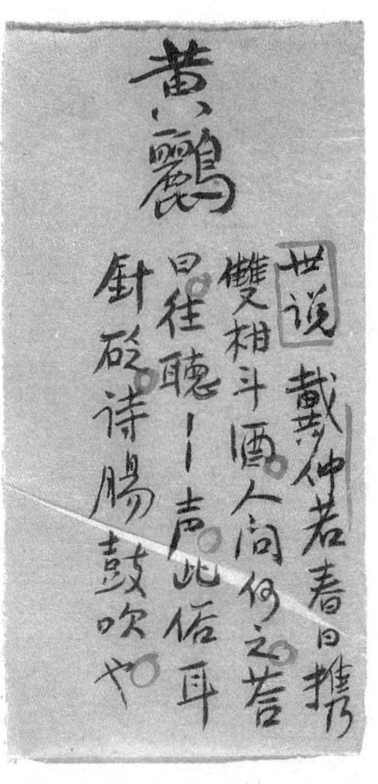

黄鸝

世説 戴仲若春日攜雙柑斗酒，人問何之，荅曰：往聽丨丨声，此俗耳針砭，詩腸鼓吹也。

比目

尔雅 東方有比目魚焉，不比不行。

齐眉

見前舉案注。

撝 此衣字宜作平用方妥並句不諧若作[illegible]聲用又非律法須易一字

上溺死不得其屍娥年十七四乃投瓜于江曰父在此瓜當沉旬有七日瓜沉娥遂投江而死抱父屍出

大孝根天性尤難是少娥女生年十四父溺殉如何
巫作迎神使魂隨舞浪婆瓜沉先有兆椿在定無訛
弱質因投水遺尸抱出波飄飄隣鵠鷺凜凜避黿鼉
名重千秋仰時聞五月過曹江崇廟貌碑碣峙嵬峩

孟光舉案

後漢書梁鴻字伯鸞家貧尚節介同縣孟氏有女肥醜而黑

百美新詞　四十一

按陳許節度使裔問乃陳許地方節度使姓劉名昌裔原注誤以許為姓又按蚼蠓本作蠛蠓

力舉石臼擇偶不嫁父母問其故曰欲得賢如梁伯鸞者鴻聞而聘之始以裝飾入門後乃更椎髻著布裙操作而前鴻曰此真梁鴻妻也字之曰德輝名孟光至吳依皋伯通居廡下爲人任舂每歸妻爲具食不敢于鴻前仰視舉案齊眉伯通異之曰彼傭能使其妻敬之如此非凡人也

重德優於色梁鴻擇配奇侍巾帷俛首舉案丞齊眉更飾裹椎布裳妝髻挽椎醜形無愧影踏矩矱循規不以傭爲賤而能敬是持筆捐京兆畫法守大家遺

……修中饋事坤道合為師

匕首

周礼考工記 桃氏为劍重九鋝謂之上制 鄭康成註此今之丨丨也

詩豪

唐书刘禹錫傳 禹錫好詩晚節尤精白居易推为丨丨

彈鵲

劍俠傳 聶隱娘條 遇有鵲來噪夫夫以弓彈之不中妻奪夫彈一丸而斃死鵲者

黑衛 又 後潛于布囊中見二紙衛一白一黑

女父鄖因官留寓于蜀

以詩聞于外才情軼蕩

蜀名令侍酒賦詩欲以

可而止出入鎮幕凡歷

其間與倡和者元稹白

度嚴綬張籍杜牧劉禹

年年

知諸鎮幕軼蕩一詩豪

四十三

匕首

周礼考工记桃氏为劍重九鋝謂之上制

鄭康成注此今之丨丨也

詩豪

唐书刘禹錫傳

禹錫好詩晚節

尤精白居易推

為丨丨

彈鵲

劍俠傳聶隱娘條遇有鵲來

噪丈夫以弓彈之不中妻奪夫

彈一丸而斃死鵲者

黑衛

又 後潛子布囊中見二紙衛一

白一黑

温厚敦詩教柔嘉擅禮儀自修中饋事坤道合為師

渺渺白雲鄉

薛濤以詩出入鎮幕

薛濤字洪度長安良家女父鄖因官留寓于蜀濤八九歲父卒年及笄以詩聞于外才情軼蕩間婉與時士游韋皋鎮蜀召令侍酒賦詩欲以校書郎奏請之護軍不可而止出入鎮幕凡歷事十一鎮皆以詩受知其間與倡和者元稹白居易牛僧孺令狐楚裴度嚴綬張籍杜牧劉禹錫張祜諸君居浣花溪卒年七十二段文昌為撰墓誌

才藻佳人擅評量到薛濤受知諸鎮幕軼蕩一詩豪

弱似烟溪柳嬌如露井桃名流多倡和韻事繼風騷

居處花常浣吟來月每高掃眉塗粉黛以色侍旌旄

愛慣賓僚奪陪多客座叨校書郎奉羅雲鬢見霜毫

按韓翊之翊宜作翃。翃與翊不同。類書所寫誤。然全唐詩話及唐詩紀事亦然。章臺柳傳亦相沿之謬耳。

章臺柳終歸韓翃

本傳天寶中韓翊有詩名其友李生幸姬柳氏豔絕一時翊悅柳色柳慕翊才李因贈之明年翊擢上第省家清池柳氏寄迹尼廟爲番將沙吒利所劫及翊從侯希逸入京已失柳氏會將合樂酒樓翊獨悽咽有虞侯許俊者被酒起曰請手書數字當立致之急馳至吒利第會吒利他出許曰將軍墜馬且不救使召夫人出札示柳氏挾之上馬馳還一座驚嘆希逸表聞詔柳

此句第二字宜用仄聲翃戶耕切無仄音

仍歸韓焉翃先寄詩曰章臺柳昔日青〻今
在否縱使長條似舊垂也應攀折他人手柳答
詩曰楊柳枝芳菲節可恨年〻憎離別
一葉隨風忽報秋縱使君來豈堪折

韓翃故鄉遊章臺柳獨留刼歸沙吒利竄取許虞侯
色擅無双品才爭第一流最難傷久別復得敘溫柔
憔悴花蘇日團圞月再秋奏須綸綍詔環賜鳳凰儔
歌舞翻新譜梳妝認舊樓青〻猶似昔不負唱無酬

關盼盼燕子樓感事

徐州張尚書妾特寵愛尚書歿歸彭城故居中
有樓名燕子盼〻感舊恩不欲嫁居樓中二十年

百美新词　四十三

珥貂 左思詩 七葉珥漢貂

遺挂 潘岳悼亡詩 流芳未及歇 丨猶在壁

賦詩白樂天有詩惜其不死盼和之以
遂旬日不食而卒　感事詩一日樓上
曉霜獨眠人起合歡床相思一夜情多
天涯未是長二日適看鴻雁岳陽迴又
逼社來瑤瑟玉簫無意緒任從蛛網任
日北邙松柏鎖愁烟燕子樓中思悄然
履歌塵散
消二十年

孀居二十年愁難消白日恨莫補蒼天
何以並蒂蓮元禽偏逼社化螢欲成煙
釵環鏡影捐狐棲荒草塚蛛網翠花鈿
殘燈伴獨眠可憐關盼盼激赴首陽巔

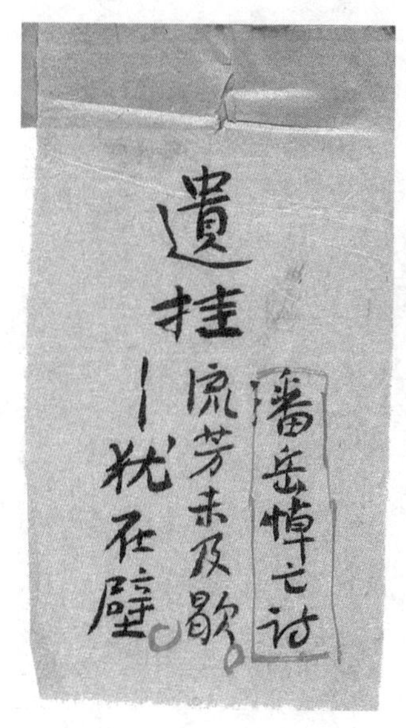
遺挂
潘岳悼亡詩
流芳未及歇
丨犹在壁
珥貂
左思詩
七葉珥漢貂

嘗感事賦詩白樂天有詩惜其不死盼和之以明己志遂絶日不食而卒 感事詩一日樓上殘燈伴曉霜獨眠人起合歡床相思一夜情多少地角天涯未是長二日適看鴻雁岳陽迴又覩元禽逼社來瑶瑟玉簫無意緒任從蛛網任從灰三日北邙松柏鎖愁烟燕子樓中思悄然自埋劍履歌塵散紅袖香消二十年

燕子樓長閑孀居二十年愁難消白日恨莫補蒼天無意交枝杏何心並蒂蓮元禽偏逼社化蝗欲成煙劍履歌塵散釵環鏡彩捐狐棲荒草塚蛛網翠花鈿敗壁嗟遺挂殘燈伴獨眠可憐關盼盼激赴首陽巔

苗夫人知人選壻

唐宋遺史張延賞選壻無可意者妻苗氏知人特選秀才韋皋許之皋性疏曠延賞宿悔由是婢僕頗輕慢之惟苗氏待之益厚皋辭東遊後五年皋持節西川代延賞改姓名作韓翺人莫敢言至天迴驛人告曰代相公者韋皋非韓翺苗氏曰必韋郎也延賞曰韋生必填溝壑豈能乘吾位乎次日果韋皋也延賞懸懼潛逃

誰擅知人哲夫人姓氏苗玉堂精選配金屋許藏嬌岳意嫌疏曠奴情慢寂寥易名隆宰輔代位冠臣僚竊悔徒占鳳何期竟珥貂傳聞方昨日懸懼即明朝

壻鄉偏耀彩巾幗德音昭

青城人以才色入蜀宮後效王建作宮詞百首尤工葭萌題驛壁云初離蜀道日如年馬上時〻聞杜鵑宋太祖納之〻處懷後主不名張仙云此神多子一說

輒奉新恩寵難忘舊愛憐像真圖後主名詭托張仙

蜀道關山遠梁州歲月遷鍾情雖惓惓離恨總綿綿

月旦

後漢許劭傳 劭論鄉黨人物每月更其品題故汝南俗有月旦評焉

壻鄉 水經 見前壻

女紅

漢書 錦繡纂組害女紅者也 按紅與工字通

今按說郛所載說郛倶與此說大不同無託祀張仙一說亦無題驛詩之一說

又按張仙事見于陸深金臺紀聞及郎瑛七修類稿

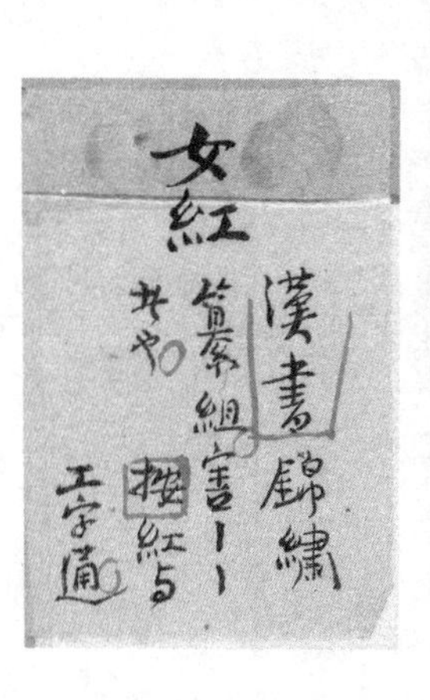

女紅

漢書 錦繡纂組害ーー者也

擬紅ち

工字通

月旦

後漢許劭傳 覈論鄉黨人物每月更其品題故汝南俗有ーー評焉

壻鄉 水注 見前壻

月旦許高遠風塵識獨超塤鄉偏耀彩巾幗德音昭

花蕊夫人為宋妃

後山詩話費氏蜀之青城人以才色入蜀宫後主嬖之號花蕊夫人效王建作宫詞百首尤工樂府蜀亡入汴道經葭萌題驛壁云初離蜀道心將碎離恨綿綿春日長年馬上時時聞杜鵑書未畢為軍將催行宋太祖納之妃憶後主不已因畫其像以祀托名張仙云此神多子一説夫人姓徐見吳曾能改齋漫録

今按浣郎所載諸[illegible]大不[illegible]張[illegible]驛[illegible]

又按張仙事見于陸游集紀因及郎瑛七修類稿

輯奉新恩寵難忘舊愛憐像真圖後主名詭托張仙

蜀道閩山遠梁州歲月遷鍾情雖惓惓離恨總綿綿

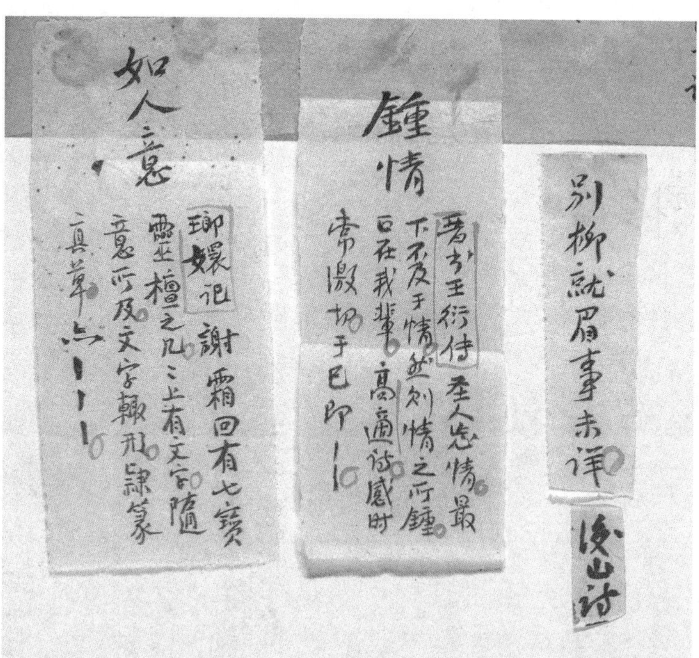
如人意

瑯嬛記 謝霜回有七寶靈檀之几，几上有文字，隨意所及，文字輒形，隸篆真草

鍾情

晉書王衍傳 聖人忘情，最下不及于情，然則情之所鍾，正在我輩。高適詩 感時常激切，于己即

別柳就眉事未詳

後山詩

別柳就眉事未詳

後山詩

鍾情

晉書王衍傳 聖人忘情最下不及于情然則情之所鍾正在我輩 高適詩感時常激切于己即|

如人之意

瑯嬛記 謝霜回有七寶靈巫檀之几几上有文字隨意所及文字輒形隸篆真草無|||

百首詞縈夢雙眉畫鬥妍國亡嗟往日宮易樂餘年
歸謝稱花蕊懽重締鳳緣宜男神顧祀別柳就梅邊

蒨桃獻詩諷諫

寇萊公妾能詩公嘗集妓女設晏每歌一曲賚綾綃一束蒨桃獻詩公和之後貶嶺南道經杭州蒨桃病曰妾不起幸葬我天竺山下且謂公曰公宜自愛恐亦非久于世者公果卒于雷州其詩曰一曲清歌一束綾美人猶自意嫌輕不知織女寒窗下幾度抛梭織得成

富貴寇萊公歌姬一曲終賜綾嘗每束環座不教空
但得如人意何曾計女紅酒頻斟侍妾詩敢獻而翁

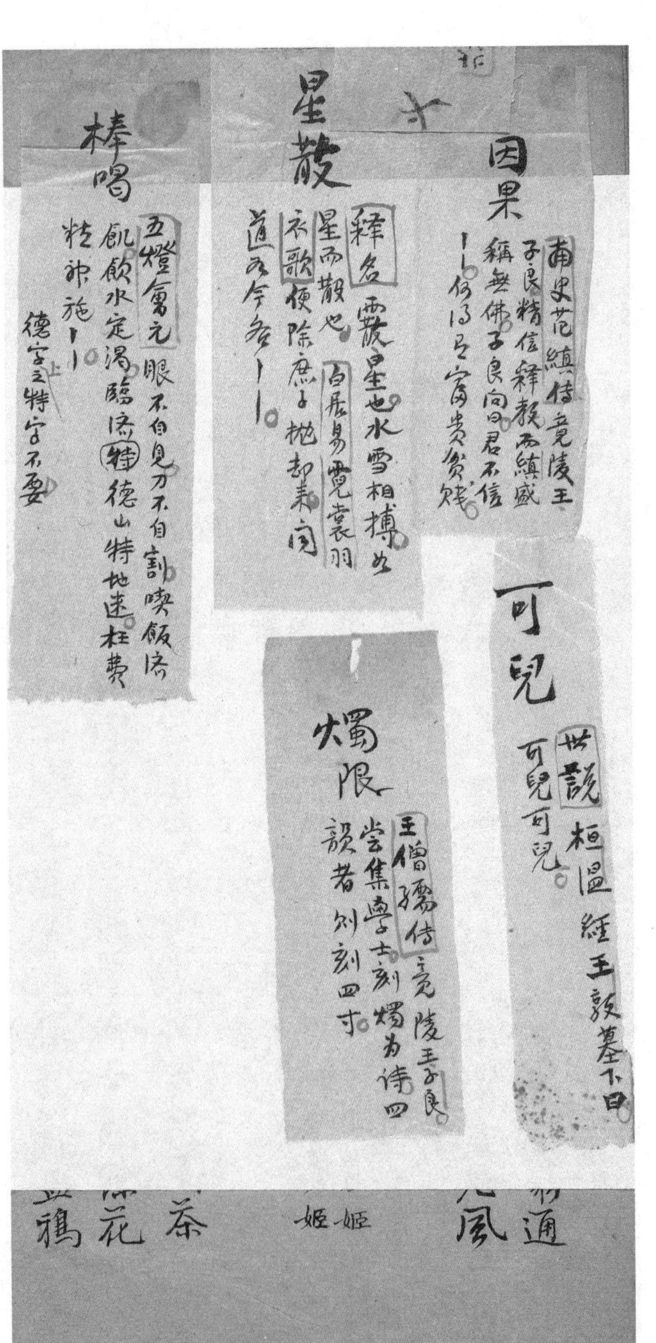

八叉

北夢瑣言 溫庭筠才思敏艷工為小賦每入試押官韻作賦凡八叉手而八韻成

因果

南史范縝傳 竟陵王子良精信釋教而縝盛稱無佛子良問曰君不信丨丨何得富貴貧賤

星散

釋名 霰星也水雪相搏如星而散也 白居易霓裳羽衣歌 便除庶子拋却來聞道如今各丨丨

棒喝

五燈會元 眼不自見刀不自割喫飯濟飢飲水定渴臨濟特德山特地迷枉費精神施丨丨

德字之特字不要

可兒

世說 桓溫經王敦墓下曰 可兒可兒

燭限

王僧孺傳 竟陵王子良嘗集學士刻燭為詩四韻者則刻四寸

㨶

乃殄切 与撚同

彼膺織徽惠　誰憐組織功　古今多勝敗　天地有窮通
哀樂機閫外　艱難物力中　蒨桃為棒喝　頗擅可兒風

黨姬煎茶

五代陶穀仕周為翰林學士嘗買党太尉家姬冬日命姬掬雪煮茶曰党家亦有此風味否姬曰彼粗人安得有此但知銷金帳內淺斟低唱飲羔羊美酒耳陶為之恧然

黨氏姬星散　流來到穀家　圍爐融活火　掬雪煮團茶
風味庸心問　雲泥恣意誇　高官嗟腐草　侍女艷餘花
夢斷龍鬚褥　香消雀舌芽　嗟（唼）他巢墮燕　贖我鬢盤鴉

三嘆
雲泥

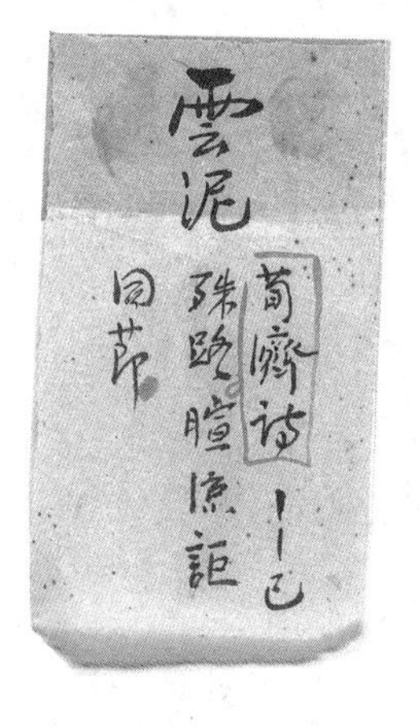
雲泥

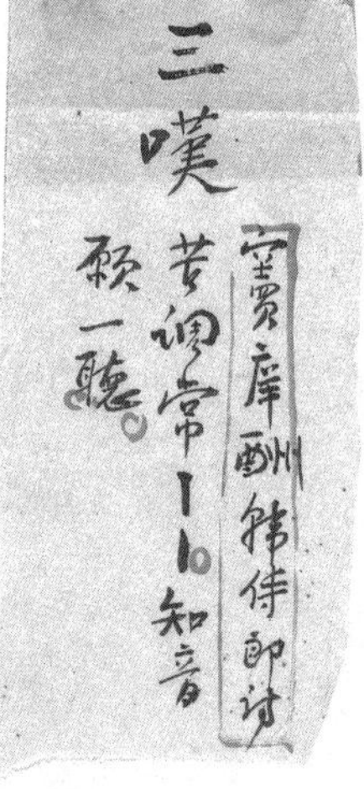
三嘆

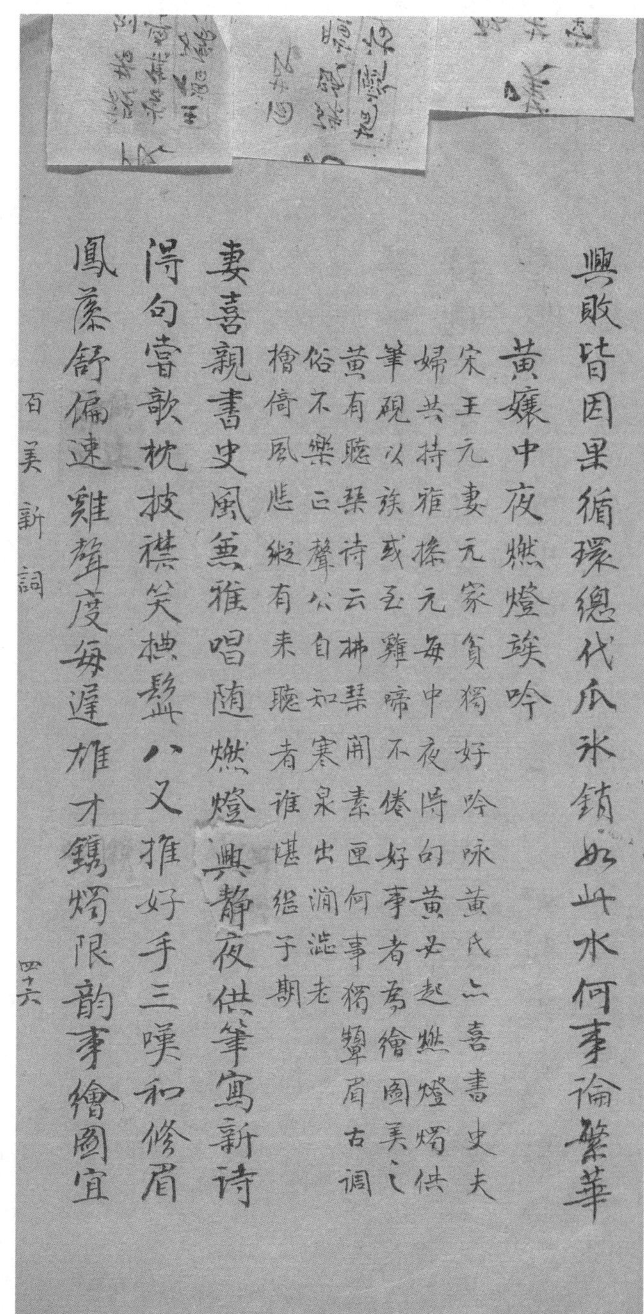

興敗皆因果循環總代瓜冰銷如此水何事論繁華

黃孃中夜燃燈族吟

宋王元妻元家貧獨好吟咏黃氏亦喜書史夫婦共持雅操元每中夜得句黃必起燃燈燭供筆硯以俟或至雞啼不倦好事者為繪圖美之黃有聽琴詩云拂琴開素匣何事獨顰眉古調俗不樂正聲公自知寒泉出澗澁老檜倚風悲縱有來聽者誰堪繼子期

妻喜親書史風無雅唱隨燃燈興靜夜供筆寫新詩
得句嘗歆枕披襟笑撚髭八叉推好手三嘆和修眉
鳳藻舒偏速雞聲度每遲雄才鎮燭限韻事繪圖宜

百美新詞　四十六

清福真堪羨閒情亦共奇王元有吟癖[好]雖得婦同癡

秦若蘭擁帚掃郵亭

聞見錄陶穀使江南韓熙載命妓秦若蘭詐為郵卒女擁帚掃地陶因與之狎贈詞名風光好曰好因緣惡因緣祇得郵亭一夜眠別神仙琵琶撥盡相思調知音少待得鸞膠續斷絃是何年

擁帚見娉婷斜陽滿畫屏烏紗投旅店紅袖掃郵亭
繞樹開春雪移花就使星履纖苔破綠腰折柳歸青
暫傍虛前席空明敞後庭香塵銷蛺蝶鬟影立蜻蜓
蛾展双鸞淡犀通一點靈預教風節斂緣合惜惺惺

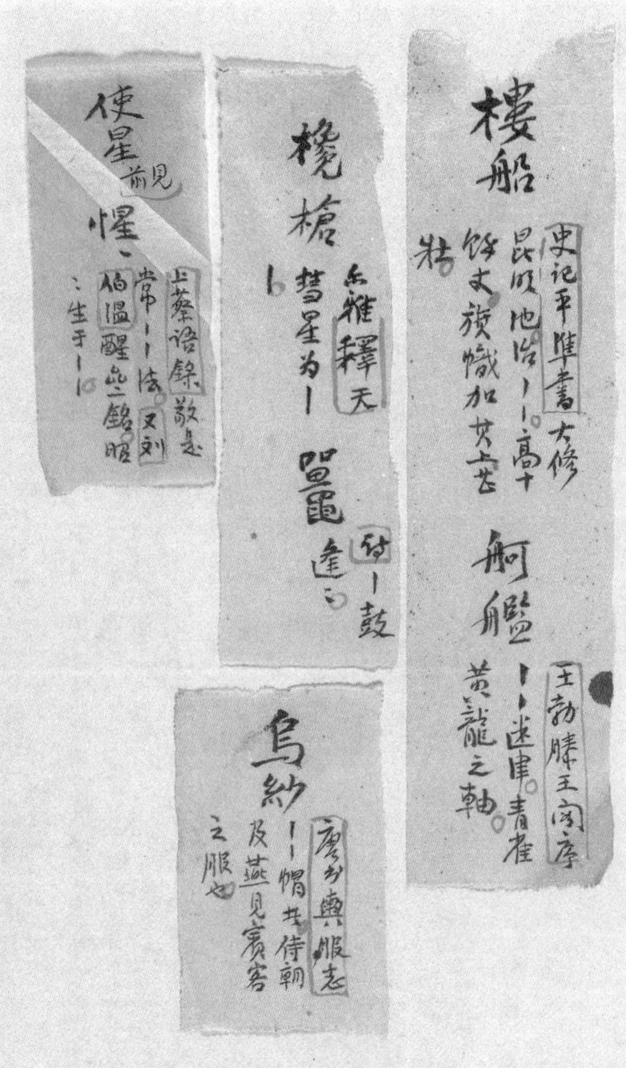

樓船 史記平準書 大修昆明池治樓船高十餘丈旗幟加其上 杜

舸艦 王勃滕王閣序 舸艦迷津青雀黃龍之軸

欃槍 爾雅釋天 彗星為欃槍

鼉 逢逢 詩 鼉鼓

使星 見前

惺惺 上蔡語錄 敬是常惺惺法 又劉伯溫醒齋銘 惺惺生乎惺惺

烏紗 唐書輿服志 烏紗帽者侍朝及燕見賓客之服也

樓船

史記平準書 大修昆明池治樓船高十餘丈旗幟加其上甚壯

舸艦

王勃滕王閣序 舸艦迷津青雀黃龍之軸

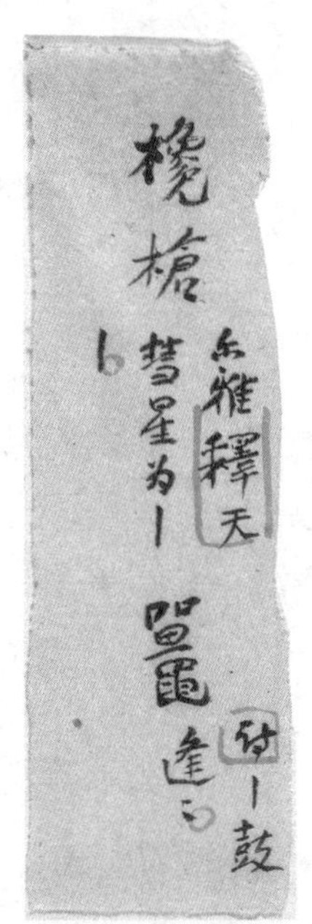

欃槍

爾雅釋天 彗星為欃槍

鼉

詩 鼉鼓逢逢

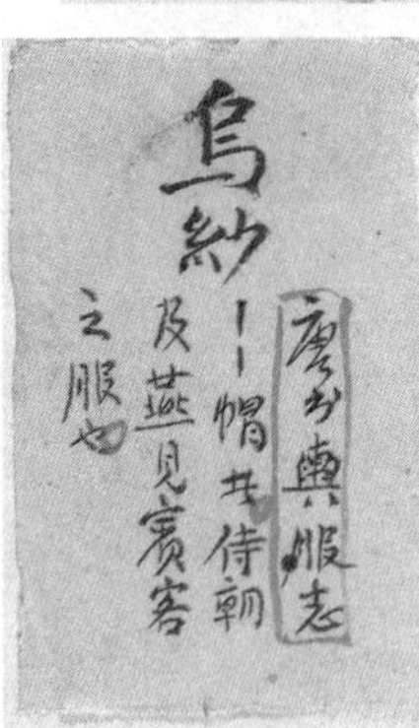

烏紗

唐書輿服志 烏紗帽者侍朝及燕見賓客之服也

使星 前見

惺惺

上蔡語錄 敬是常惺惺法 又刘伯温醒齋銘 惺惺之生于惺惺

校欃槍之槍字在庚韻叶用七陽宜于字下旁注一叶字

梁夫人桴鼓助戰

宋史韓世忠與金人接仗於黄天蕩夫人梁氏登舵樓執桴鼓助戰士氣百倍獲勝

潮湧黄天蕩，樓船作戰場。夫人持枹鼓，大將掃欃槍。（叶）
兒女英雄氣，風鬟霧鬢光。三通驚鼠竄，百伐奮鷹揚。
舸艦掀波浪，矛戈耀雪霜。蛾彎纖月展，鼉響陣雲忙。
捷報紅旗速，功雖翠袖忘。偏安多輔弼，智勇女推梁。

女中堯舜四璿璣

舜典在璿璣玉衡以齊七政註
在察也以璿飾璣所以象天體
之轉也七政日月五星也舜初即位
宋史哲宗即位尊……位首察璣衡蓋曆象授時所當先也纖

百美新詞　四十七

神宗母高太后爲太皇太后垂簾聽政任用賢相司馬光呂公著政事修舉號爲｜｜｜｜

蓂莢 堯庭生瑞草曰｜｜十五之前日生一葉十五之後日落一葉小餘則一葉厭而不落觀之可以知旬朔又名曆草

不謂堯兼舜嵩呼出女中山河歸太后缺陷補天公
聖指儲孫極忠良任相功唐虞追盛日翬翟溥仁風
庶政垂簾聽朝儀警蹕同乾綱操桑殿坤範肅深宮
蓂莢祥重見璿璣運復通本爲天下母稱制格蒼穹

宋朱后陷虜還京

宋欽宗后與鄭太后俱陷于契丹遣送燕京番官押行強令陪飲后以死抗不爲所辱卒於燕年僅二十作怨歌二首其一曰幼富貴兮厭綺羅裳長入宮兮奉君王今委頓兮流落異鄉嗟造物兮速死爲強其二曰昔居天下兮珠宮貝闕今日草莽兮事何可説屈身辱志兮恨何可雪誓速歸泉下兮此愁可絶

烈矣欽宗后傷哉陷契丹艱難離虜幕顛頓踏歸鞍
歲月捫心苦風沙墮指寒舊情宮内感别淚輦中彈
陪飲番官強捐生旅鬢殘二歌堪痛哭千古爲悲酸

君竟低頭辱臣節袖手觀追思南渡事怒髮一衝冠

黃氏女孫聞笛諧伉儷

南宋嘉熙中閩人潘用中隨父居京邸喜弄笛隔墻樓上一女子聞笛聲輒垂簾窺望潘知爲黃氏女孫也黃館賓吴仲舉潘往訪之知女幼工詩乃以帕題詩裹胡桃擲去女亦以詩裹帕擲來未通殷勤潘父忽移寓去因隔絶生與女俱病甚父母各廉知故而仲舉作合之遂諧伉儷焉其詩達于禁中理宗嗟嘆以爲奇遇女詩日閙于閒倚日偏長短笛無情苦斷腸安得身輕如燕子隨風容易到君傍

攝合好因緣多承仲舉憐有情成眷屬無事慕神仙

袖手觀

手袖觀 巧匠旁观縮 韓昌黎文

怒髮衝冠

史記廉頗藺相如傳 相如奉璧西入秦視秦王無償趙城意因持璧卻立怒髮上衝冠

薢若 与解 近遍 三遷

史記越世家范 蠡三遷皆有榮名 又趙岐孟子題詞 孟子生有淑質夙被慈母三遷之教

抽手觀

韓昌黎文：巧匠旁观缩手抽觀。

怒髮衝冠

史記廉頗藺相如傳：相如奉璧西入秦，視秦王無償趙城意，因持璧卻立，怒髮上衝冠。

薢茩 与邂逅通

三遷

史記越世家：范蠡三遷皆有榮名。又趙岐孟子題詞：孟子生有淑質，幼被慈母三遷之教。

嘹又音料
[illegible]同

鳥静人間地風清月滿天笛聲方嘹喨詩意各纏綿
隔绝三遷去相思兩病延廉知諧伉儷奇遇恰團圓
鳳莫低昂卜鸞偏薜荔聯竟如兒女願難得樂餘年

琴操悟禪剃髮為尼

泊宅編杭妓琴操善應答東坡善之後因游西
湖戲琴云我作長老尔試叅禪問云何謂湖景
答云落霞與孤鶩齊飛秋色共長天一色何謂
景中人答云裙拖六幅湘江水鬢鎖巫山一段
雲何謂人中意答云隨他楊學士鼈煞鮑叅軍
如此究竟如何坡云門前冷落車馬稀老大嫁
作商人婦琴操大
悟即剃髮為尼

叅得元機透飄然物外蹤便年尼削髮不事女爲容
淨域三乘理禪關百念宗雲消鬟影墮露謝粉痕濃
貝葉菩提樹蓮花繚繞峯清風深院磬斜月小樓鐘
經卷應親我湖山漫懊儂栞棲遲此隱采藥或相逢

天地壯烈正氣必去
字字挾詩徑似可
省部以援引悲往
無負下散往之傳

蔺烈婦殉節

吉安廳家婦有殊色爲陳友諒部將所掠欲辱之蔺乃手刃其子題詩于壁擲筆自刎死友諒聞立廟旌之一天地壯烈之事乃在婦人奇氣亦向氣也其詩曰涇渭雖分濁與清此生不幸厄紅巾孤兒豈忍更他姓烈婦何曾事二人白刃自揮仁似鐵黃泉欲別骨如銀荒村日夜猿啼處過客聞之亦愴神

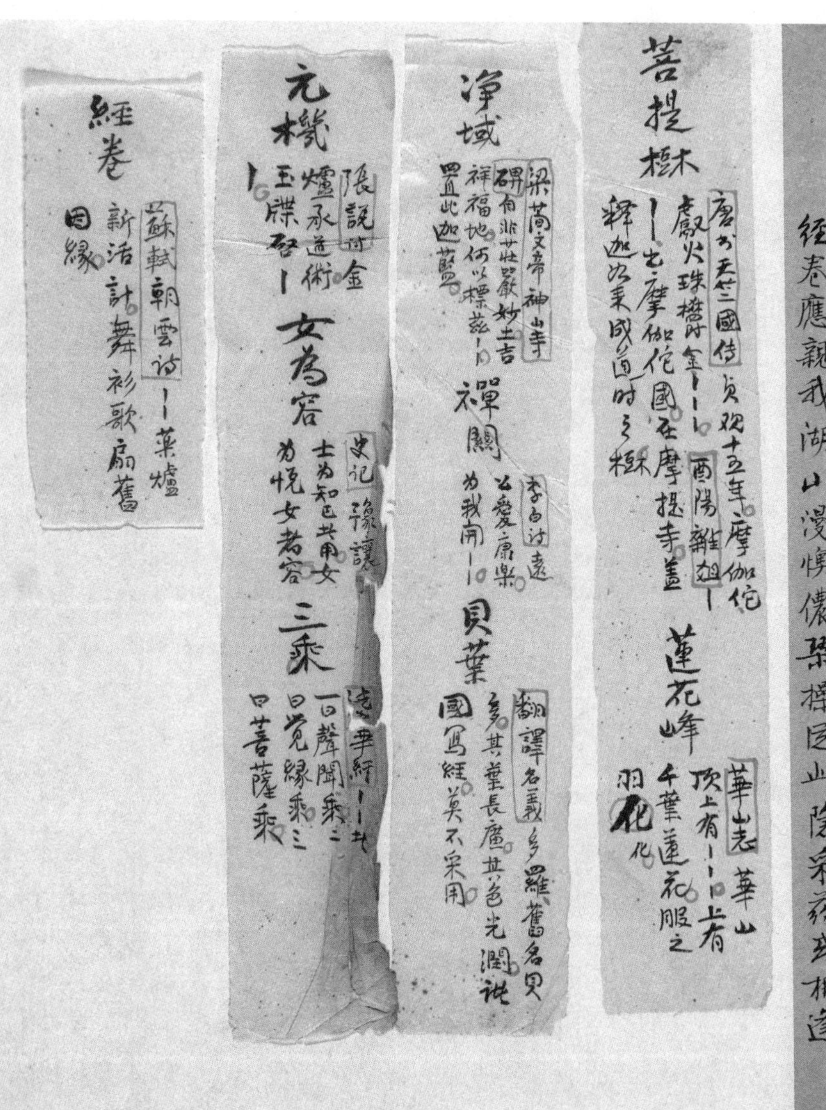
菩提樹
蓮花峰
淨域
禪關
貝葉
元機
女為容
三乘
經卷

菩提樹

唐書天竺國傳　貞觀十五年摩伽佗獻火珠鬱金ーー

酉陽雜俎　ーー出摩伽佗國在摩提寺蓋釋迦如來成道時之樹

蓮花峰

華山志　華山頂上有ーー上有千葉蓮花服之羽化

淨域

梁簡文帝神山寺碑　自非莊嚴妙土吉祥福地何以標茲ーー置此迦藍

禪關

李白詩　遠公愛康樂　為我開ーー

貝葉

翻譯名義　多羅舊名貝多其葉長廣其色光潤諸國寫經莫不采用

元機

張說詩　金爐承道術　玉牒啟ーー

女為容

史記豫讓　士為知己者用女為悅己者容

三乘

法華經　ーー者一曰聲聞乘二曰覺緣乘三曰菩薩乘

經卷

蘇軾朝雲詩　ーー藥爐新活計　舞衫歌扇舊因緣

藺婦偏遭掠，羞同草木榮。殺身先殺子，完節亦完名。臉懾兇徒虐，心教賊帥驚。亂離甘就死，壯烈宛如生。面省春風冷，魂歸夜月清。哀猿啼血淚，過客動悲聲。立廟宜臉禮，麾軍莫尉貞。兩間奇氣在，應不受其旌。

椽將字疑誤以閱也 其重設參知辭字不錯

黃崇嘏偽男爲椽辭婚

臨邛人，幼時偽爲男子，以詩謁蜀相周庠。庠荐攝府椽，事甚明敏。庠愛其才，欲妻以女。崇嘏呈詩曰：一辭拾翠碧江涯，貧守蓮茅但賦詩。自服藍衫爲郡椽，永拋鸞鏡畫蛾眉。立身卓尔青松操，挺志堅然白璧姿。幕府若容爲坦腹，願天速変作男兒。庠得詩驚問之，乃黃使君女也，未適。

百美新詞 五十

奈字不都因有丢の字使为欲停

人與老姻同居川終其身事奇載說海甚患

崇嘏徵奇事冠裳易艷妝三年為郡椽一旦露形藏行

事狂推其敏才明稱所長焉知黃氏女誤認紫徵郎

欲資辛男言多託須質耶今驚早慈對仙覺隻至鬼栖梁

脂香

文席

服飾

婿鄉 見前

口脂

西陽襍俎臘日賜北门学士ㄧㄧ臘脂

杜甫詩ㄧㄧ面藥承恩澤

孤鸞

六帖ㄧㄧ見鏡覩其影悲為

雌必悲鳴而舞

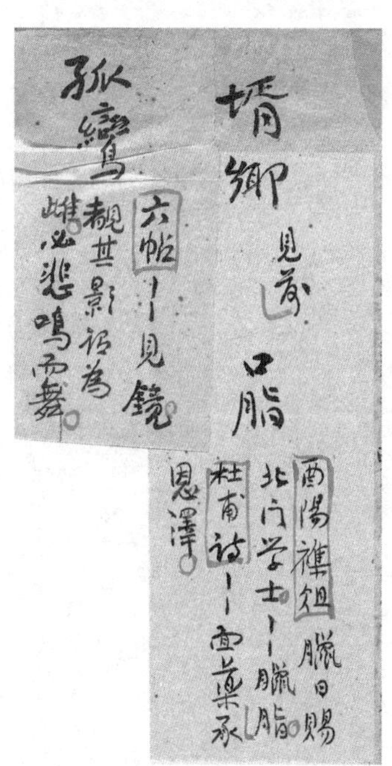

壻鄉 見前

口脂

酉陽雜俎 臘日賜

北門學士丨丨臘脂

杜甫詩丨丨面藥承

恩澤

孤鸞

六帖丨丨見鏡

覩其影以為

雌必悲鳴而舞

崇字の都因有丢の字候为訂征

人與老姆同居以終其身事詳載說海甚悉

崇嘏徵奇事冠裳易艷妝三年為郡椽一旦露形藏行
事理推其敏才明積所長焉知黃氏女誤認紫徵郎
欲贅辟娉館移形顧揞鄉孤鸞昇慈拋對鏡隻燕媿栖梁
破笑驚新穎資談復舊裝遺詩偶頻吟諷誦猶覺口脂香

費宮人膏公主殺賊

明史李闖自成陷京城崇禎帝殉社稷賊將一隻虎入宮聞有宮人費氏者誤謂闖賊曰公主服飾暗惜利刃冒稱公主以酒媚賊醉因刺殺之即自殉

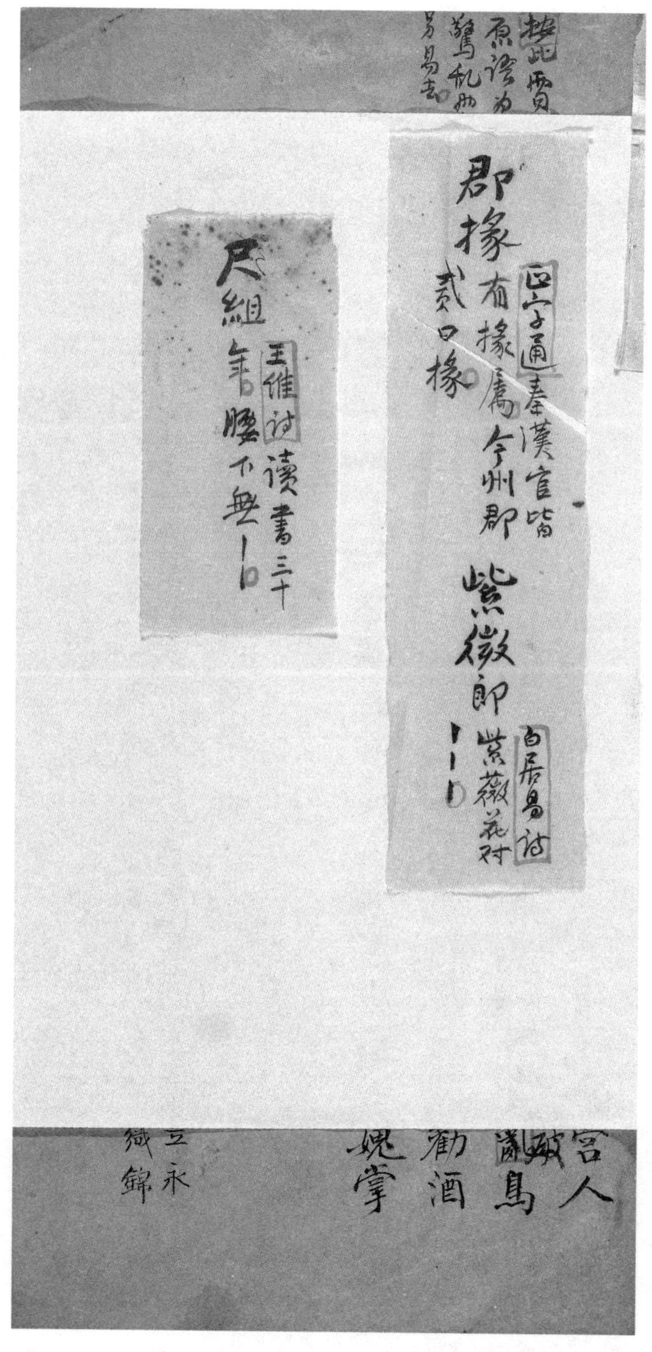

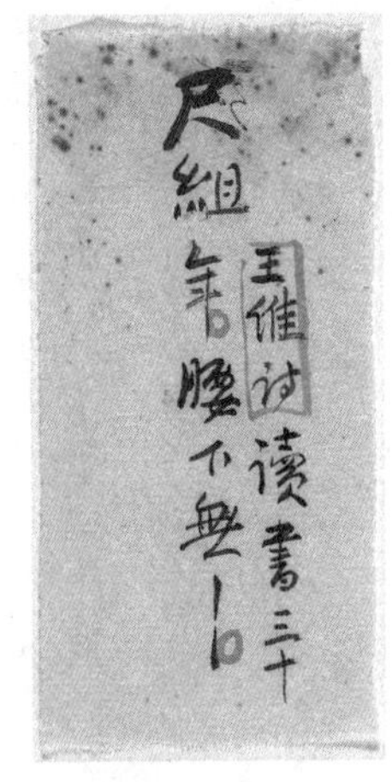

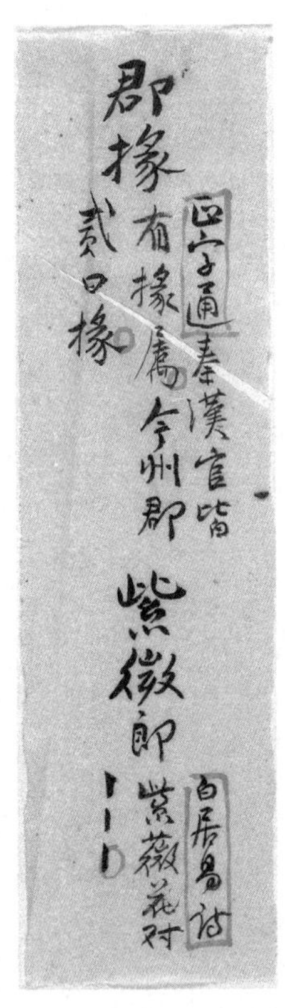

按此賡似須思原語爲佳惟鷺飢兩字宜另易去

孤憤悲兒女拚捐報主身周旋李成賊黨節烈貴宮人
尺組哀先帝華妝冒貴嬪國亡感時花濺淚家破驚亂鳥
含嗔紅袖潛懷刺青衣共愴神恨思刀萬段媚勸酒
千巡虎頭嬰鋒斷蟜頭灑血新志伸隨殉雖有愧掌
兵臣

新羅女主獻織錦太平頌

新羅王金真平女名德真王卒無嗣女嗣立永
徽中德真大破百濟之衆遣臣以聞並獻織錦
五言太
平頌

百美新詞　五十一

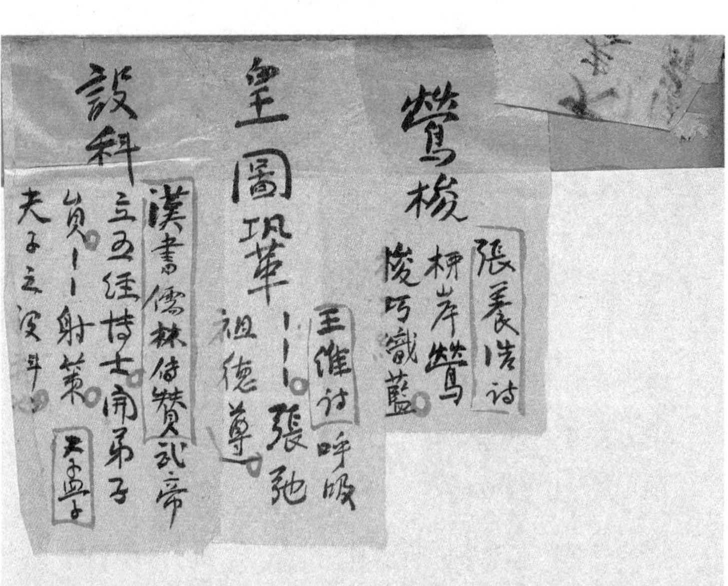
鸞梭
張養浩詩

皇圖鞏華
王惟詩

設科
漢書儒林傳贊武帝

天眷

書 皇王天眷佑命 奄有四海為天
下之思 又晉書虞氷侍 俊策敗駕之駟
以非萬里之功 非丨丨之隆不以此

鷙駭
柳岸鷙
俊巧戲藍
張養浩詩

皇圖鞏革 丨丨張馳
祖德尊
王維詩 呼吸

設科 漢書儒林侍贊武帝
立五經博士開弟子
員丨丨射策
夫子之設斗

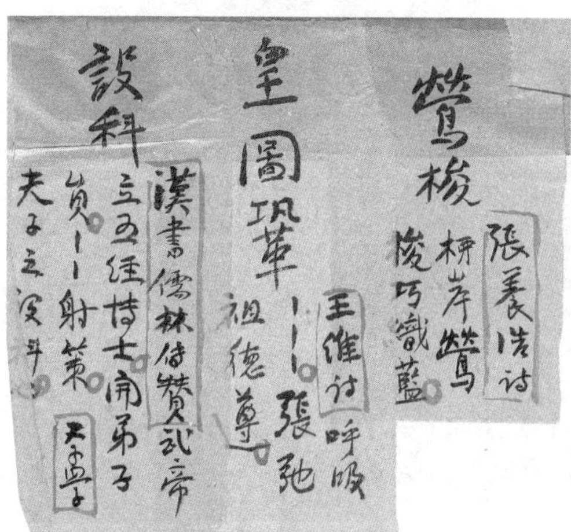

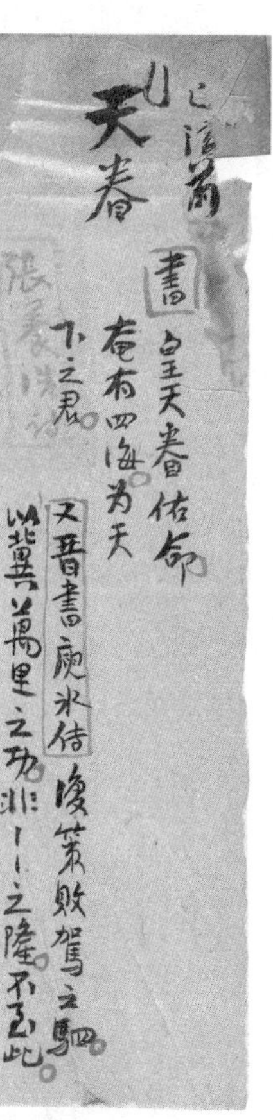

其詩曰大唐開鴻業巍巍皇猷昌止戈戎衣定
修文繼百王統天崇雨施理物體含章深仁諧
日月撫運邁時康旛旗既赫赫鉦鼓何鍠鍠外
夷違命者剪覆被天殃和風凝宇宙遐邇競呈
祥四時調玉燭七曜巡萬方惟岳降宰輔
惟帝任忠良五三咸一德照我唐家光
遠獻太平歌中華問若何臣娥工織錦王女嗣新羅
萬里邀天眷孤蓬涉海波雲霞排鴈字花柳擲鶯梭
赫赫皇圖鞏巍巍帝德多文章光日月宇宙止干戈
治內皆成誦綏邊另設科外夷都向化六合慶人和

百美新詞卷終

百美新詞跋

戊寅己卯之間龍氏小松以大興金簡齋先生七十自述
詩見示并盛道先生耄而耆學有衛武公風讀其
詩詳詳語語如見其人曾作七律四首投贈嗣余轉從
無定不數數見見必出大篇相質證加引重焉年後与
文孫枚臣兄稔蓋有同先生令嗣慕蓀先生出所作百
媛新書授余讀之觀其立題命意皆詩人婉而風
之旨詩亦信手拈來一本性情而不假修飾猶見

此編一出可以爲韓文公八代扶衰手矣爰致柳〻
州誦昌黎集故事盡歲之夏而歸之嵩光繼
城次甲申一曷月晦日武進非會湯鞠裳謹跋

斂氣若蘭按律以秦王騷壇之月
旦傳綺閣〻〻風神千古芳魂一〻
低首
丁酉正月王廷鼎拜讀

題詞

武林王蘊小鐵

不作鄱陽謔吟成閨閣賢事宗新舊史筆補漏遺天壺
訓真堪嗣班箴可並傳西方蒼隱是粉黛未為妍

漢軍宗山小梧

妃青儷白宛鍛宮淚積排珠成串五字金荃縈幻想
千古名花齋絢寶靨盤螭偎扇嬌蝗一樣情天春
匡香國裏夢中綵筆傳遍　說甚底事干卿雲流
水逝人杳當時面覷想棒卷裏彼美小助風詩規

勸莒玉鐫名蘿金誌恨夢照添新傳不須圖畫
真〻庭許低喚　調寄百字令

書名 百美新詞
冊數 1 版別 紙
議價
編號 字第 號
北京市圖書出版業同業公會印製

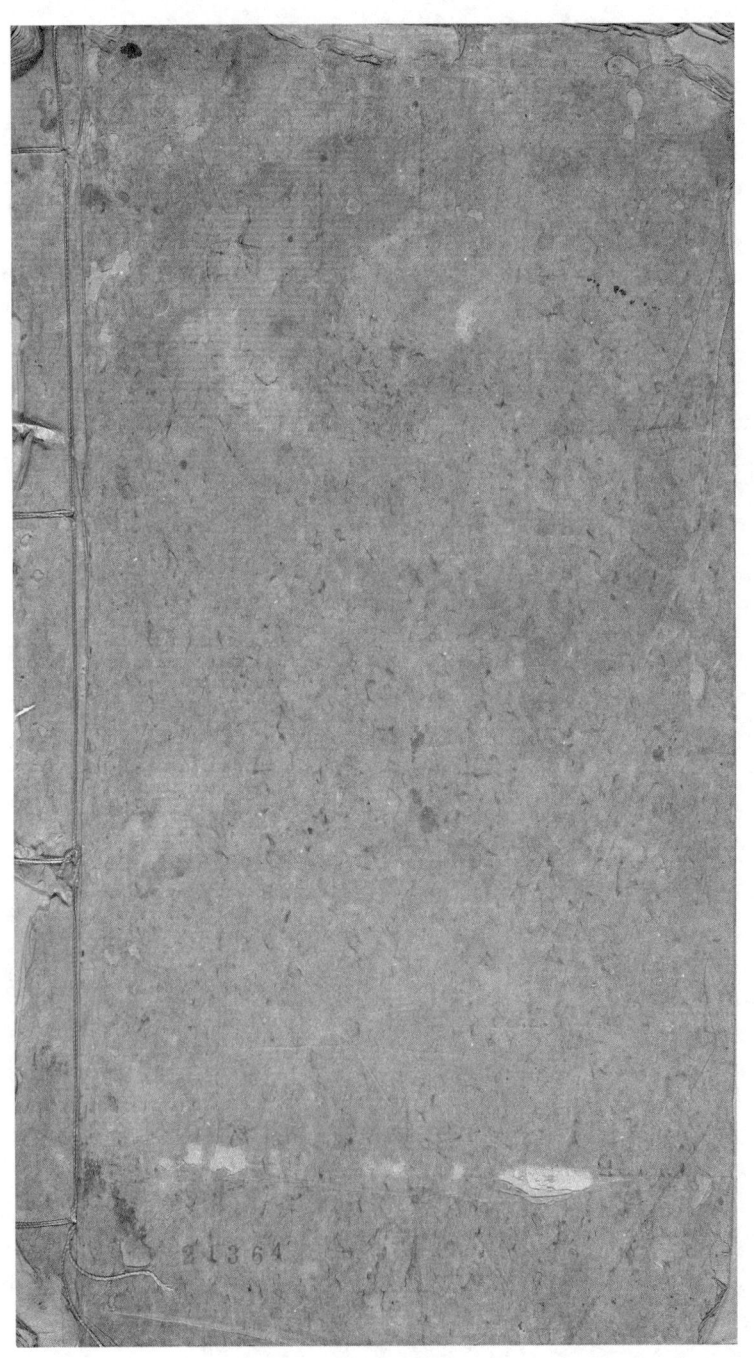

小琅玕館學稿・課餘草

完顔崇實撰。稿本。一册。

完顔崇實（一八二〇—一八七六），字子華、愓盦，又字樸山，别號適齋，室名半畝園、小琅玕館，滿洲鑲黄旗人。道光三十年（一八五〇）進士，官至刑部尚書，署盛京將軍。曾參與鎮壓太平天國運動。著有《適齋詩集》。

此本詩稿書衣題有「課餘草」，復據卷端題名，首行頂格題「小琅玕館學稿」，次行低一格題「課餘草」，可以推知《課餘草》僅是《小琅玕館學稿》的一部分，其餘部分是否抄寫成册，現在何處，已無處查考。且由「課餘草」下所注「自辛卯秋日起，時年十二」可知，此本所録詩屬完顔崇實早期作品。

本稿以小楷抄寫，温婉清麗，用藍絲欄稿紙，版心題「課餘草」並「小琅玕館自製」，應是後期謄清本。已知此稿所收詩歌創作時間起于道光辛卯年（一八三一），結束時間據《丁酉仲春家姐入都選秀蒙恩賞翠花等物成此以賀並志喜》一詩，可知至早在道光十七年。內容不外乎詠物、贈别、行旅、家事等日常圖景，以五言爲多，七言較少，遣詞造句雖略顯稚嫩，然亦不失工穩清秀，稍有可觀。卷首有僧淵如所作讀後詩，稱「讀罷琅玕戛玉聲，滿階明月對人生」，對崇實詩評價頗高。

稿本鈐印有四：書衣鈐「聊以自娱」印，卷首鈐有「好讀書不求甚解」，卷端有「完顔崇實」「澹泊明志」二印。

此本之外，崇實詩歌稿本另有《崇實詩稿》兩册、《愓盦詩抄》一册。光緒三年（一八七七）《適齋詩集》刊行，檢視此書目録，無與《小琅玕館學稿·課餘草》詩作重合者。推測《小琅玕館學稿·課餘草》未行刊刻，故此稿本作爲記録崇實少年生活之資料，對研究崇實生平頗有幫助。

（杜萌）

課餘草
小琅玕館學稿
文288.421
44

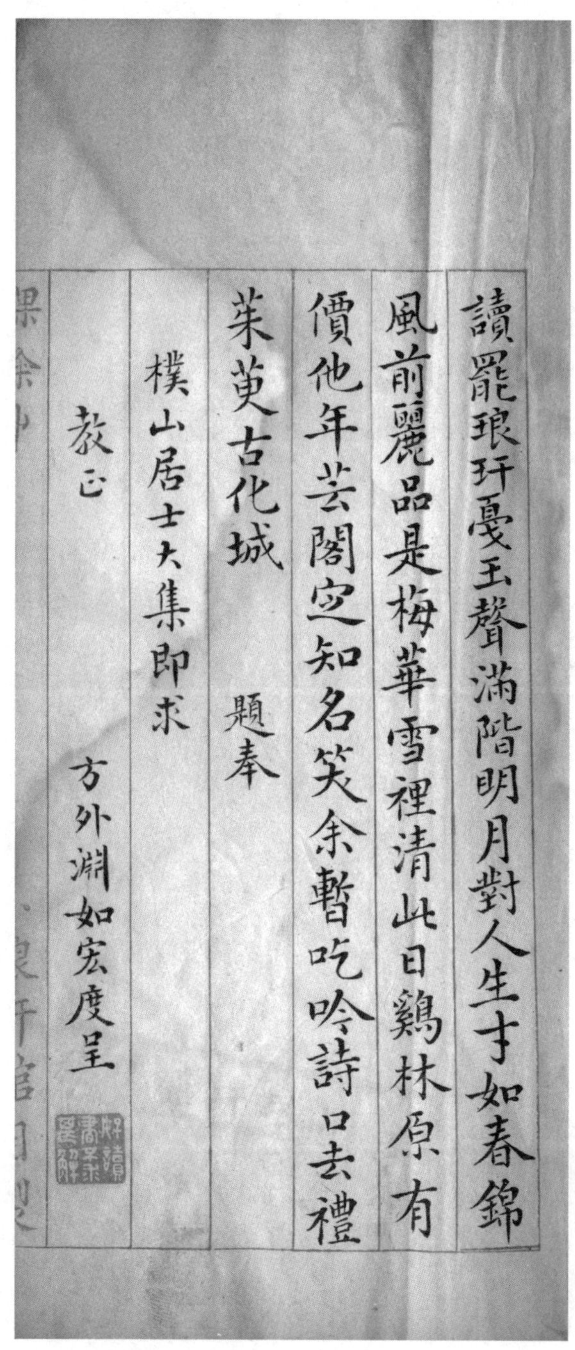

讀罷琅玕戛玉聲滿階明月對人生才如春錦
風前麗品是梅華雪裡清此日鷄林原有
價他年芸閣定知名笑余暫吃吟詩口去禮
茱萸古化城　題奉
樸山居士大集即求
教正　方外淵如宏度呈

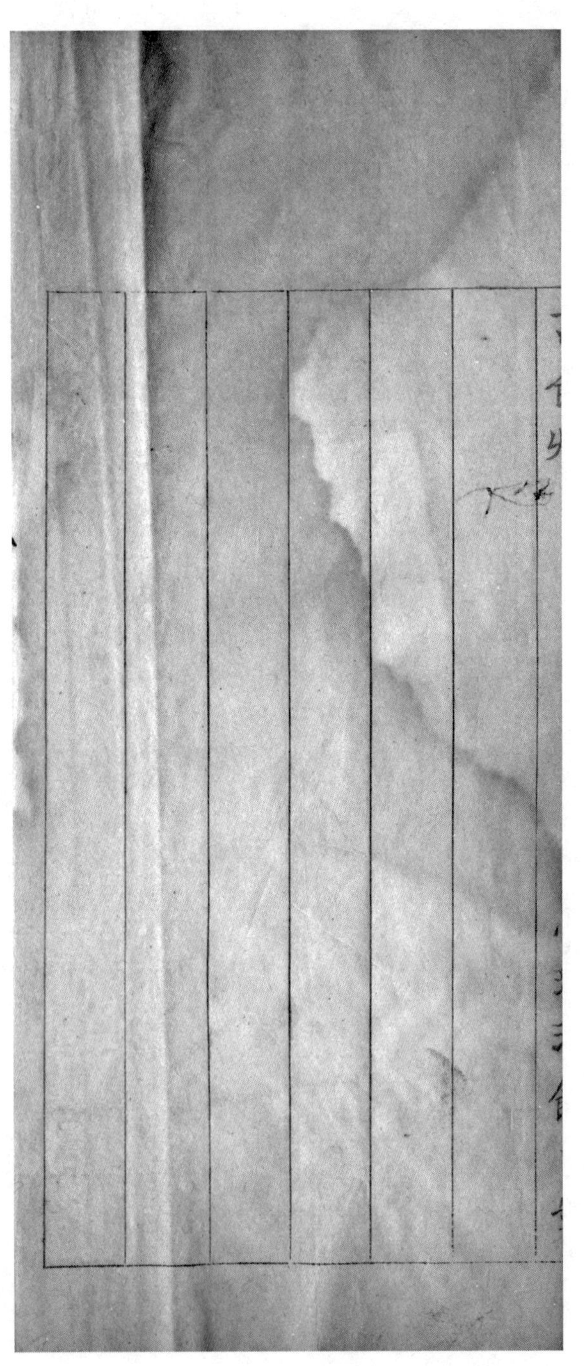

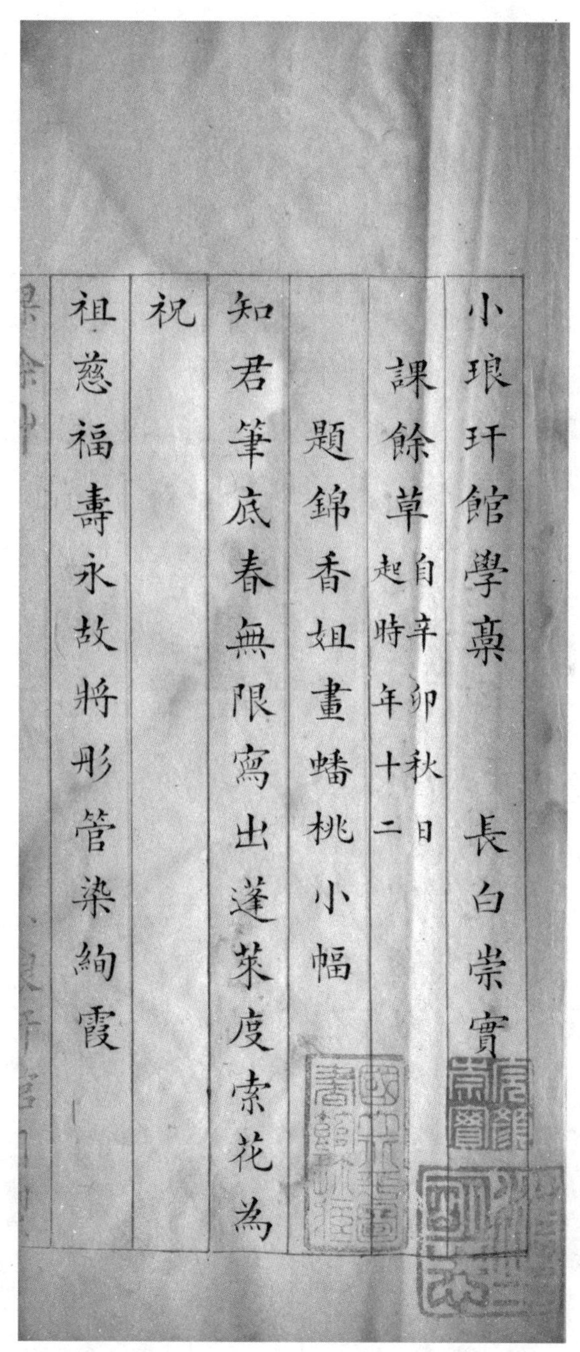

小琅玕館學稾　長白崇實

課餘草自辛卯秋日起時年十二

題錦香姐畫蟠桃小幅

知君筆底春無限寫出蓬萊度索花為

祝

祖慈福壽永故將彤管染絢霞

辛卯初冬庭中春海棠忽放因成一截

料峭輕寒放海棠宛然春色滿華堂開
成妖艷無雙品底是傾城也傲霜事

邯鄲途次謁盧仙祠題壁

風塵冉冉道邯鄲一問盧祠思邈然難

得奇緣兼厚福夢為將相醒為仙

初秋清晏園即景

瞥見芳園豁醉眸水廊竹館好勾留荷花欲謝香仍艷桐葉纔凋影尚幽一味嫩涼風裏送滿庭殘暑雨中收忽看雁字書雲表始覺韶華又早秋

甲午冬日隨侍　家大人西園間
步偶有雙鶴凌空而下翩舞庭中
即呈五律一章用以誌喜
一聲長唳下雙鶴繞芳塘本是芝田種
今來晝錦堂千年誇壽算萬里羨翺翔
更幸

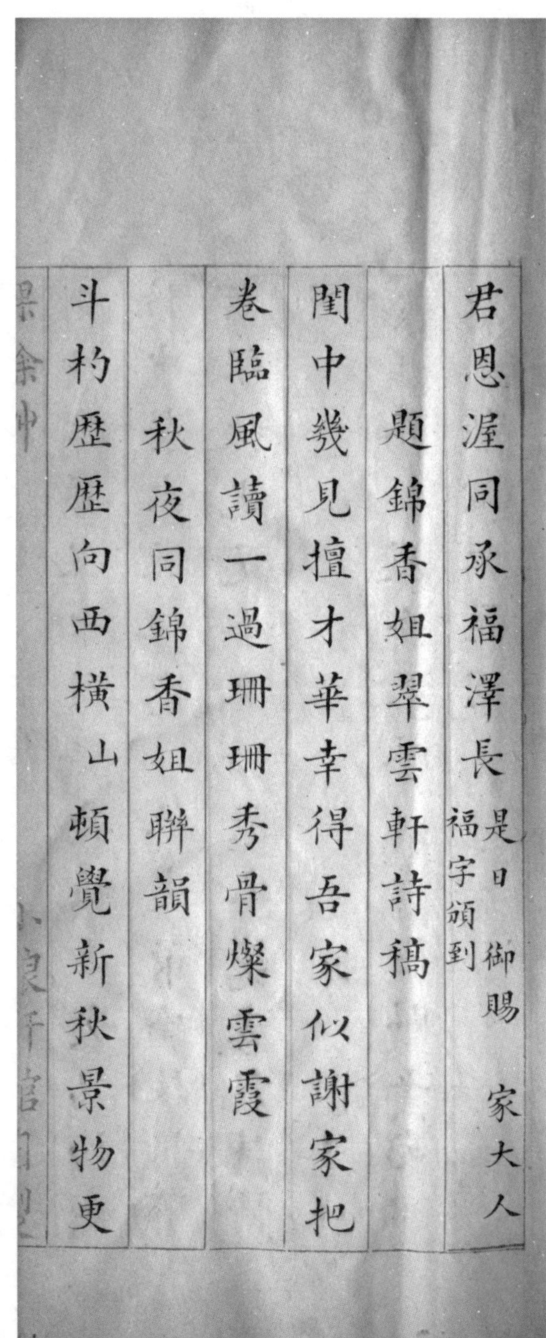

君恩渥同承福澤長（是日御賜　家大人福字頒到）

題錦香姐翠雲軒詩稿

閨中幾見擅才華幸得吾家似謝家把卷臨風讀一過珊珊秀骨燦雲霞

秋夜同錦香姐聯韻

斗杓歷歷向西橫山頓覺新秋景物更

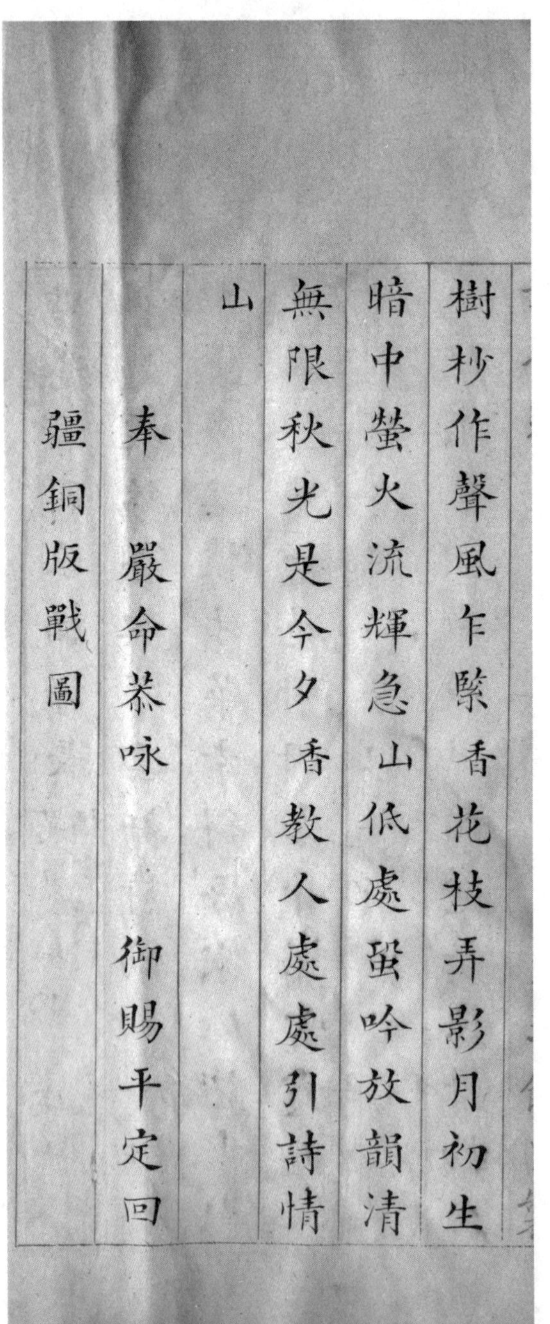

樹杪作聲風乍緊香花枝弄影月初生
暗中螢火流輝急山低處蛩吟放韻清
無限秋光是今夕香教人處處引詩情
山

奉
嚴命恭咏
御賜平定回
疆銅版戰圖

聖主昭神武平西大業隆已看酬將士
猶欲表軍功作記曾揮翰成圖更鑄銅
獻俘歸
廟算獲醜壯元戎羆虎先聲捷旌旗列
陣雄分題
天藻煥細寫地形工即此游氛靖端由

帝德崇畏威傳海外餘勇鎮關中
恩澤　椿庭渥安懷蔀屋同從今弓矢
櫜歲歲樂年豐

和貽齋表兄見懷原韻

懷舊感君意書來慰我思正逢飛雁候
應憶在梁時執手期何日同心好寄詩

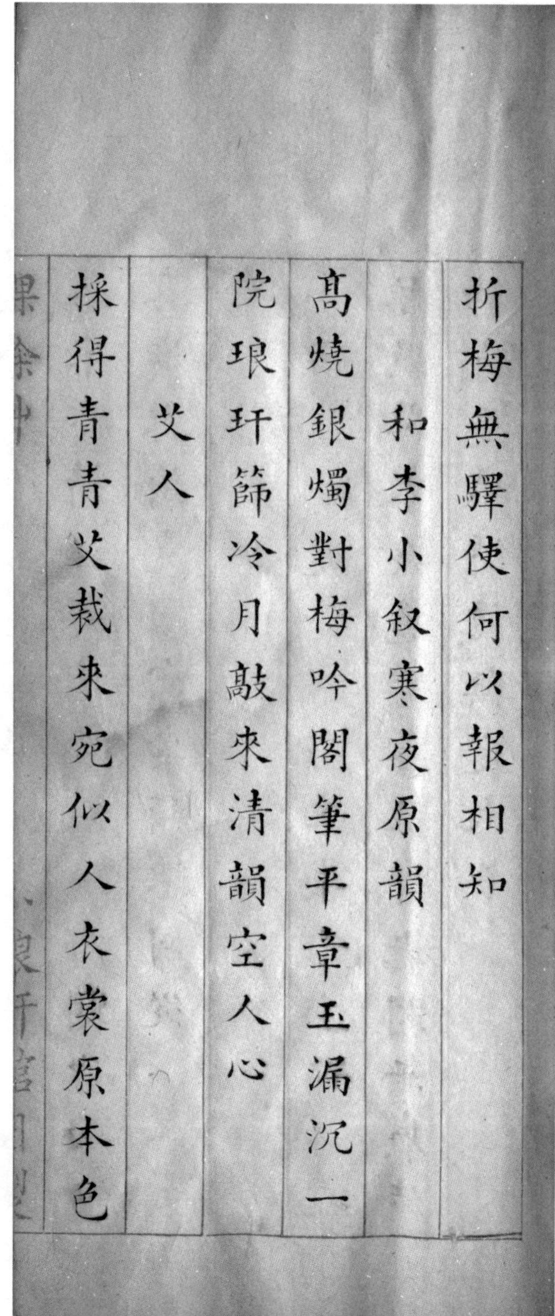

折梅無驛使何以報相知

和李小叙寒夜原韻

高燒銀燭對梅吟閣筆平章玉漏沉一
院琅玕篩冷月敲來清韻空人心

艾人

採得青青艾裁來宛似人衣裳原本色

草木亦精神臭味常懐爾門庭好寄身

麦旗與繭虎同向案頭陳

蒲劍

亭亭蒲葉健紫鍔巧生成不肯鋒芒露

依然草木兵色浮三尺碧光閃一痕清

倘有豐城價能無定太平

觀鼉口占

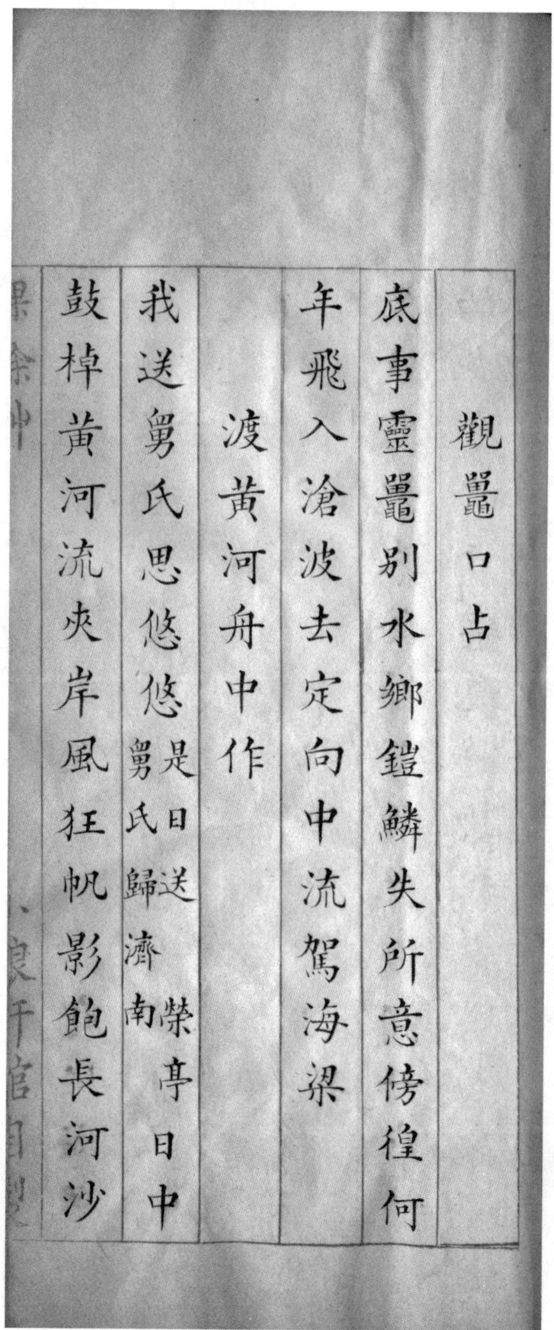

底事靈鼉別水鄉，鎧鱗失所意傍徨。何年飛入滄波去，定向中流駕海梁。

渡黃河舟中作

我送舅氏思悠悠（是日送舅氏歸濟南）榮亭日中鼓棹黃河流夾岸風狂帆影飽長河沙

課餘艸　小琅玕館自製

湧波光浮正喜小艇輕似葉忽驚巨浪
高如樓舟人莫不失顔色吾生却欣汗
漫遊

和惲豫生表叔夢中得句原韻

文章深愧未登場習静休言歲月忙境
任安危心自樂道通物我慮堪忘課餘

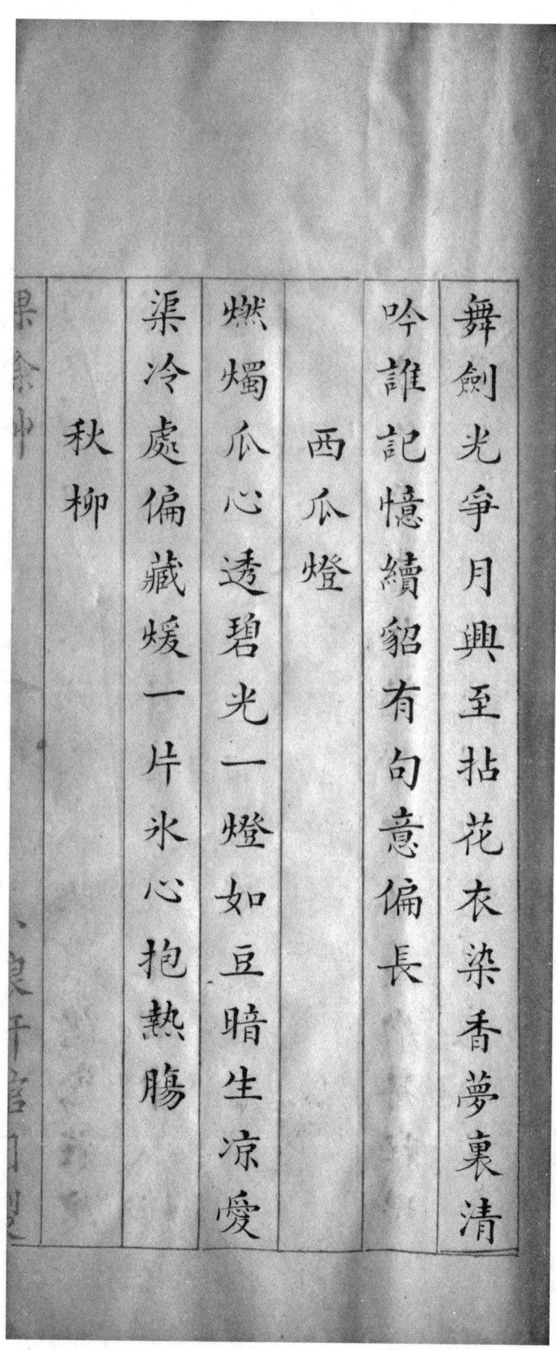
舞劍光爭月興至拈花衣染香夢裹清
吟誰記憶續貂有句意偏長

西瓜燈

燃燭瓜心透碧光一燈如豆暗生凉愛
渠冷處偏藏煖一片氷心抱熱腸

秋柳

課餘草　小琅玕館製

頓覺腰圍减依依又感秋濃陰已蕭瑟
弱態尚風流冷月迷前渡疎烟傍小樓
來年春信發翠色自輕柔

秋燈

一燈人意静幽趣静中叅簾内茶煙歇
窻前風雨酣蕭疎對秋夜明滅映書龕

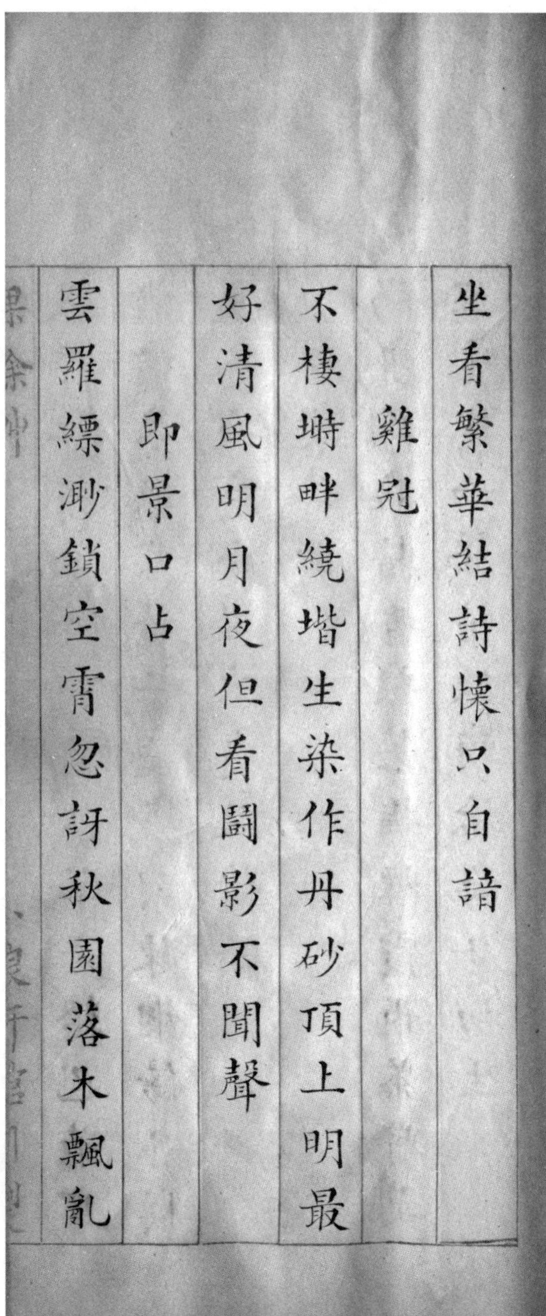

坐看繁華結詩懷只自諳

雞冠

不棲瑚畔繞堦生染作丹砂頂上明最
好清風明月夜但看鬬影不聞聲

即景口占

雲羅縹渺鎖空霄忽訝秋園落木飄亂

點碎紅新蓼發頓消清翠老梧凋鴻賓
肅肅來秋塞燕子飛飛别故巢新月窺
簾人寂寞金風吹處敗荷驕

遊仙曲

滿身珠珞暗香凝笑指煙霞最上層萬
里青鸞一聲笛低頭滄海日初生

寶劍歌

寶劍寶劍光如電截玉刜鐘而芒不變
吁嗟乎以之補履豈共願

繪畫分詠

繪畫學顛米披圖氣象雄丹青隨筆下
邱壑在胸中先有通靈意方能入化功

課餘草　小琅玕館自製

無心一潑墨煙水自空濛

團扇

剪就齊紈素團圞巧樣工無心裁素月
隨手動清風題句學班女描圖畫放翁
秋來莫損棄珍重袖懷中

恭步家　大人江天寺望月原韻

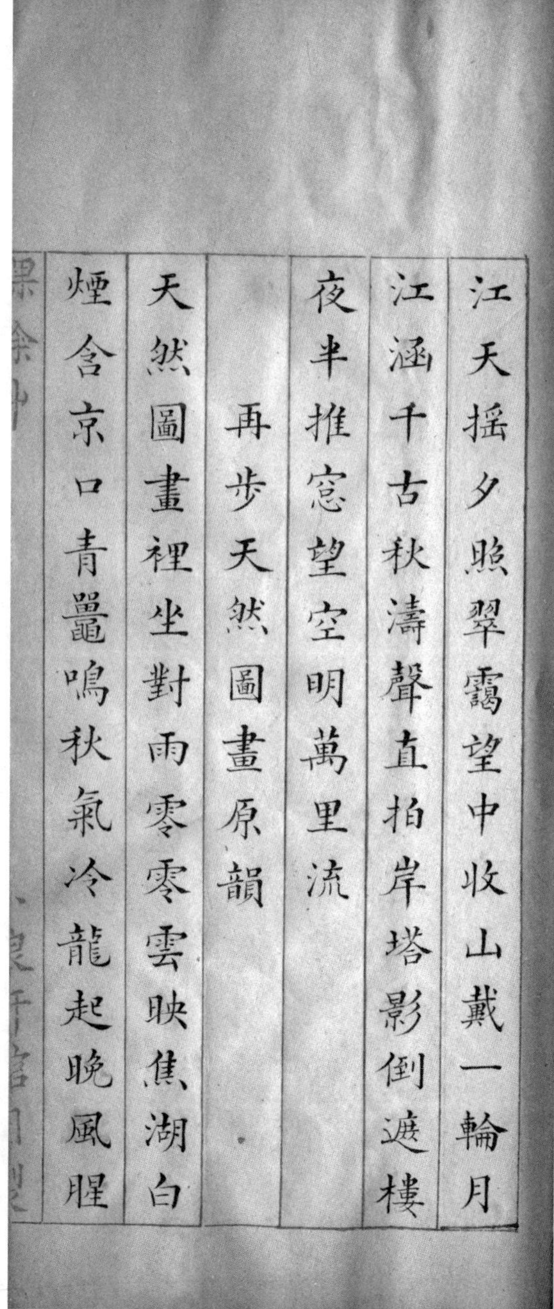
江天搖夕照翠靄望中收山戴一輪月
江涵千古秋濤聲直拍岸塔影倒遮樓
夜半推窓望空明萬里流

再步天然圖畫原韻
天然圖畫裡坐對雨零零雲映焦湖白
煙含京口青鼉鳴秋氣冷龍起晚風腥

江水滔滔去回頭此處停

秋日顧漸寄詩餘三章索和成此以答

秋月正空明飛鴻寄遠聲書來增別緒詞至愜幽情千里關山遠三章氣骨清無才應笑我白雪未能賡

送李小叙

三癡社上君為首，君去何時入社來。嘯傲每多工部句，風流原是謫仙才。桃源春小花偏好（時設帳桃源），蓮幕情長客自回。今日分離何所贈，知音聊贈一枝梅（自繪梅花便面以贈）。

琅玕館夜雨即事

秋意已闌珊聲聲夜雨寒空階失蕭瑟
小院瀉琅玕清韻閑中聽黄花醉後看
頻催詩興發載筆上騷壇

寄李小叙

拂面秋風似水凉遣懷重到舊詩堂推

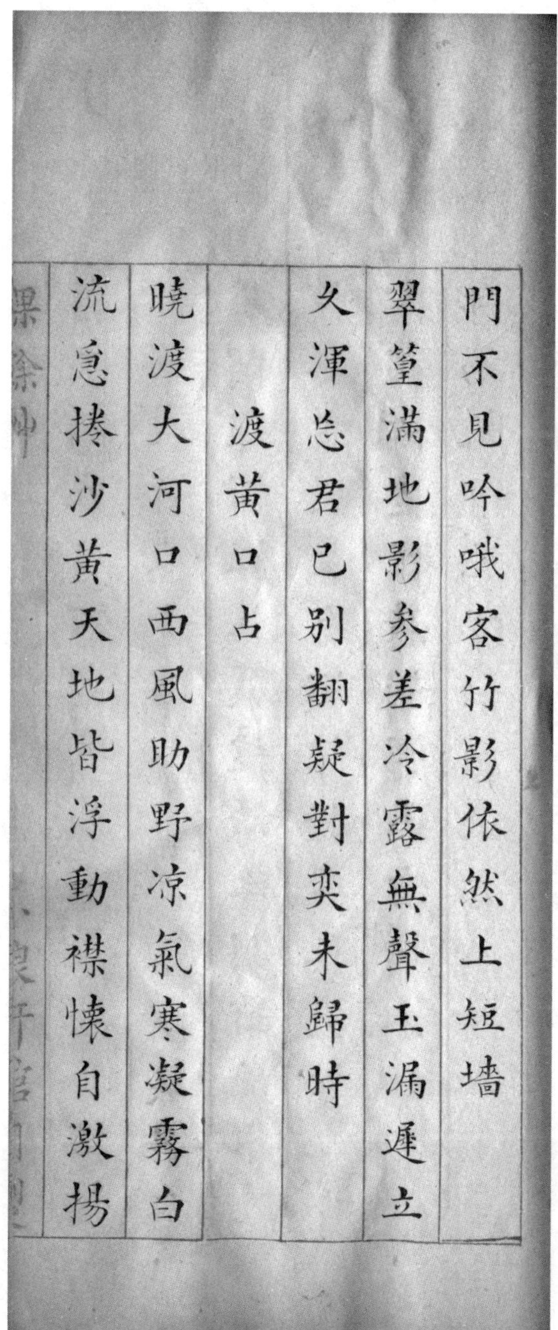
門不見吟哦客竹影依然上短墻
翠篁滿地影參差冷露無聲玉漏遲立
久渾忘君已別翻疑對奕未歸時

渡黄口占

曉渡大河口西風助野凉氣寒凝霧白
流急捲沙黄天地皆浮動襟懷自激揚

舊工猶在目不盡感蒼桑

遊普應寺

層閣燦輝煌莊嚴禮法王門前流水遠
樓外古堤長有樹鶴皆立無花松也香
勾留無處好清靜寶華堂何

聞鉼笙作

若言缾中能作聲攜之爐下胡不鳴若言聲在火爐裏平時火中何無聲要之天籟雖天生若非既濟安得成

冬日漫興

韶光原逝水日月任彈丸室有琴書潤人無愧怍安吾心甘淡泊世態任辛酸

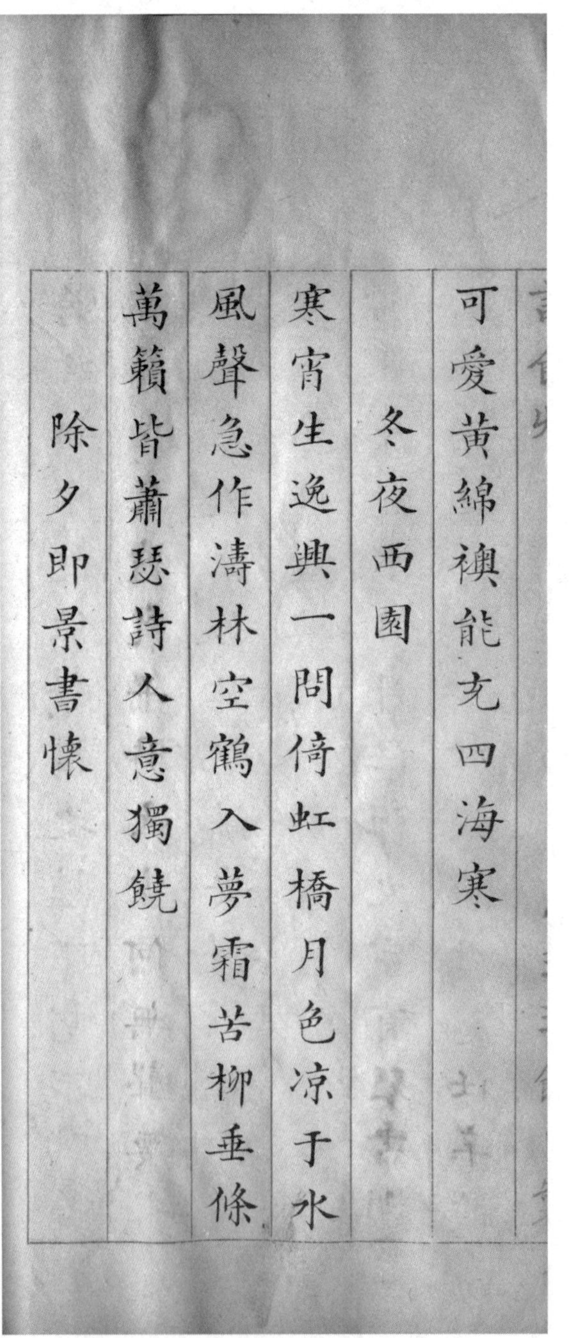

可愛黄綿襖能充四海寒

冬夜西園

寒宵生逸興一問倚虹橋月色凉于水
風聲急作濤林空鶴入夢霜苦柳垂條
萬籟皆蕭瑟詩人意獨饒

除夕即景書懷

去年今夕樂何如，四人同繞椿萱座。今年今夕慨何如，一人獨對銀釭座。千家笙管鬧昇平，兩耳春聲無頓挫。裁得詩成剪燭看，梅花對我如相和坐

重晤李小叔喜成

今夕復何夕，相逢倍黯然。自從秋解袂

久不夜裁箋脩竹仍如舊春風又一年
把杯多繾綣轉瞬送君還

西園偶步

載陽天氣醉春風縱目西園景不窮新
漲初添半篙緑殘梅猶帶一枝紅勾萌
隱耀籬籠外遠樹糢糊煙雨中從此韶

光增綺麗詩人佳興與時同

西園閑步

春雲無力釀輕寒弱柳含情拂畫欄如此消閑如此景一年能得幾回看

丁酉春日侍　家大人河口勘工口占

御黄壩上侍親看兩岸脩防助壯觀波若鰲翻當檻外人如蟻戰繞河干木樁疊作梅花勢是日看梅花樁打河水從今竹箭安更有雲梯高百級參天斜立跨狂瀾有雲梯高數仞用以築壩門樁

丁酉仲春家姐入都選秀蒙

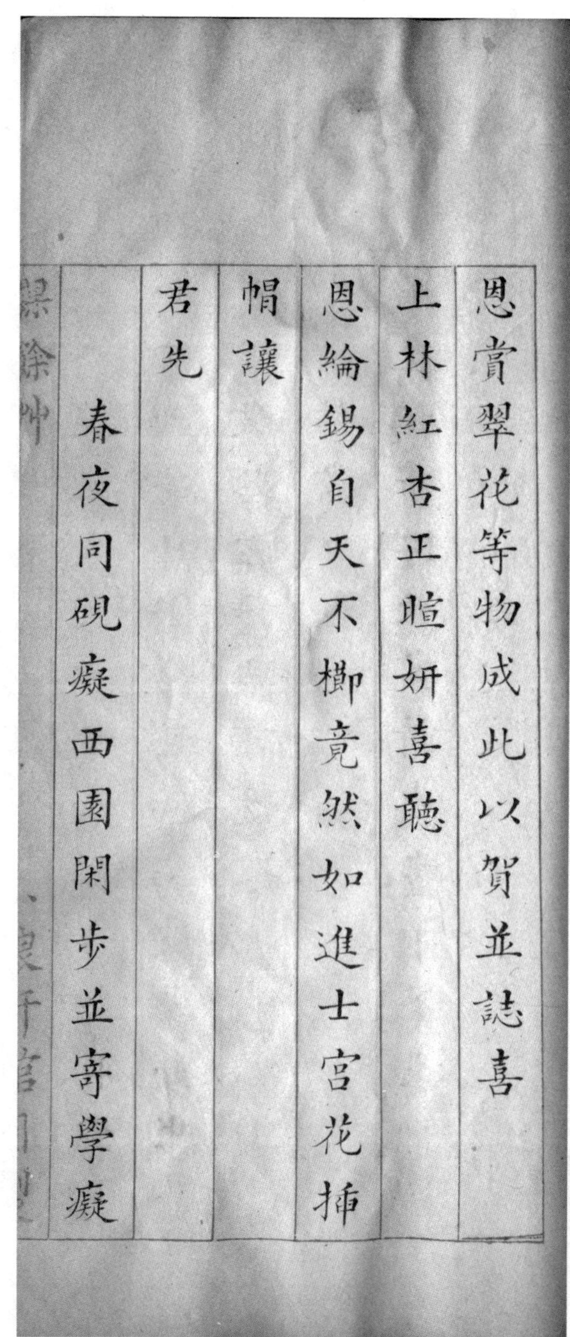

恩賞翠花等物成此以賀並誌喜

上林紅杏正暄妍喜聽
恩綸錫自天不櫛竟然如進士宮花插
帽讓
君先

春夜同硯癡西園閑步並寄學癡

相約採芳春春宵景物新方池一片水
明月兩吟身樹影驚栖鳥波光動翠蘋
更思歧路客詩興可逡巡

作畫口占

我生無所好欲畫詩中畫下筆求自然
圖成不知泳

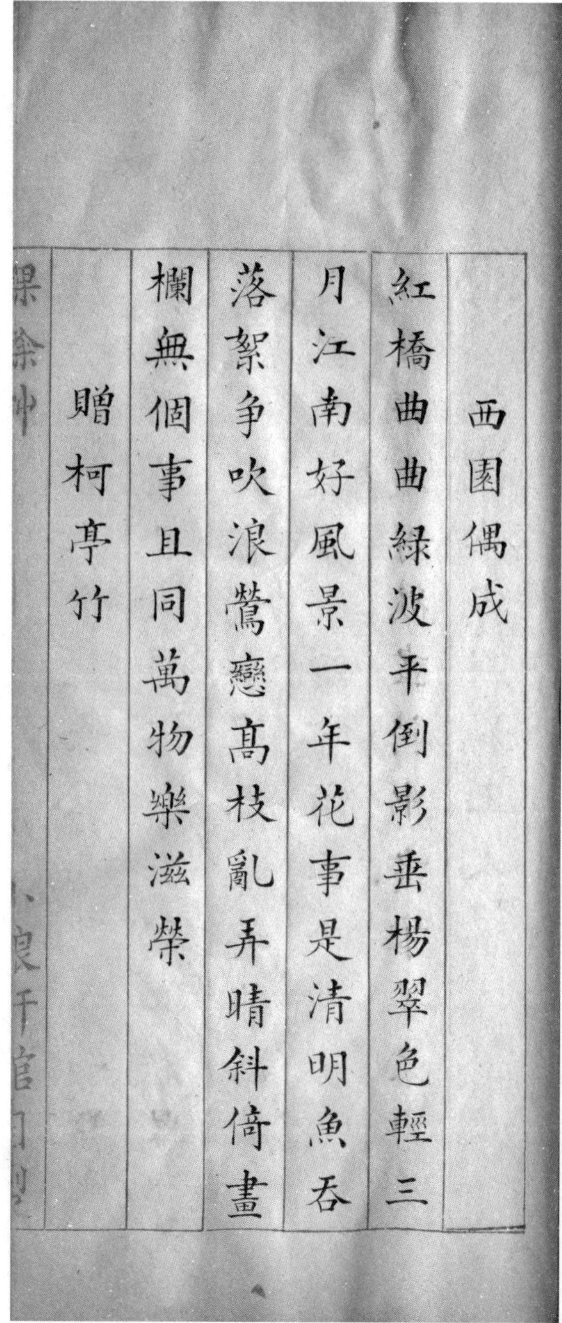

西園偶成

紅橋曲曲綠波平倒影垂楊翠色輕三月江南好風景一年花事是清明魚吞落絮爭吹浪鶯戀高枝亂弄晴斜倚畫欄無個事且同萬物樂滋榮

贈柯亭竹

課餘草　小琅玕館

柯子真如人中龍長歌直欲吞長虹太
阿脱匣星月淡酒杯在手天地空自古
江南多狂客我今淮上逢英雄詩成仙
骨兼俠氣布衣原可傲王公
琴癡游篆香樓歸言及其勝因賦
一律兼寄淵如上人

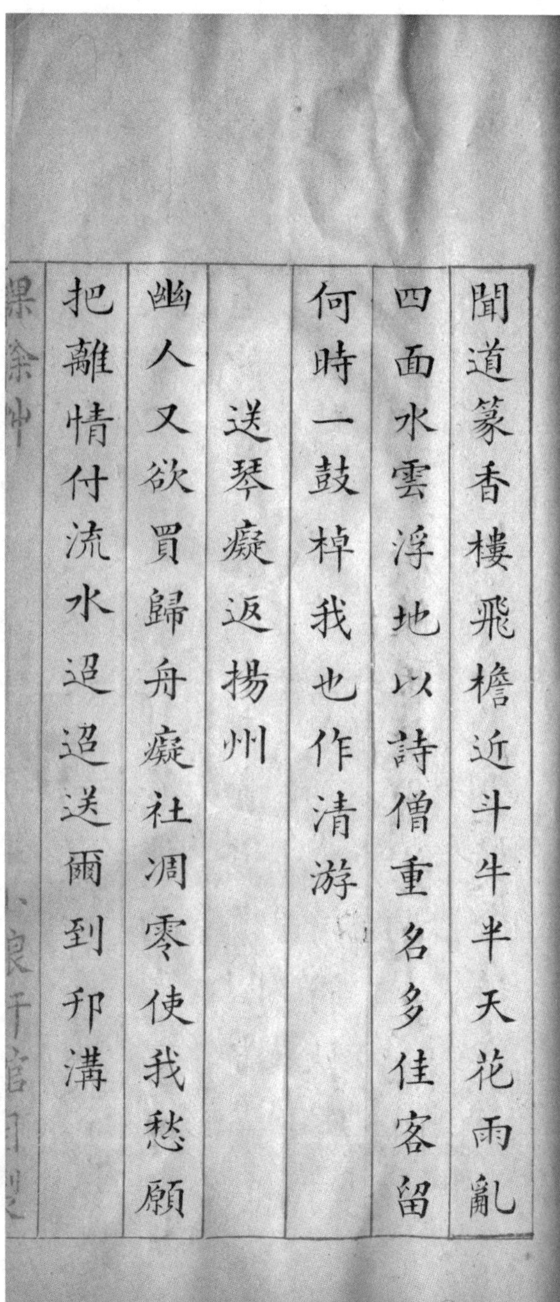

聞道篆香樓，飛檐近斗牛。半天花雨亂，四面水雲浮。地以詩僧重，名多佳客留。何時一鼓棹，我也作清游。

送琴癡返揚州

幽人又欲買歸舟，癡社凋零使我愁。願把離情付流水，迢迢送爾到邗溝。

和硯癡秋夜坐雨并寄學癡

秋老方知天地空一簾疎雨半窻風凉

生黄葉空林外人在青燈畫閣中蓮幕

莫教愁旅客竹樓應合感詩翁秋聲何

處吹來緊萬柄殘荷幾樹桐

題淵如上人曇香精舍詩槀

師本奇男子蕭然竟作僧清才原磊落
瘦骨自崚嶒作畫得仙意參禪入上乘
詩情何所似朗朗玉壺冰

秋至意如何清淮佳句多君堪稱佛印
我愧比東坡風過葉如雨河横月似波
沉沉官鼓静燈下拜詩魔

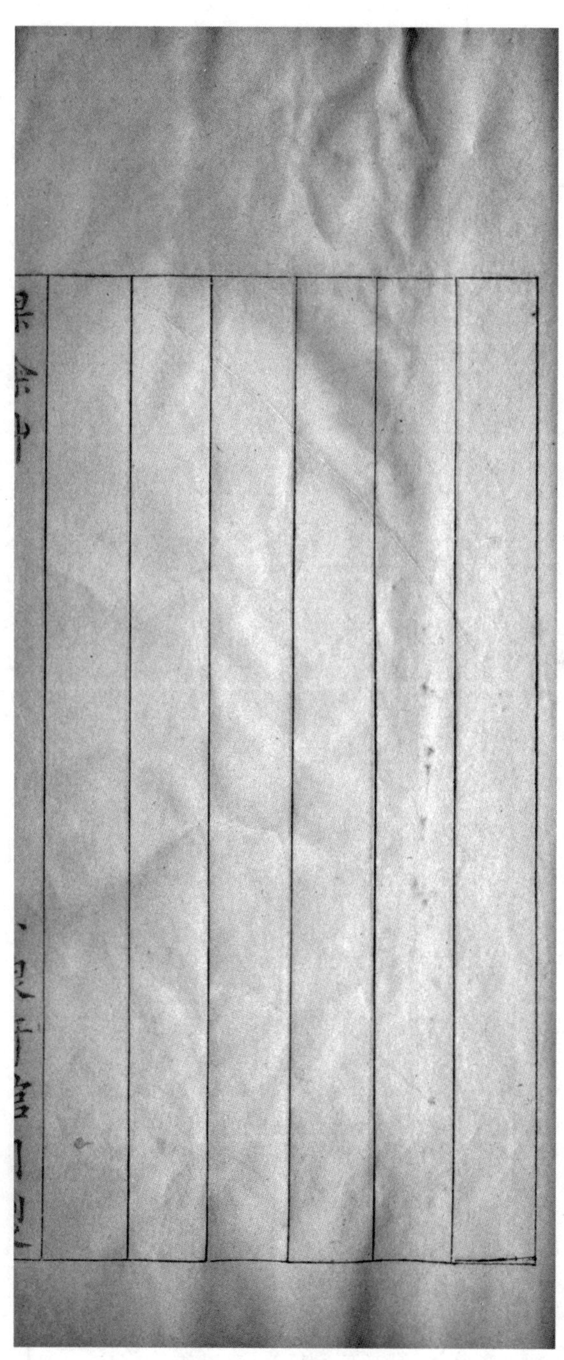

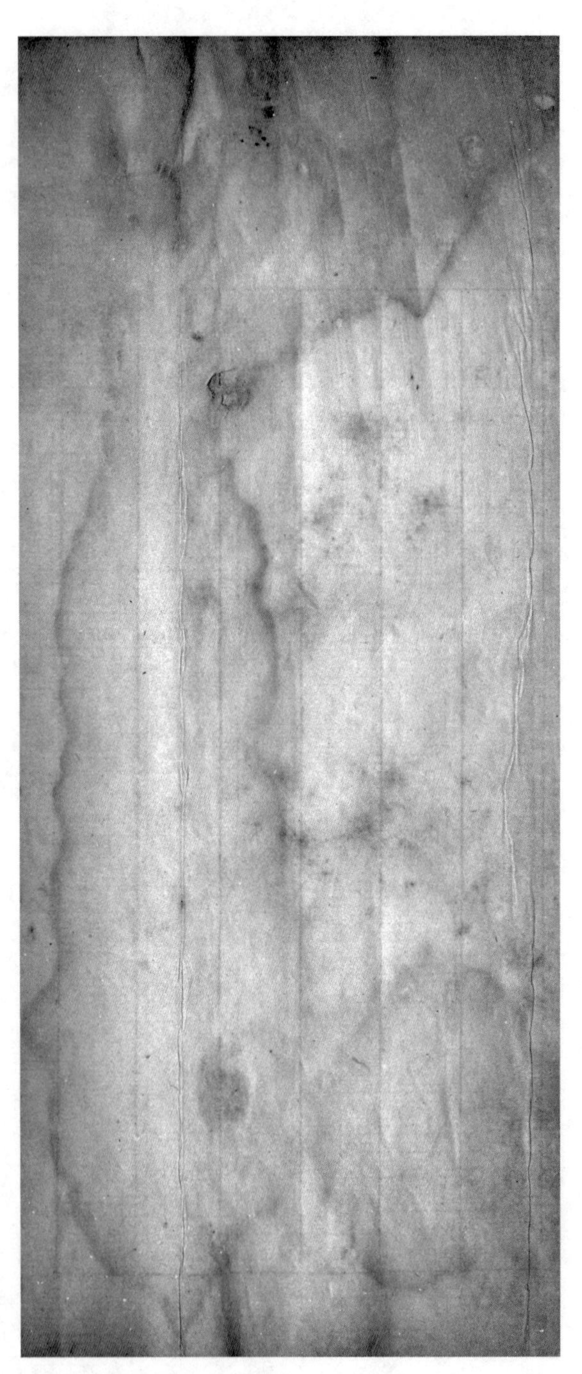

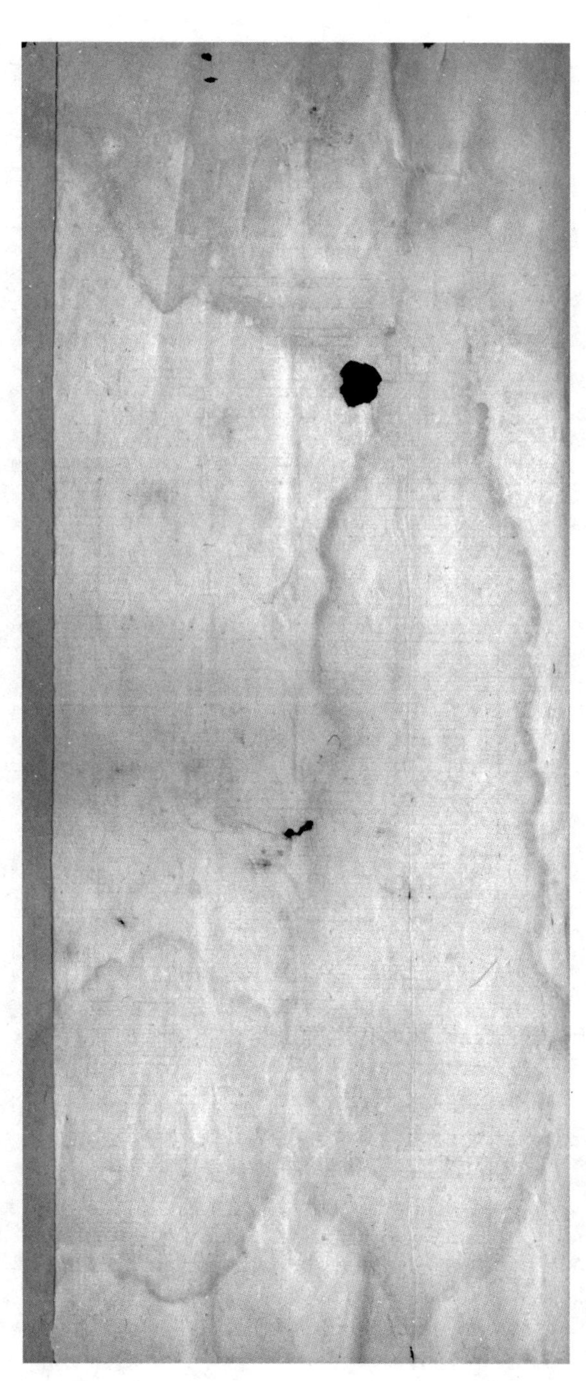

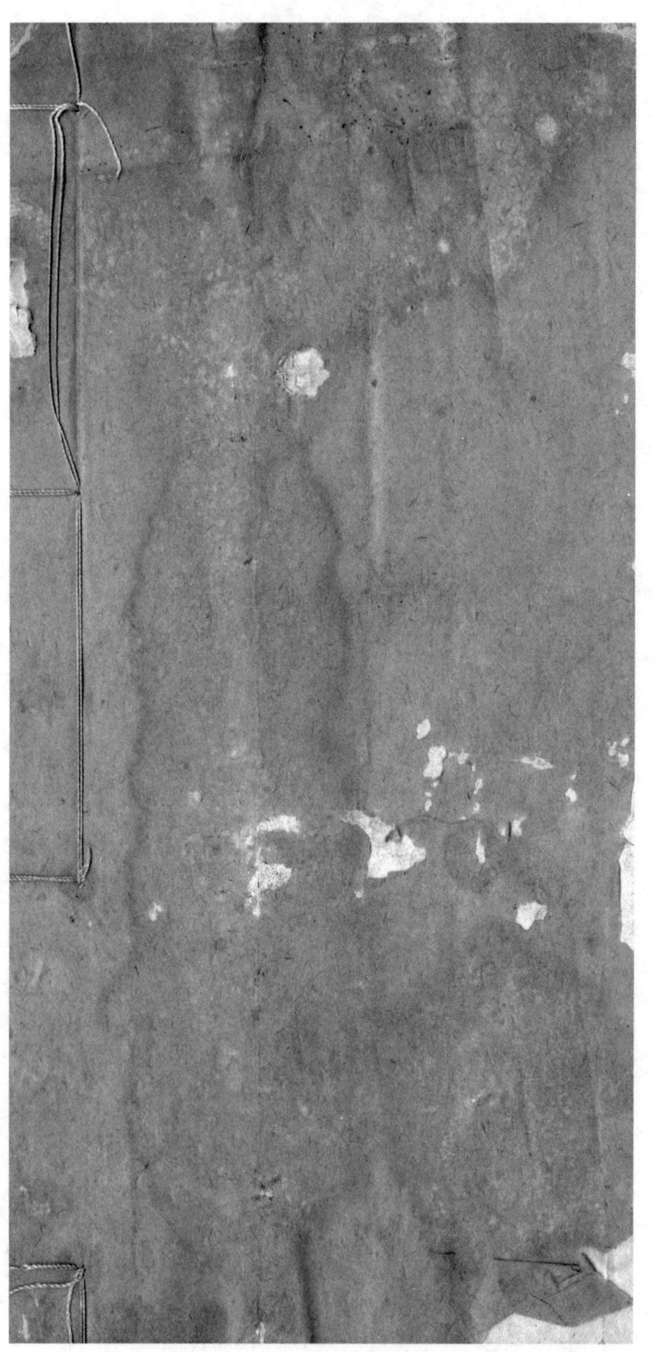

讀畫齋且存稿

廷雍撰。一册。

廷雍（一八五三—一九〇〇），覺羅氏，字紹民，一作邵民，號畫巢，别號谿山埜客、夢蘭、木蘭。滿洲正紅旗人。覺羅崇恩子。廷雍由貢生纍官直隷按察使、奉天府尹、直隷布政使。光緒十七年（一八九一），由民部郎官改熱河巡道。十八年，邊俸期滿，調任霸昌。二十五年，八國聯軍侵佔大沽，直隷總督裕禄兵敗自殺。二十六年，廷雍任護理總督，代統其軍，八國聯軍藉口其縱庇義和團而執殺於保定。廷雍生於詩歌之家，其祖父舒敏，字叔夜，號時亭，有《適齋居士集》；其父崇恩有《香南居士集》，且工書、富收藏、精鑒賞；其叔父崇禧、崇封亦能詩；其兄長廷奭通音律、擅繪畫，有《未弱冠集》。廷雍少好學，工書畫。其書宗北魏，其畫尤善山水。書畫印有「溪山埜客」「廷雍私印」「玉牒廷雍」「覺羅廷雍書畫」等。《清史稿》「列傳」二百五十二有傳。

此抄本以烏絲欄稿紙鈔録，葉心題「嘉孚堂日記」。書衣題款「讀畫齋且存稿」，並署「辛卯 壬辰 癸巳 甲午乙未 丙申」，可知此本收録光緒十七年至二十二年所作詩。正文首欄上題「木蘭唫藁」，次欄下署「谿山埜客召民甫著」，下鈐朱文方印「召民餘事」。又甲午年之詩首葉首欄上題「上谷唫 甲午」，下署「谿山埜客召明甫著」。

光緒年間，國事動蕩，廷雍怀憂患之思，其詩並記其爲官熱河道、霸昌道等仕途經歷，間及僚友、親人酬唱，可考其行藏事跡。集中諸詩，時見抒情述懷，体物寫興，可感其人生情思；又切合時勢，可補正史之闕。廷雍長於書畫，集中收録其題畫詩多首，又可於詩藝中觀其畫學旨趣。

考國家圖書館藏《讀畫齋且存稿》另一抄本，此本較其多收録光緒二十一至二十二年詩。且有增删改訂之處，如《題畫寄懷紹先尚書》等皆未見收録，《三年邊俸期滿臨别留題廳壁兼示僚友用浦雲詩韻》存末聯「倚裝誌别無多語，不恨徒勞恨未安」，可補其闕佚之作。又有自注批校，或作抄寫説明，如「自此首（《題畫寄懷紹先尚書》）起至《枕上偶成》止，共是一篇」；或抒發感概，如「人生難得糊涂」等。《清代詩文集彙編》收録。

（顔彦）

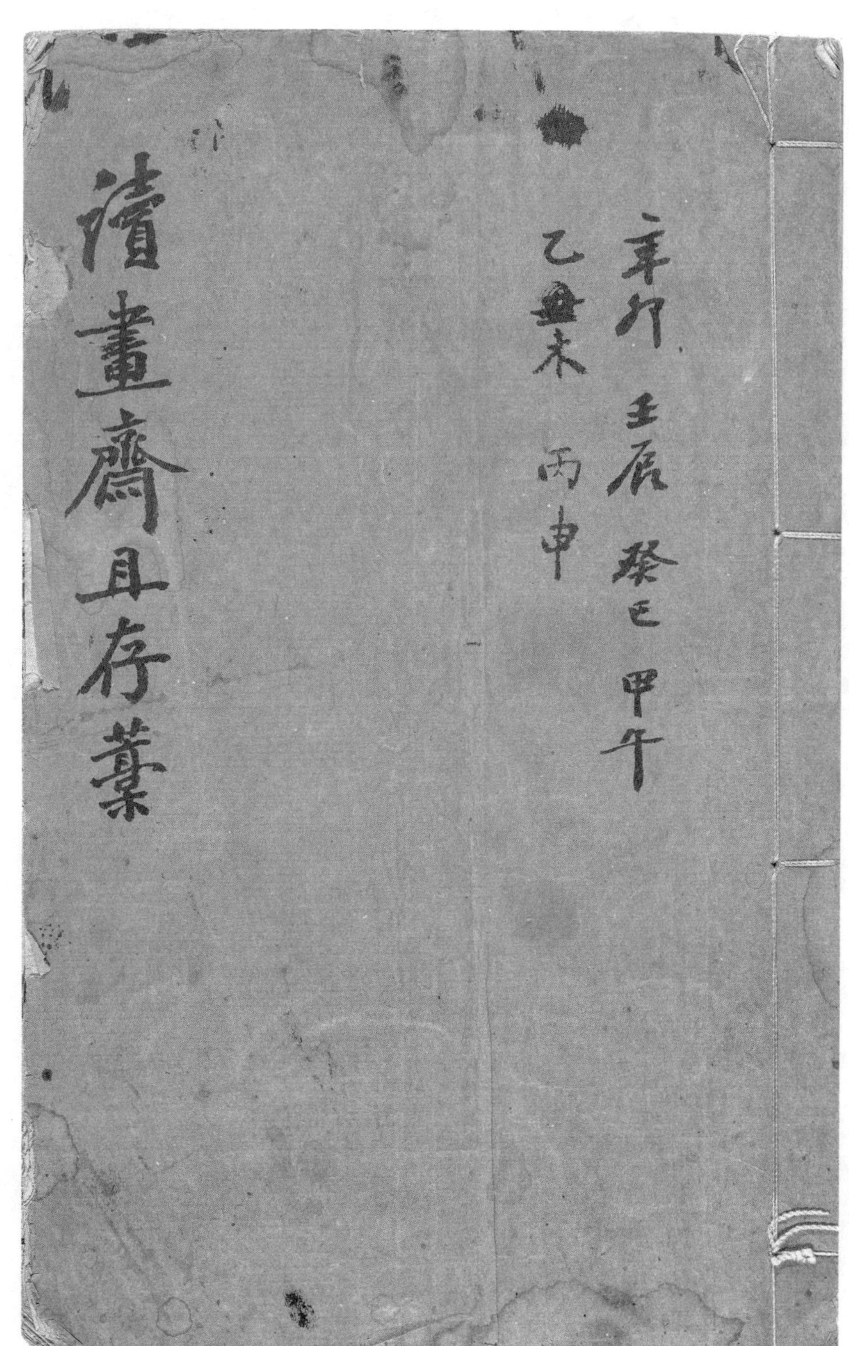

讀畫齋且存藁

辛卯 壬辰 癸巳 甲午

乙未 丙申

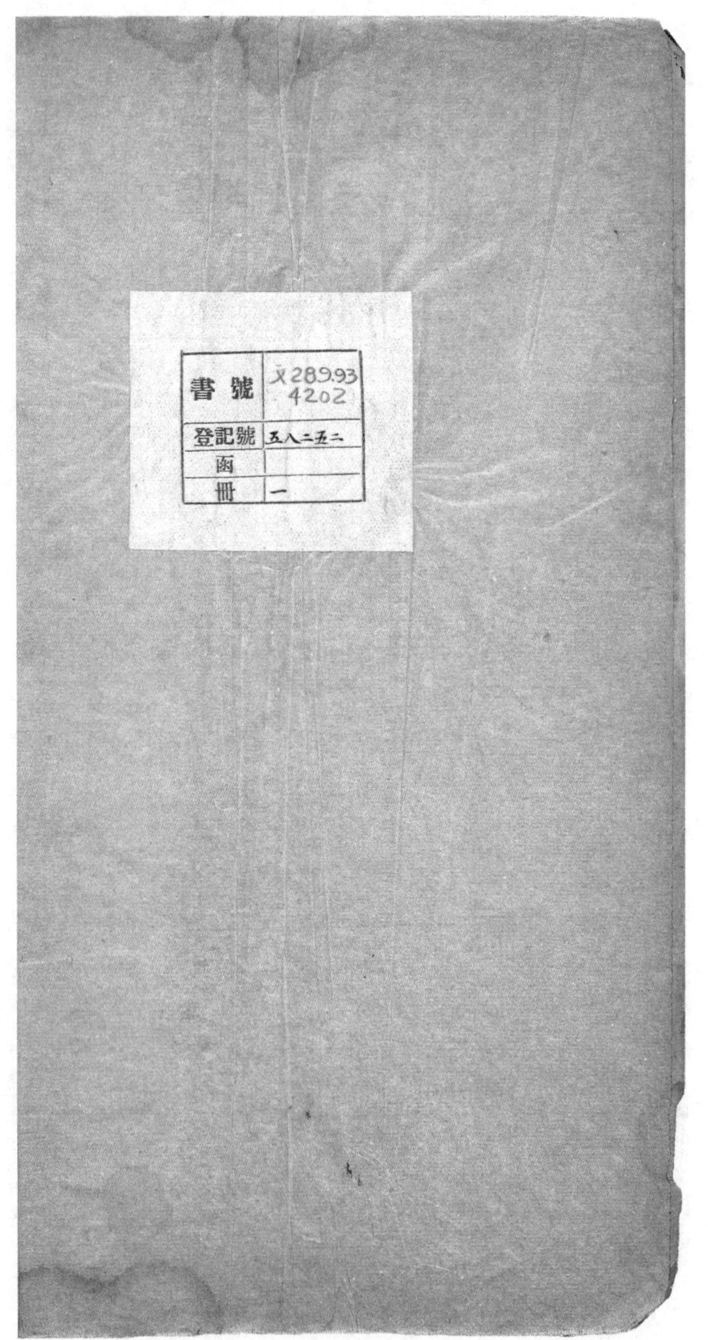
書號
文289.93
4202
登記號
五八二五二
函
冊
一

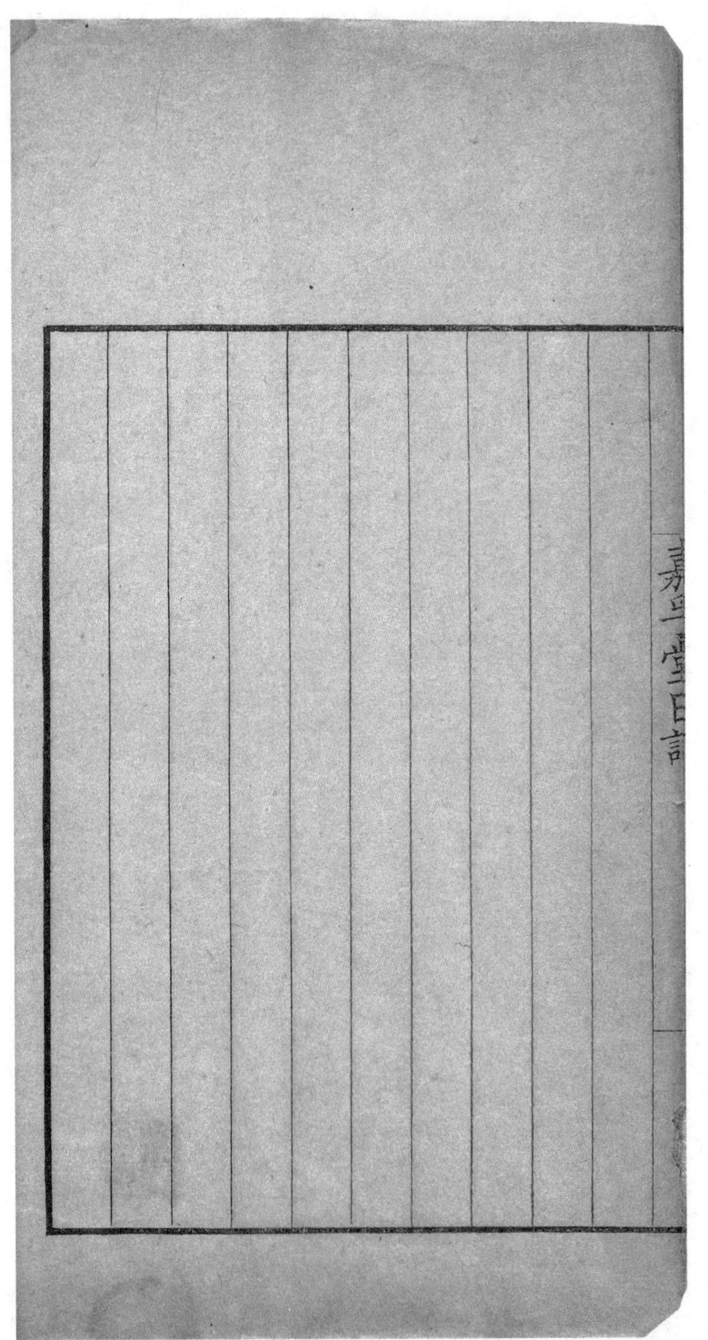

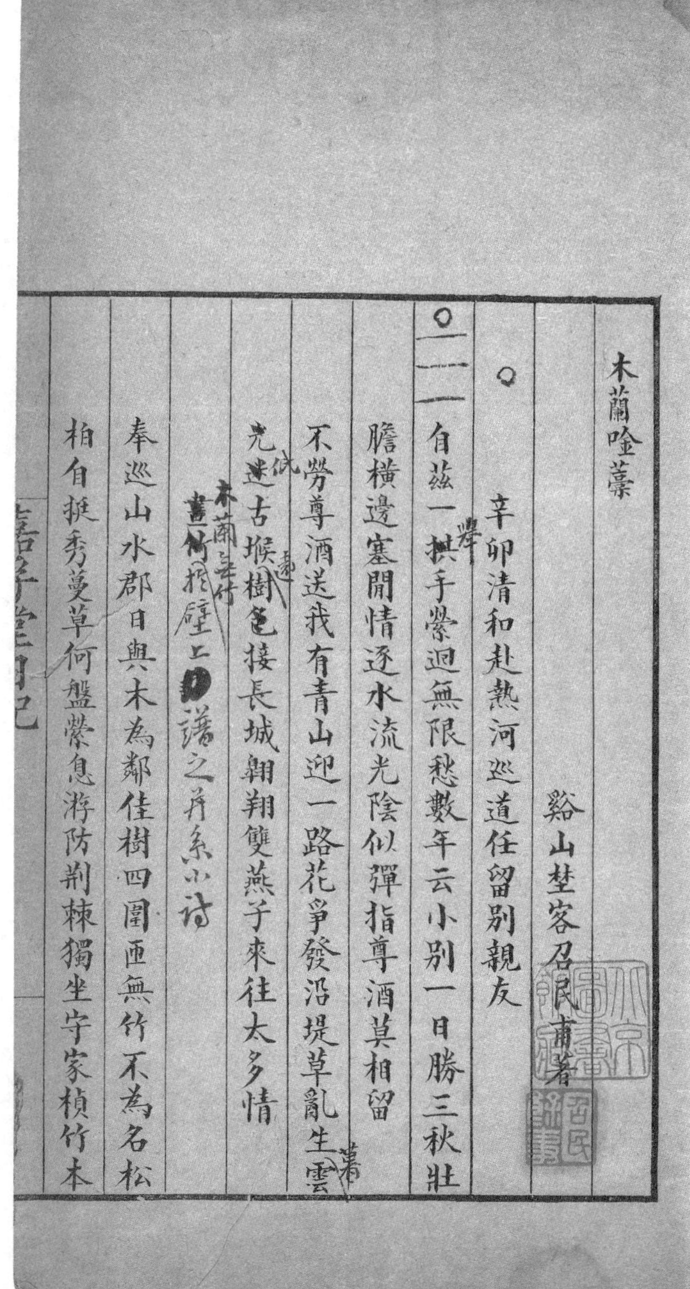

木蘭唫藁

谿山埜客召民甫著

○辛卯清和赴熱河巡道任留別親友

○三

自茲一舉拱手縈迴無限愁數年云小別一日勝三秋壯膽橫邊塞閒情逐水流光陰似彈指尊酒莫相留

不勞尊酒送我有青山迎一路花爭發沿堤草亂生雲光迷古堠樹色接長城翱翔雙燕子來往太多情

木蘭之年畫竹於壁上[illegible]謔之并系小詩

奉巡山水郡日與木為鄰佳樹四圍匝無竹不為名松柏自挺秀蔓草何盤縈息游防荊棘獨坐守家楨竹本

稱君子心虚迹亦清雖宜多補種培植費經營信手偶
分披何妨先寫生

化俗曲有圖

山腰山麓數人家也種田園也種瓜童牧牛羊翁采藥
務教嬾婦學桑麻

述夢

灤陽望月幾迴圓愁裏蹉跎又一年昨夜夢魂飛故里
醒來依舊木蘭眠

題木蘭道署舒圖

水繞山環此一衙公堂直似野人家解袍脱帽如高士

香鼎餅花坐品茶

贈顧揖庭觀察畫扇并題

數月難得白日閒偶然無事掩松關晝長何計消殘暑
戲寫江南雪後山

雪晴畫松

三月又將闌山花猶未見昨夜雪初晴松枝愈葱倩

羣兒以不倒翁為戲因題

先生年紀古稀翁日共兒童一隊中鬼臉天官嘗見慣
周旋羣小尚圓通

題道署西園嘉樹讀書堂并圖

西園嘉樹讀書堂吏散公餘且退藏坐對好山皆入抱臥遊淑景自招涼閒尋草果燒丹戲偶拾松枝煮茗嘗徙倚不知有塵世每思辟穀學張良

題野戲台

直把官場作戲場箇中脚色任君妝本來面目登臺忘邪正賢愚觀者詳

廣仁嶺圖并題

來往雨遊人適從谷口過歸去真識機來此多不悟村童指幽蹤我走本大路大路亦難行所幸恃健步山林景雖佳豺狼不容住何如登太行飽領煙霞趣

自述

始信中庸道不行自慙何必苦經營一官到處逢多事廿載徒然博令名報國久知成怨府居家那更坐愁城嘗思塵外尋禪隱未了人生世俗情

述夢

聞說宮中別有天山川草木自（畔）仙凡蓬瀛未許人踪到夢裏無知過岫巖

題李明復比部集後

關中李明復世胄舊風存嬾吏每如隱息交常杜門拈

詩消白晝對酒到黃昏繞膝多兒女天真許共論

東盟懷古

塞上久承平邊臣多濫厠將軍不知武有司半酷吏大吏精服食羣僚工諂媚營謀朋比奸上下交征利王法如弁髦人命為兒戲民風日見澆盜風時更熾嘗見盜與凶入洋即可避偶有持平官持平反干議由此凶頑巨盜成洋民無告愚人習教異處處已瘡痍有司無措置伏患三五年一朝忽作祟東北起烽烟軍戎初過地（辛卯十月初六日軍門（撫□葉志超）閱邊路經朝建十一日即有是變）畫角尚聞聲妖魔豎旂幟小醜偶烏合誰云有奇術或曰復私仇或曰殺酷吏蜂

起更蟬聯不害商民事天兵動地來可憐戎無帥賊民豈不分兵勇無顧忌鋒火盡災黎獲者非其至未聞首者誰所擒皆稱僞忽然奏凱歌僅圖私心遂奪錦更封侯居然天所賜笑唱倒戈還空餘萬里累

題畫

讀書飲酒廿經年作畫唫詩千百篇廉俸尚難供温飽擬歸那得買山錢

一官萬里任難危日坐軍書案牘堆晝夜辛勞成痼疾耳将詩畫略徘徊

題畫

時事太艱難須將吏作禪此身經百鍊豈獨不名錢

看罷殘棋已爛柯山中歲月幾如何依稀猶記神仙著
不似人間變幻多

收拾殘局制勝難先機已盡衹餘關要知刼後須求補
化險為夷即早還

贈文牧予戌

宦海風波何處無謫名幾見掩通儒明知不事王侯貴
多少英雄誤此途

和費承明茂才中秋不見月詩韻

亂雲何事掩清華復見光明惜月斜客裏驚看蓂葉易

每逢節序倍思家

和何子寬大令中秋不見月詩韻

每逢月夕渾忘睡即到中秋不忍看塵障偶遮千里黯清光終澈九霄寒無暇翫賞勤王事有日泉林作嬾殘松鞠逕中容我住豪情詩酒話團圞

重九日英庭茂才有詩索和

官身不作等閒遊山半公堂高過樓有酒無花何必飲可人月上碧峰頭

小兒元徵亦有和作呈覽雖不成詩立意不凡因與之二首再疊前韻

專致讀書不喜遊工夫進益似登樓要知涉獵爭高步
自有青雲在上頭
有志瀛洲作壯遊
聖朝侍制鳳池樓可娛吾老人生樂載酒重陽花滿頭

重九後一日與費英庭茂才評詩興至聯吟

滿城風雨近重陽君對酒評詩興味長英議論方豪閒容
至[illegible]風塵不免促人忙英勞形案牘非吾願召翹首家山
湖
帝鄉英他日春明仍小聚英題糕之贈豈荒唐召（明年英廷北闈中式果不須也）

聯句之後餘走筆復拈一章依前韻

滿城風雨近重陽塞上登高極目長滚滚紅塵催客老
紛紛落葉似人忙孤臣事業非蘇李此地安危貫
帝鄉息静早歸詩畫隱習書晚學蔡中郎

題松下齋兼贈費英庭茂才

高樹矬牆護小齋且將筆硯自安排當門山似倪黃畫
結社詩追李杜懐官舍喜無城市繞異鄉難得主賓偕
願君課我痴頑稚識字通文便是佳

答春明諸友

每見高人笑我忙誰知時局費商量由來公事如家事
歸去詩囊即宦囊磊落最宜山水郡廉隅不合是非鄉

重肩未許孤臣釋且把衙齋作草堂

題新購畊烟老人夏山真逸卷後

此生作吏本荒唐筆墨難期挽惲王廉俸有餘先買畫

不然辛苦為誰忙

三姪元寫書來兼呈重九登高詩二章感慨系之

因走筆示覆即用其韻

登高頓覺客衣單荒塞先秋早晚寒極目西南雲隱約

遠山直作翠微看

纔經苦熱又威涼落葉蕭蕭繞曲廊看去竟如人聚散

客中今又度重陽

再寄三侄用前韻

故園寥落又丁單　老母難禁塞上寒况我身嬰任艱巨家山一日幾回看

山齋秋老夜生涼樹影頻移月轉廊坐久隱几成小夢夢伊伊夢到瀋陽

三侄元寯又以九日登高之作呈寄即走筆答之并用原韻

秋深木葉脱官舍出林端吏散類禪隱詩成追古歡貪茶嫌破睡愛酒藉衡寒富貴終何益經營為兩餐

和奎樂山都護詩韻

虎節西來萬里驩先聲咸仰子儀寬閭閻之福邦家幸
簠簋其貲山澤官求治地方清隱患勞形案牘每忘餐
偶然餘事抒懷抱此調先生久不彈

紀夢

貴不求兮事事空先生之志兮誰同撫哀鴻兮不忍去知
我心兮惟蒼穹

相思兩地料應同離把虛衷付塞鴻小别經年歸未許
憶來袁有夢魂通

費英庭以王忘庵蕉風竹雨圖見示詩畫皆有致
因誌一圖并用其韻

披圖使我憶昔年秋雨鐙窓不忍眠久在風塵非〔真〕俗吏
未離煙火豈神仙人生電影真如夢世事虛花且任緣
幾次擬歸歸未得何時詩酒老斜川

松菊小隱圖集古句

采菊東籬下讀書秋樹根詎能成小隱官舍靜於村

題畫

無聊嘗盼寄書郵舊友書來慰客愁上寫某人多拜上
願君不必事王侯

蘭夢山堂養痾書懷題畫

因病方輸半日閑畫圖解我舊時顏摩挲倦眼鐙前窩

直似清湘雨後山

題畫疊前韻

不因小病豈容閑坐對琴書萬慮刪几淨窓明精筆硯興來追譜翠微山

分道揚鑣力本單不因人熱自甘寒無由難作歸山計簿領仍須仔細看

年來對酒不成懽案牘勞形心亦寒未許買山先買畫畫圖且作故園看

題畫

分明夢見清湘畫一幅溪山高隱圖坐起挑鐙尋筆硯

追臨幽治半糢糊

述懷詩畫

蓮巢居士畫嘗倩夢樓題我亦丹青史無人繫一小詞

題畫

詩畫不嫌勞鐙前興復豪清奇大滌子我讀比離騷

憶去年重九答三姪詩今又其時仍復寄之

松濤謖謖夜生涼明月依然照畫廊回憶去年重九句
有無遠夢到瀋陽

日數瓜期計錦箋西風又送九秋寒今宵月色明如水
誰料依然兩地看

冬夜即事與長子元徵聯句并圖

重簾鑪火坐深堂父子挑鐙話正長評畫敲詩高興甚
令人不寐月升廊

圖書點綴半山堂翦燭談詩冬夜長最是月明人靜後
幾枝梅影上虛廊

壬辰嘉平六日大雪繽紛三徑元寯來叢旋都
再留之看其歸心甚堅難之未可不禁老淚盈
盈目送其登車而去悵惘終日煩難解釋明日
護兵歸署並寄徑書及小詩二絕讀之令人酸
鼻走筆答之即用其韻

別離語咽淚先流萬種心傷祇點頭來往雪天猶子苦
艱辛日月老叔愁

南北懷親兩不安熱心豈畏雪天寒人生聚散原由數
我為躊躕行路難

自述

讀書不為求名具天理人情最上乘忠孝此生心獨熱
艱辛廿載履於冰時逢多事更難隱心久出家身未僧

此章欠一聯

癸巳新春人日戲寫梅花四幅并繫小詩四章

不見梅花又一年怕看明月滿窗前故園寂寞關山遠
春信惟憑筆墨傳

其一

嶺南江北花爭發雪裏生香送早春自是冰姿能耐冷
緣何塞上不根生塵

其三

峨嵋山曲苧蘿村無限芳姿索笑頻白白紅紅殊不管
獨憐南國故園春

其四

竹同君子品梅似美人心清韻和香夢荒山何處尋

恭送　慈輿旋京至廣仁嶺拜別口占

殷勤送　母出山衙雨眼模糊淚似麻彳亍隨行峰絕

頂別離拜罷已天涯
目送　慈輿山路斜一峰繞過即天涯兒心酸痛娘心
苦惟禱平安早到家
思鄉不畏早春寒況復關山行路難兒慰　慈懷無別
計一書早報草堂安
報國孤忠不必我事親盡孝有何人願求終養遂初志
樂賦天倫豈恨貧

述懷

年將五十尚無聞自笑年年空費神一世經營何所補
不如流水與行雲

題畫

槐廳吏散偶偷閑煮茗灣（焚）香畫掩關餘事喜吟吟就畫

推窗直寫面前山

濱生獻魚甚美

鎮日無聊不自如悶來尋讀故人書茶餘破睡還思咽

獨酌欣嘗花柳魚郡南七十里柳河出魚甚肥美都下亦有之名曰花柱

昔年權作無兵帥今日方為有命官報國日長報親短

願求終養且歸山

題小兒讀書齋

茅齋新護短籬笆點綴還須種豆瓜瓜豆可食花好看

清晨月夕下烹茶

和李仲約學使題余畫冊十咏春之其三

布穀聲中送暮春及時好雨麥禾新此間消夏緣非淺
艷羨當年
聖世人紀文達公五至此郡著有灤陽消夏錄

園蔬經雨喜登盤飽飯閑遊步小屼秋老峰嵐隨處改
叢林紫翠兩三般

烟霞空鎖舊樓臺玉府仙人去不回可惜山中好風景
名花今為日誰開

和何子寬大令四章

進退憂兮淚滿襟非伊尹兮策難尋樂夫天命兮何日

且數晨夕兮聯唫

天涯快晤一鬨何敢任艱危志不磨共我中流為砥柱

似君言行恨無多

曾讀經書史共詩分明如鏡豈志之守邊古法何奇術

無事嘗思有事時

願聞政美與詩新誰料年來空費神深恨功名真誤我

問天可許作閑人

送李明甫郎中刑司差滿回京

屈指當年大小臣奇哉三載盡更新宦遊何必論知己

君去濼陽無故人

且論同流不論交當年惟我共君豪雄談四座皆驚倒

無欲由來即是高

和翁叔平夫子贈言詩并圖再寄

江南花發幾多時案上由來春到遲寫幅畫圖傳勝概

三吴風景夢中思

述感

艱危歷盡幸干城博得

君王記姓名痼疾久宜辭禄米疎庸原不合公卿蹉跎歲月

老將至撩倒天涯愧此生南國親朋時入夢醒來難釋

自此首起至枕上聞雨

別離情

署都統篆自嘲

計歸未得正躊躕詎料書生握虎符一字奇文驚海内向來總是護理今改一署字將軍豈出布衣儒

○自嘲偶填西江月一闋

久厭人間煙火又非天上神仙秖因度命進盤餐否則何須强咽　禄米雖然有分官場實在無緣幾時放我早歸田吃椀清閑飽飯

△題畫寄懷紹先尚書

臣心似水愛清流鎮日端居夏亦幽辟穀有方辭禄米

此共是一篇昨日已鈔過今勿重鈔應自西江月題鈔起

川

閑真是福更何求

○題來薰園

拓我襟懷賴此園四圍山樹蔽塵喧祇緣久病通禪術共語無人記夢痕且借居庭(林泉)容吏隱偶成詩畫倩誰論難逢鎮日無些事臥讀離騷晝掩門

山為四壁樹為門也似園居也似邨俗氣本無隨吏散古風猶有在人存每思返璞多鄉夢空近奇峰少屐痕道署在避暑山莊西南門外且住便佳樂晨夕賞花賞雨獨開罇

○來薰園秋日漫興

節序驚人似指彈又從客裏度蟾圓山深古木秋先到

雨後殘花嬌可憐石實苔封明紫翠銅鑪茶熟飽風煙
班班景物關鄉念此地[illegible]論香火緣
最好光陰似指彈無聊又似日如年且尋樂事詩書畫
不問人生寃願緣俗吏不來真隱士山堂靜[illegible]息[illegible]枯禪
無求即是長生術能讀南華秋水篇

情

果然恩重反成仇不是寃家不聚頭即聚首意情到太真翻
若假事逢極樂每生憂半生幾為風流死今日誰[illegible]
體愁從此心身除往事[illegible]
聞道[illegible]有怨我不受又情請託[illegible]

秋書

莫笑山衙如古寺一官久似入魔僧從無指佛催香火

豈怪人說廟不靈

嘲官場鄙陋某佐雜

祇記頭銜不解書人情事理也糊塗看来直似八行信

除却恭維一字無

題畫

恥作尋常禄米官故教憂患思潺潺莫言枉費三年力

惟願重開舊日顏林壑有情思小住公家多事不容閑

瓜期細數將歸去補記灤陽未畫山

題秋景小卷畫

人生如夢瞬息過，鎮日無聊莫奈何。謝畢簿書家事了，且將詩畫卻塵魔。

題畫

聞道金山寺，江南遠莫瞻。宦遊來奇境，依樣拜莊嚴。

春帖子詞

收拾精廬號趣菴，坐臨硯北卧花南。圍鑪更借敲詩具（來鵬除夕詩：筋撥寒灰書問字），鑽壁權當造像龕。作畫為存風物槩，註書如與古人談。忙中偏覓閒中樂，最好明窗對曉嵐。

宜春帖子喜迎門，爆竹聲喧遠近村。分歲賀年諸事畢，

魚漁而書
居磲車渠
輿與餘胥鋤
粗疏梳蔬盧
徐閭廬沮豬
除驢如墟

楳花香裏獨稱尊
珍重唐花四五種拾來奇石兩三峰嘗於深谷得怪石種數盆為小窻清供
客齋自得幽閒趣吏隱不忘風雅宗
俗事勞形豈耐煩曆書觀盡又頻年自嘲自解吾從衆
且喜歸期在眼前
濃酒肥羊山雉雞鹿筋牛乳柳何魚再書幾幅宜春帖字
便是新年歲又除
梅花纔放兩三枝恰好春初月上時靜坐客窻無俗事
漫將舊畫補新題
月夜不寐此詩應在十首前

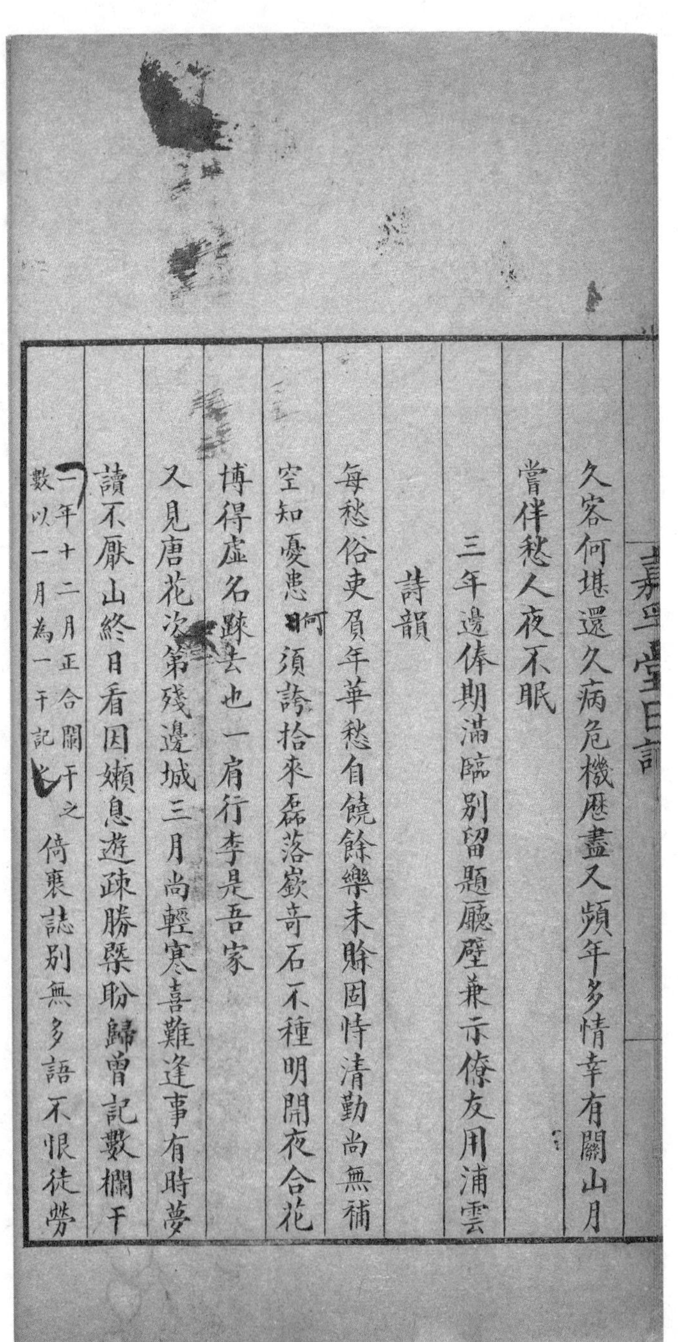

久客何堪還久病危機歷盡又頻年多情幸有關山月嘗伴愁人夜不眠

三年邊倅期滿臨別留題廳壁兼示僚友用浦雲詩韻

每愁俗吏負年華愁自饒餘樂未賒固恃清勤尚無補空知憂患何須誇拾來磊落嶔奇石不種明開夜合花博得虛名踨去也一肩行李是吾家

又見唐花次第殘邊城三月尚輕寒喜難逢事有時夢讀不厭山終日看因嬾息遊踪勝槩盼歸曾記數欄干一年十二月正合闌干之數以一月為一干記之倚裏誌別無多語不恨徒勞

恨未安　徐盧梳狙脊窗地舒陳壇子傾車興

卅　枕上偶成　此首至十五首前

卅　振觸閑愁清不寐枕邊拈句亦無聊更籌直似催詩鼓嘗

扶伴幽人著意敲　○　止違前共旦一篇

補作

郊房雞陌陈篠繩鹿士烷熟炎孩暖圖保横蔬酒日

春疏墨壩酣眠圖賢到淩憲即淩晨雞卷又達征人

起雲書夜氣元賽蔽月初駿馬横製不妨尋句樂

忘機直不灞橋驢

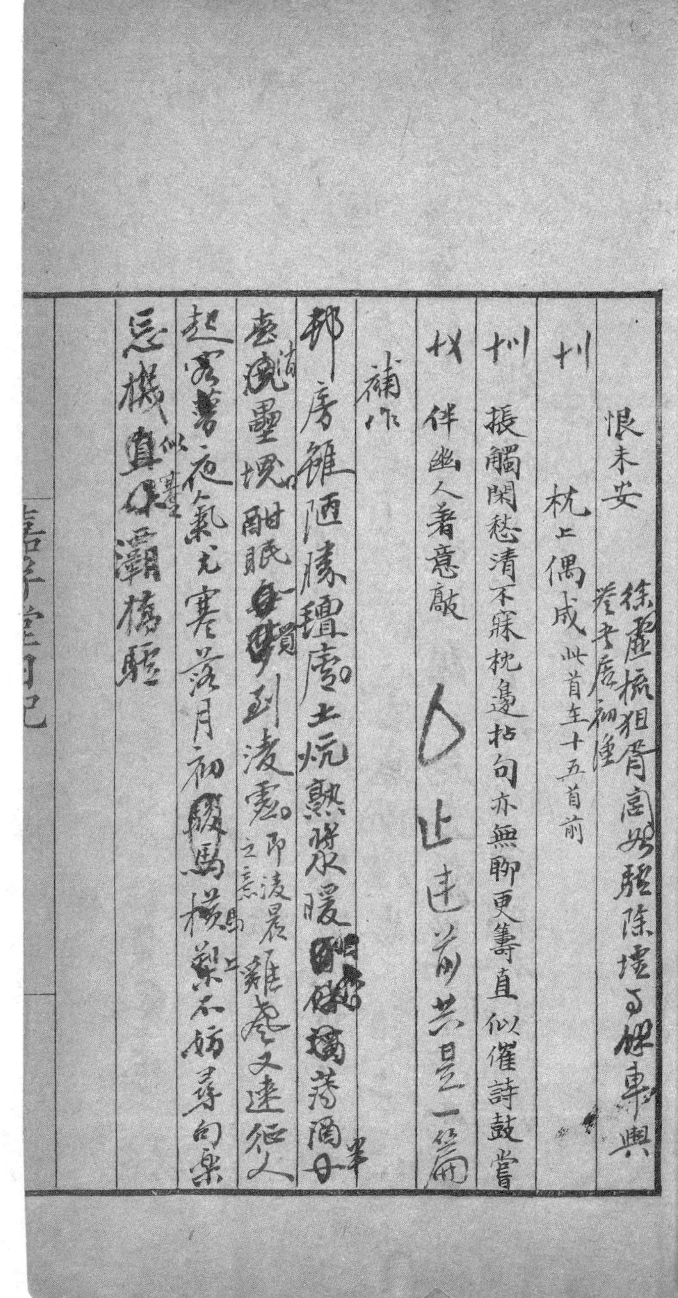

寒丹安单
褦襶餐壇
灘彈鋏肝
蘭閑看丸
端駿國官
觀冠冠歎
寬漫

雄國雪夜上征鞍撲面風塵□識
雄關南下路漫漫□雪急風狂□□暴步步難
入身立冰□心獨熱　冻结鬚眉如垂面　傾頹人馬每難勸
人馬傾頹驚熱胆鬚眉時刻結冰團
△由八里村因雪大迷路□始至湯泥堡苦不勝言
遼陽南下路漫漫雪急風狂步步難凍結
鬚眉如垂面傾頹人馬每難羣迷途不辨
山深淺太野尤驚日短寒遠樹依稀見燈火
總無樓霜每学袁安

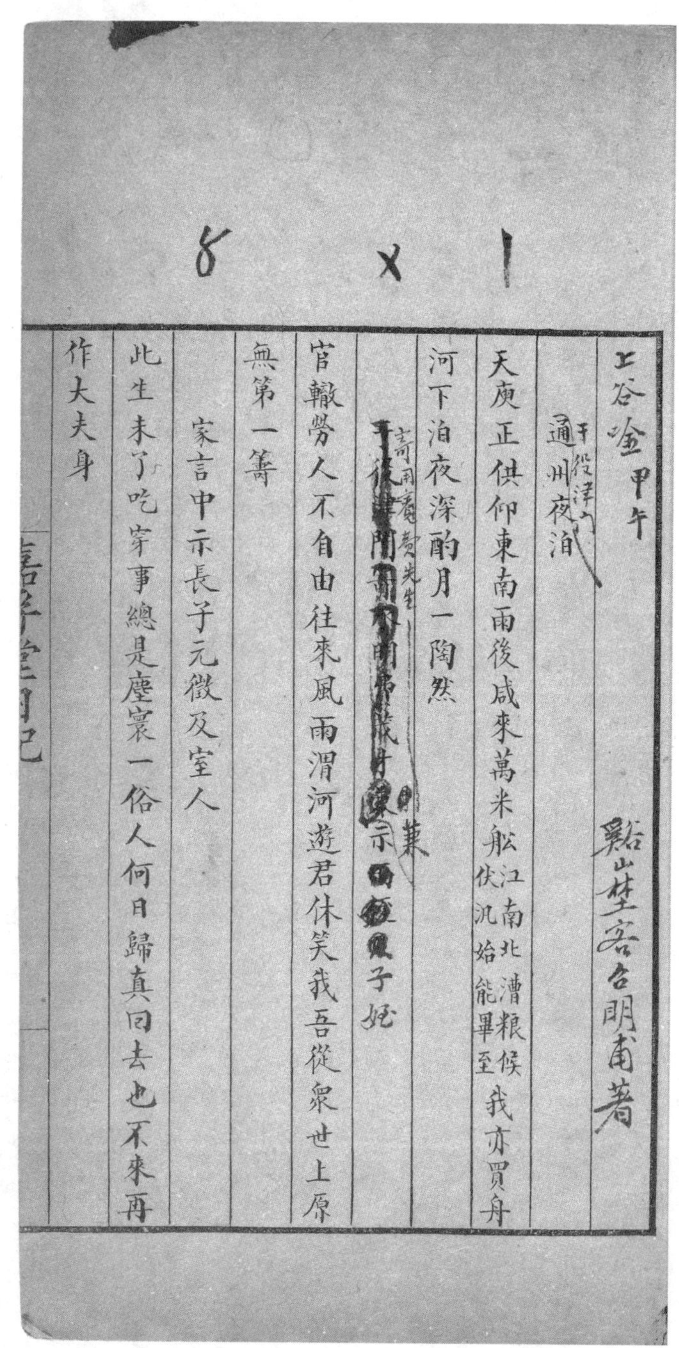

上谷唫甲午　　黟山埜客古朗甫著

通州夜泊

天庾正供仰東南雨後咸來萬米舩江南北漕粮候伏汛始能畢至我亦買舟河下泊夜深酌月一陶然

寄用庵夢先生兼示子姪

官轍勞人不自由往來風雨渭河遊君休笑我吾從衆世上原無第一籌

家言中示長子元徵及室人

此生未了吃穿事總是塵寰一俗人何日歸真同去也不來再作大夫身

丨四七六

張家灣道上 由潞回棹書見

一颿風順放中流遠近雲山極目收萬頃田園多類藻幾虾農
舍盡如舟止知雨水頻仍患要在淵源次第修我亦無方宗禹
貢自甘散吏且優游

由津回棹逆水緩行

蓬窗寂悶效李青蓮清流曲體復吟小白偶成
最厭浮上水更恐遂下流何如恃健步有陸不登舟

舟行上水甚緩偶以釣竿為戲遣暑頗消清風徐來矣援
筆誌之

篙師發令叱舟人直放中流莫問津雨細風徐蓬正穩客宦游
戲弄絲綸

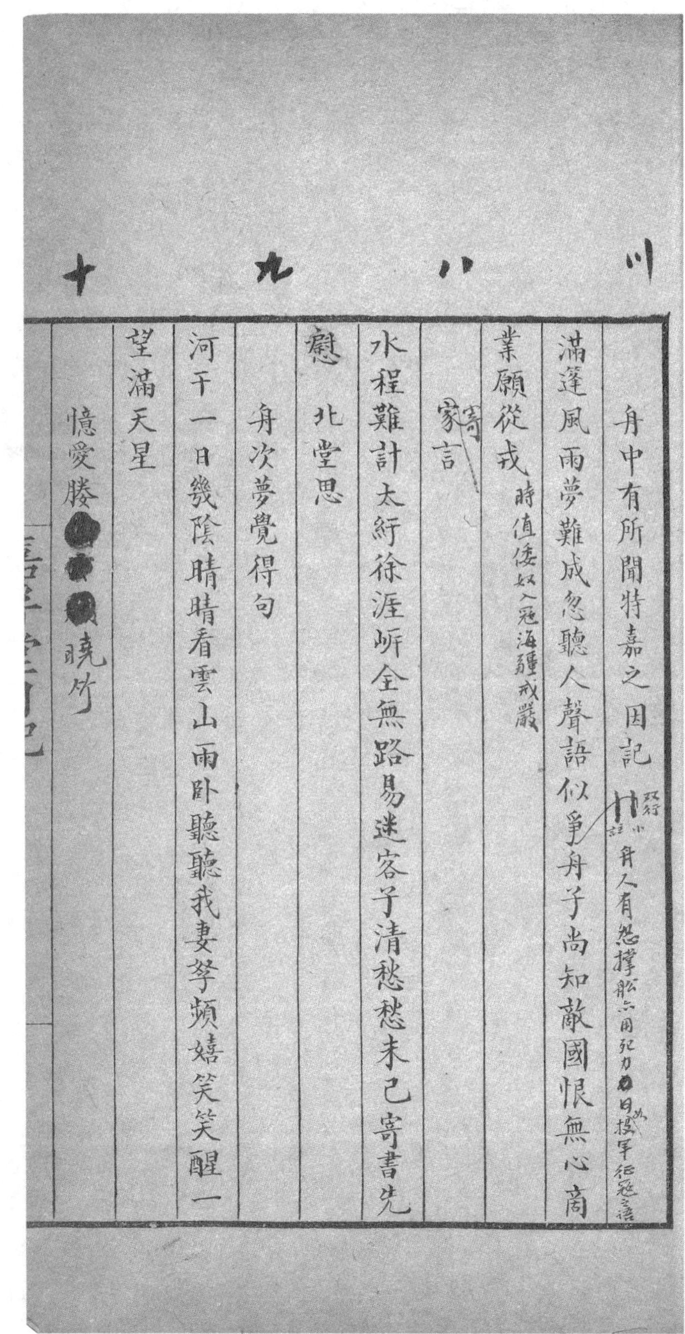

舟中有所聞特嘉之因記

舟人有怨撑船亦用死力[illegible]日如投軍征寇之語

滿篷風雨夢難成，忽聽人聲語似爭。舟子尚知敵國恨，無心商業願從戎。時值倭奴入寇，海疆戒嚴

寄家言

水程難計太紆徐，涯岈全無路易迷。客子清愁愁未已，寄書先慰北堂思。

舟次夢覺得句

河干一日幾陰晴，晴看雲山雨卧聽。聽我妻孥頻嬉笑，笑醒一望滿天星。

憶愛滕[illegible]曉竹

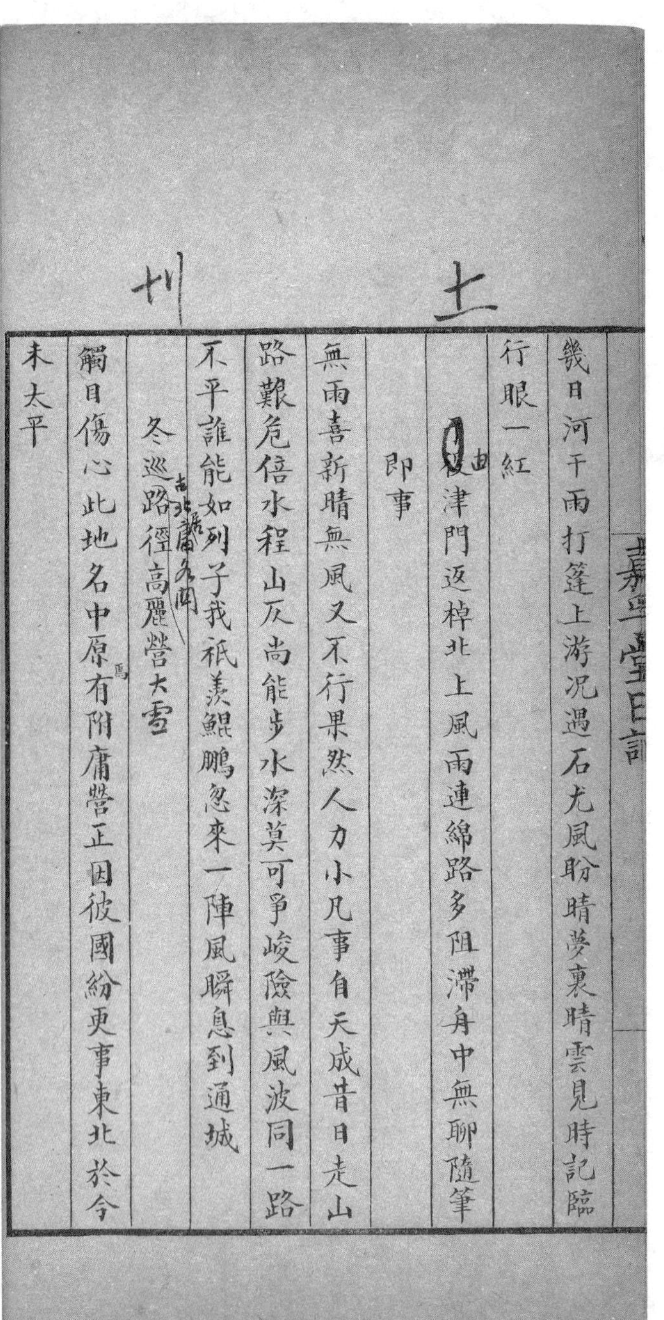

幾日河干雨打篷上游況遇石尤風盼晴夢裏晴雲見時記臨
行眼一紅

由津門返棹北上風雨連綿路多阻滯舟中無聊隨筆

即事

無雨喜新晴無風又不行果然人力小凡事自天成昔日走山
路艱危倍水程山灰尚能步水深莫可爭峻險與風波同一路
不平誰能如列子我祇羨鯤鵬忽來一陣風瞬息到通城

冬巡路徑高麗營大雪（古北[illegible]）

觸目傷心此地名中原有附庸營正因彼國紛更事東北於今
未太平

三家店途中遇雪口占念八字

此生不合事王侯二十年來豈自由于役又逢風雪路解嘲且作剡溪游

雪後早發牛郎山

籃輿明暖號行盦遊目都忘道路艱叢白地分高士樹蔚藍天襯右丞山雪[能]致景心生趣風為翻書手自閒俗吏偶然成韻事靜參詩畫小禪關

雪月夜發牙山歸路口占

豈有工夫作夜遊茲從于役豁唫眸山川歷落天為界星月分明雪[景]愈遒[幽]遠近人家通驛路高低雞唱和更籌重裘鑪火肩輿

北　北

暖身不躋攀更自由

前得七律一首猶有餘情隨口復成小句

曹郎七步句温公子八叉詩我行三五里短律始成詞

志伯愚少宗伯因事左遷防戍路經昌平余為置具清談

見余擬石濤石溪小卷欣然題以長句余作北山風雪

話別圖餞之並繫以詩即用其韻

我畫意造本無師心醉雲林與大癡生平嗜古性耽風雅好搜奇讀山讀

畫雨神馳愛閑不忍空支俸為民休息逮無訟分曹廿載改巡

邊危機獨任兼圻重辛卯夏由民部改官熱河巡道未幾朝建教匪倡亂時都護德公病篤軍書旁午

口外戒嚴震動畿輔余以道篆行都統事始克無虞而持都篆善其後三年日日不勝愁軍書簿

十[illegible]　靜趣

平生筆墨是良朋日晝明窗夜晝燈圖讀罷金經圖佛像條再訪石溪僧

書難歇手竊謂來此足優遊甲午夏邊俸期滿奉改調覇昌北山名勝家多檄詎料倭

奴東北走彼[illegible]奸巧倡[illegible]火[illegible]醫[illegible]何算什麼昨有俊臣忽左（時來風鶴傳烽●若非自誤）

遷惜予易道令威仙權德輿詩將軍易道令威仙華髮清譚見此[illegible]試將宦味悟同禪

人間煙火皆腥羶為公[illegible]製圖非惟畫要寫[illegible]塵寰不平臨一飲

一啄豈偶然一詩一畫亦是債箇中有誰論奚止[illegible][illegible]關山僻

陋村太平無事樂相聞與君[illegible]杖領朋輩樽

廿　禪趣并圖

老僧錯念墮風塵不悟前身與後身忽覺當頭一棒喝鐘聲猶

笑坐禪人

卅　靜趣

身似游僧到處家光陰負我負年華此生未已詩書畫不死還須酒飯茶

夢趣

婆娑春夢不勝情窓外花枝鳥亂鳴驚起不知醒與睡鳥聲人語未分明

禽趣

午夢方醒日欲斜房籠深處静無譁正思啜茗消餘困鸚鵡頻呼唤到茶

山趣

峰嵐變態四時宜每助幽人詩畫資遊目騁懷無過此荆關董

巨覔神奇

畫趣

何必千金買麓臺嘗將筆墨自安排倪黃畫法分明在但有工夫畫得來

詩趣

空耽書畫廢臨池偶得工夫杯是時惟有詩懷嘗跌宕忙中夢裏俱隨之

弈趣 既

消受清閑一局棋要分勝負兩相持明知遊戲何須此不肯輸他半日思

春日由北平赴都途次口占

曉行恰好嫩晴天一望平疇萬井烟草色似裀花似錦山光如醉水如眠幾家隱約藏冰谷一塔高標枕玉泉[illegible]記得碧雲曾討勝此生無復靜中緣

椒園感時 緣有一蝶盤旋若依戀之態拂之不去或立掌上或立衣襟真有素緣也

欲别園林又小留正當佳日且復遊池塘生草王孫[illegible]感蝴蝶料理客子愁滿地落花春不管無窮閑樂勢難由散人合作山中吏豈羨班超定遠侯

舊曾相識佳蝴蝶今日山園又偶逢恨不莊周同化去翩翩遊徧妙高峯

卌三　卌〤　卌二

春日椒園雜詠四首

長廊補牖式如舟，鎮日盤桓亦足幽。門外杏花繁似錦，谷中春雨貴於油。羞將鶴俸權留别，笑謂榆錢莫買愁。我欲餞春春餞我（十二交立夏節，是日[illegible]篆旋都），何年再作北山遊。

官轍真如不繫舩，關山來往復年年。去春灤水方言别，今日燕山將欲還。自謂主人原是客，誰知吏隱又逃禪。從兹擱筆捐書畫，戎馬邊城作備員。

每到椒園萬慮删，亭臺恰好隔塵闤。嫩黄嬌緑參差柳，淺碧深藍遠近山。蜂蝶往来忙裏静，漁樵唱答俗偏嫻。忘機頓覺渾無事，消受人間此日閑。

戲拈拳石畫臨黃子久膽缾花插紫丁香一聯入詩贈郭
花農
主客殷勤數種花插籬堆石護春葩園丁膽怯疎澆溉稚子心
靈久贊誇為畫折枝缾水貯不留殘葉色香遮高低紅白青黃
紫小供臨窓分外華

四月初一日往京得詩一章
莫道昨非今亦非總緣來日與心違踟躕未了生前慮憤懣因
貽事後機久病無醫何必藥夜飢不食豈關衣難尋舊夢增新
夢既有田園胡不歸

題畫 [illegible]
北山霜後樹紅過老珊瑚直似吳興畫鵲華秋色圖

完

遼南歸地之約當其事者議以三月為期次第收還被郯(淡如)
聞俄與(羅斯國)爭朝鮮之警驟然言旋我(書)公(遂)家電檄令即如期(往遼南)
將事(收復地方)簿領與軍容并整昕夕不遑忽忽就道途次口占
十(新)紙(竟)公文(付電)火速催長官口召動如雷談何容易脫然去勢到奇
難慣得來我信宦情真似臘誰云志向未全灰祇緣時局難休
致如此蹉跎媿老萊
人生最是別離苦況我　高堂年古稀此去宿餐奴僕共數晨
來晨夕親人違行轅(何)若居褻舍稅駕(不)如坐釣磯豈獨知機
彭澤令田園我有(未)容歸
風雨長途盡日山頻頻回首望榆關　高堂懸系兒千里迴

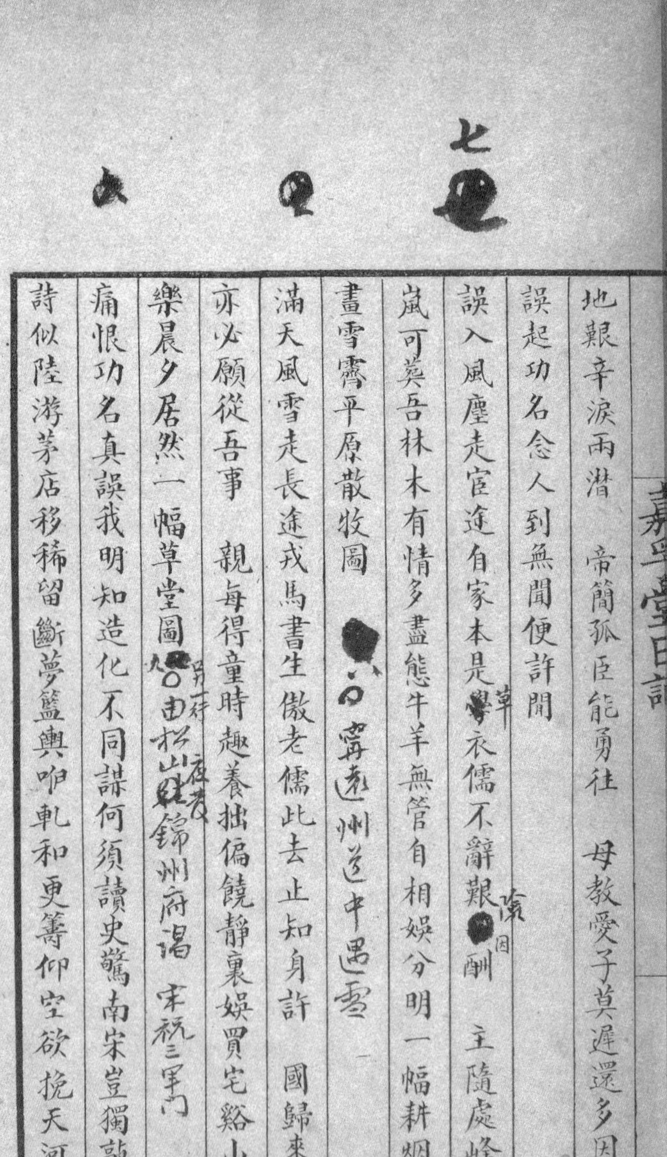

地艱辛淚雨潸　帝簡孤臣能勇往　母教愛子莫遲還多因
誤起功名念人到無聞便許閒
誤入風塵走宦途自家本是草衣儒不辭艱險酬　主隨處峰
巒可莫吾林木有情多盡態牛羊無管自相娛分明一幅耕烟
畫雪霽平原散牧圖
冀州道中遇雪
滿天風雪走長途戎馬書生傲老儒此去止知身許　國歸來
亦必願從吾事　親每得童時趣養拙偏饒靜裏娛買宅谿山
樂晨夕居然一幅草堂圖
由松山夜發錦州府謁　宋祝三軍門
痛恨功名真誤我明知造化不同謀何須讀史驚南宋豈獨敲
詩似陸游茅店移稀留斷夢籃輿叩軋和更籌仰空欲挽天河

十四 渡大淩河隱極馬上
口占
勤王臣子豈辭勞
歷盡沙場地不毛
渡水無橋深沒馬
並程有月冷明刀
[illegible]逢犬吠知人跡難
得雞鳴下濁醪行李夜分
始[illegible][illegible]獲古廟[illegible]
[illegible][illegible]止宿僅[illegible]
[illegible]雞子土酒以療飢
寒小註先不佇[illegible]官
遊[illegible]經此境時難者
入摘編書

水一洗羈人萬斛愁 六[illegible] 亂石岡道中[illegible]即事
御路多成亂石崗可憐王道竟徬徨眼前三面望千里天地四
垂空八荒遮覺朝瞰明海腹時聞塞笳動邊牆長城三築空陳
蹟今日譙樓古戰場 十[illegible] 閭陽驛[illegible]中自歷
少愛功名老愛閑何時歸去隱溪山但期溫飽一家聚逃出風
塵萬慮刪樹果園蔬有真味野花怪石別生顏讀書作畫兼詩
酒覽勝尋僧自還往還
[illegible]宿二道井荒店一夜無眠次早馬上記實
破屋吟風雨打窗雞聲月色兩渾茫呼僮不起鼾尤急欲夢難
尋夜更長櫪馬亂嘶豬啄戶壁燈明滅鼠升牆羈人不待霜天

嘉樂堂日記

嘉[illegible]堂日記

[illegible]遼易西[illegible] 天大 雪

邊邊無邊大埜

雪漫漫

話別遼陽孫太

[illegible] 別依將軍

話別舊都

雪似滿 東西不

辨失林巒

[illegible]對孔道伏冰陰

河冲

亂[illegible]衣重[illegible]撤寒

曉伏上征鞍趲路忙

新民屯早發柳河之[illegible]田庄台河[illegible]不能渡返響(?)綫道往瀋

一官于役走天涯可惜流光感物華未到禪關空五蘊豈知官

轍有三叉誰憐戴月夜行客每羨投林夕噪鴉不是孤忠臣心

許國谿山終老不離家

十九日宿興隆坎 一夜不眠 早發作

昨宵止宿太荒涼茅店全無四壁牆地僻不聞雞報曉天寒愈

覺月明霜籃輿吚軋如敲句畫角低迴罷戰場復見太平還有

日要知善後費商量

十月由瀋陽冒雨啟程節屆大雪雨雨地[illegible]原凍[illegible] 復化泥濘難行

又馬上蹏雜踏雪
夜宿鬢眉時
刻結冰團垂
裹

不待雞鳴賦早行泥途彳亍苦無程伏陰未降地難固重霧初
消天透明氣北来端可信世情多變豈容爭此身形役成何
事惟恨人間路不平

偶憶耕園有感

久廿冷澹畏繁華滿擬耕園便可家發付公文常涉趣邀來雅
技為蒔花（於木蘭延郭花農布衣在耕園經營花事絶技過人）有情料理琴書畫無事商
量詩酒茶山靜日長幽絶甚豈朗戎馬走天涯

由遼陽風雪早發路經八里莊謁　依克山將軍暢談時
事別後成長句以記之

嘉樂堂日記

話別蔗邨雪
似湍東西不辨
失林巒河冲
孔道伏冰險
風鵞重裘澈
骨寒毋年必
有
毋晴
豈是羈人每蹭蹬
可憐烈馬亦蹣跚

大雪狂風又一程蔗村來訪亞夫營顧聞當日出師表公於人犯疆場奴
屢以前莫語他年買犢耕公云昨有上書譏彈移孝作忠端正論余
敲自請之疏故及之
以母老多病躊躕此去以寬濟猛有先聲公在三省威望素著同扶時
公有移孝作忠之語
局艱辛苦共公語同心扶此艱局權在先生豈後生

十八 過臧十一月十八日復勘各口順路回至田庄道中偶成

最愛清閒偏教忙弄人造化費評量羨他每有回天手愧我全
無縮地方一樣馳驅歸便樂幾天辛苦病何妨行抵田莊台人骹痛難支
生莫妙長相聚且把公堂作草堂

十九 盼浦雲廷孝廉不至東之

此生無福樂天真豈是蕭曹經紀臣自笑未甘投筆吏君羞為

徇難唱知
茅店更報晴
窜月 一九
二

作捉刀人簿書奪盡閒中趣宦轍難留物外身有約不來何謂

也空勞鴻足帶京塵

同用賓孝廉攜子元徵登澄海樓 並墊師費用賓孝廉

尋源直到老龍頭岈嶬岡灘咽石流萬里長城無際海十分秋

色一高樓詩懷不為旌旗減畫角時添客旅愁簿領不容閒琢

句怨怨書此寄前遊

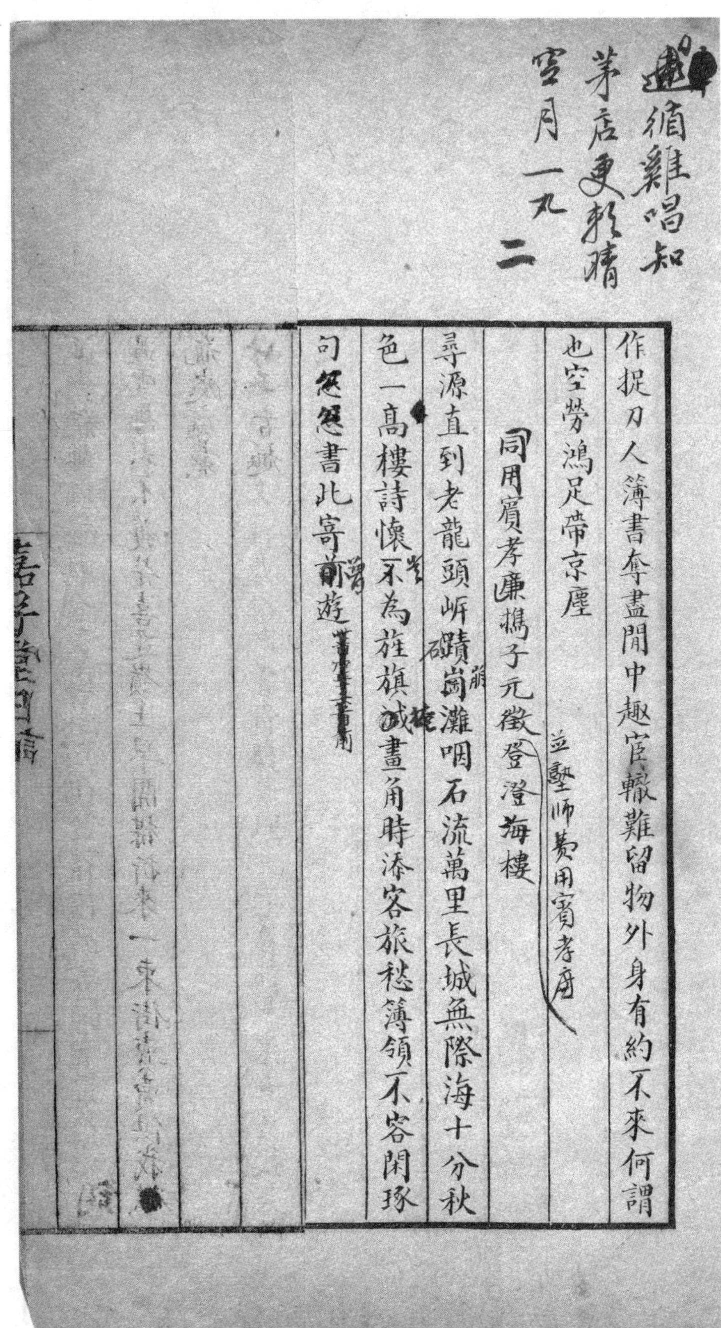

廿一 瓶趣

過雪樵夫不獲柴喜逢嶺上早開梅折來一束街頭賣供我藏

瓶處處栽

廿二 古趣

周銅漢玉延年瓦斷碣殘碑造像磚金石摩崖錢範字晉書唐

畫至今傳

廿三 夢趣

最如心事豈容求好夢憐人每自由幻境似真真似幻試猜別

有洞天遊

廿四 忙趣

富貴人生[illegible]
清閑世外緣
情[illegible]真自在
無事小神仙

晨起焚香細翫鑪選𣗳品酒理蔬廚經營花事評書畫琴罷敲
詩寫入圖

[illegible]話趣
豆棚瓜架夕陽時社老村童坐樹基共聽盲人說瞎話天開奇
想匪夷思

[illegible]思趣
久抛詩句又新裁俗事嘗將腹藁理一字有時尋不出長篇走
筆每能來

[illegible]棋趣
山僧約我到孤邨分得梅花三兩盆靜對忘言閑索笑焚香瀹

嘉[illegible]堂日記

身似紙鳶將斷綫
心如雞卵半空薰

茗自溫存

茶趣

靜坐圍爐夜不寒松花煮雪試龍團明知破睡無妨飲更取茶經仔細看

鑪趣

圖書四壁一塵無斗室溫存宣德鑪紫翠斑駁時變幻摩挲深得靜中娛

嫺趣

不事王侯不種田怕聞家事厭塵緣喜遊每爽同人約高卧北窓非為眠

雪趣

無際濃雲凍不開北風籐六馭空來滿庭玉戲天花舞點綴疎林盡似楳

松趣

恥受秦封作大夫清高豈用貴名扶本來面目休羞認不是陶潛莫對吾

酒趣

快飲能教萬慮忘及時行樂足徜徉身如荷葉經風雨頰若桃花帶夕陽

醉趣

昨朝開甕逢陶謝，醉到今宵月上時。要解餘醒何必葯，香茶七碗滌心脾。

卧趣

黃葉邨南紅蓼洲，何人買宅築高樓。絡山隨處皆如畫，鎮日開窗卧可遊。

窮趣

不愛功名不愛錢，身衣口食且隨緣。極貧那有關心事，到處為家自在眠。

妙趣

茶熟爐紅斗室溫，唐花香過女兒魂。窗明几淨無塵韻，選夢尋

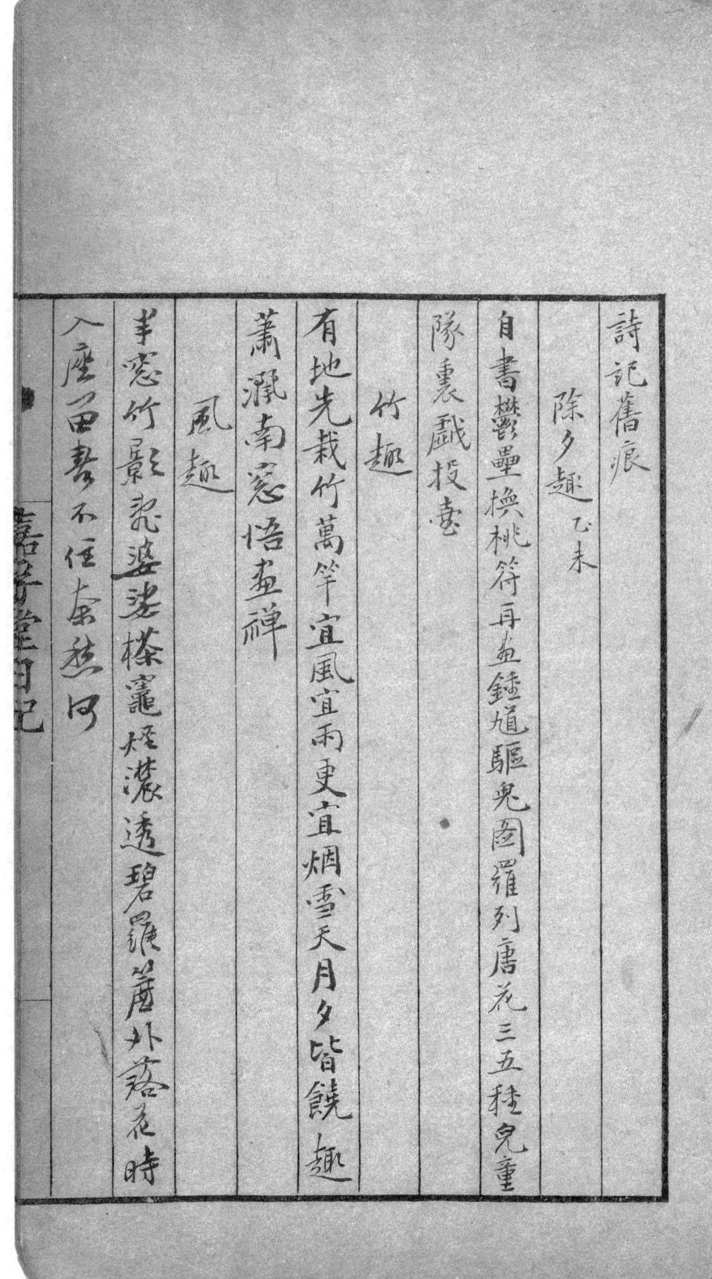

詩記舊痕

除夕趣 乙未

自書鬱壘換桃符再畫鍾馗驅鬼圖羅列唐花三五種兒童
隊裏戲投壺

竹趣

有地先栽竹萬竿宜風宜雨更宜烟雪天月夕皆饒趣
蕭灑南窗悟畫禪

風趣

半窗竹影認婆娑椽籠烟濃透碧羅簾外落花時
入座留春不住奈愁何

楚趣

竹田荷圃野人家門掩籬笆桂豆瓜楊柳四圍遮
一曲板橋斜倚數枝花

並別渝州張協鎮大鵬　桂五雲副考蘆

北山勝概未容遊去年公巡霸昌道駐紮北山每擬優遊又任雄上谷各勝另風鶴時來財務團設防
國第一樓王霸昌道□□未及即返簡閱奉鎮山海道之因案遠走未果度且駐關□□直隸城關樓標曰
天下第一樓詩領牢籠逃不得林巒起天覽何由園之三□西北有角山樹因名樣哉焉
黄到霧逢多事蜀海從來餅弟愁此日旂亭言別後
平安二字外無求

兩趣

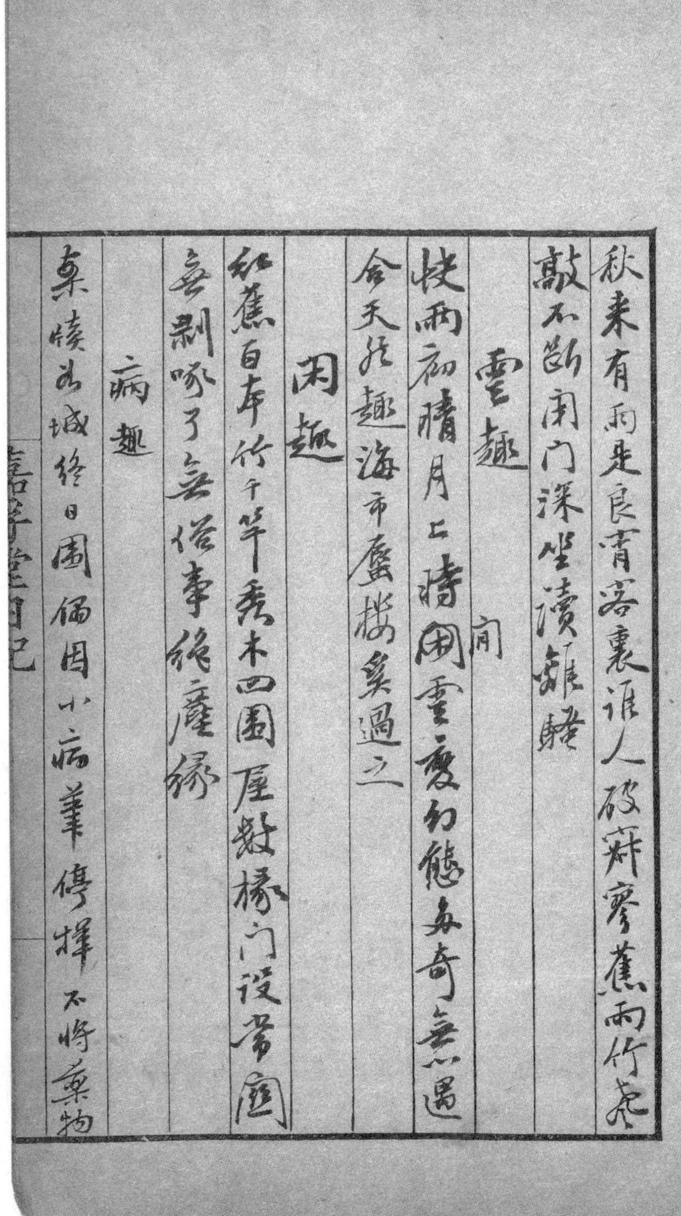

秋来有雨是良宵，客裏誰人破寂寥。蕉雨竹风敲不断，闭门深坐读離骚。

雲趣

快雨初晴月上時，閑雲變幻態多奇。無心遇合天然趣，海市蜃楼奚過之。

閑趣

紅蕉百本竹千竿，秀木四圍屋數椽。门設常關無剝啄，了無俗事絕塵緣。

病趣

棄候出城終日閑，偶因小病筆停揮。不將藥物

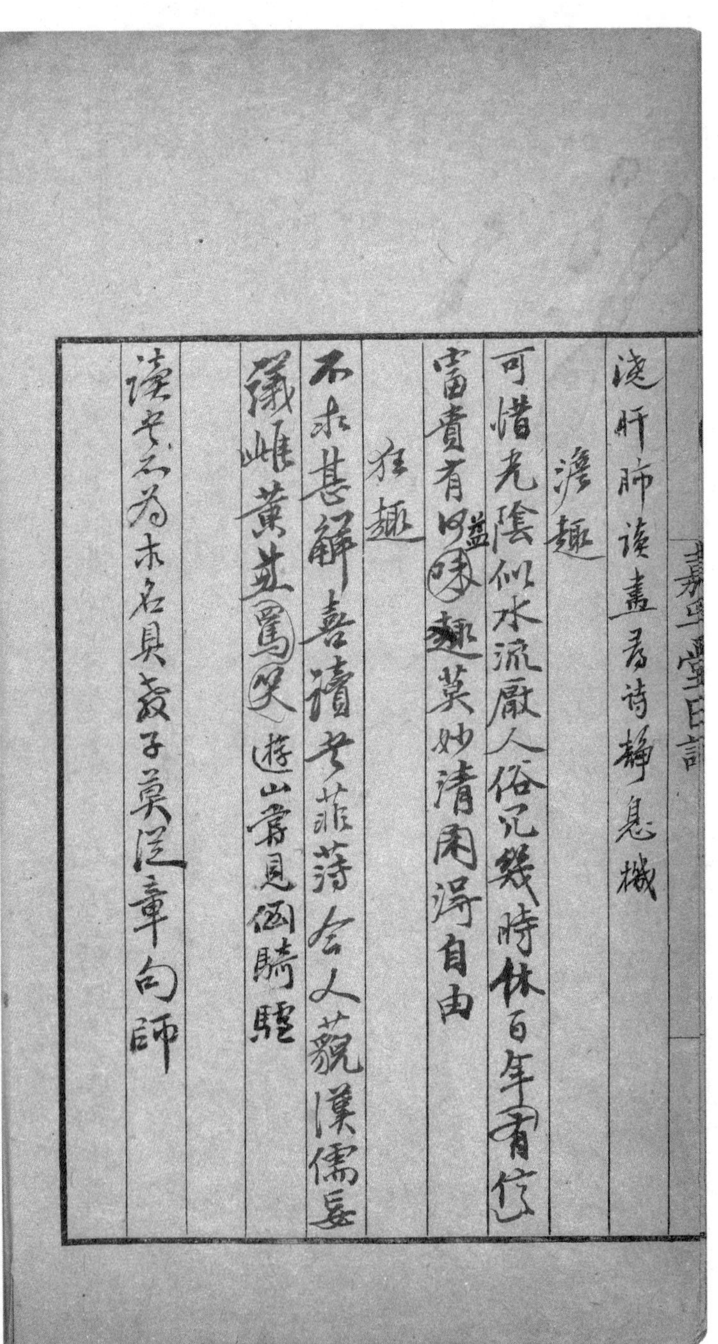

淺軒歸讀盡書詩靜息機

澹趣

可惜光陰似水流厭人俗冗幾時休百年肯從

富貴有些益味趣莫妙清閒得自由

狂趣

不求甚解喜讀書菲詩今人藐漢儒妄

議雌黃並罵哭遊山常見倒騎驢

讀書不爲求名具哀子莫從章句師

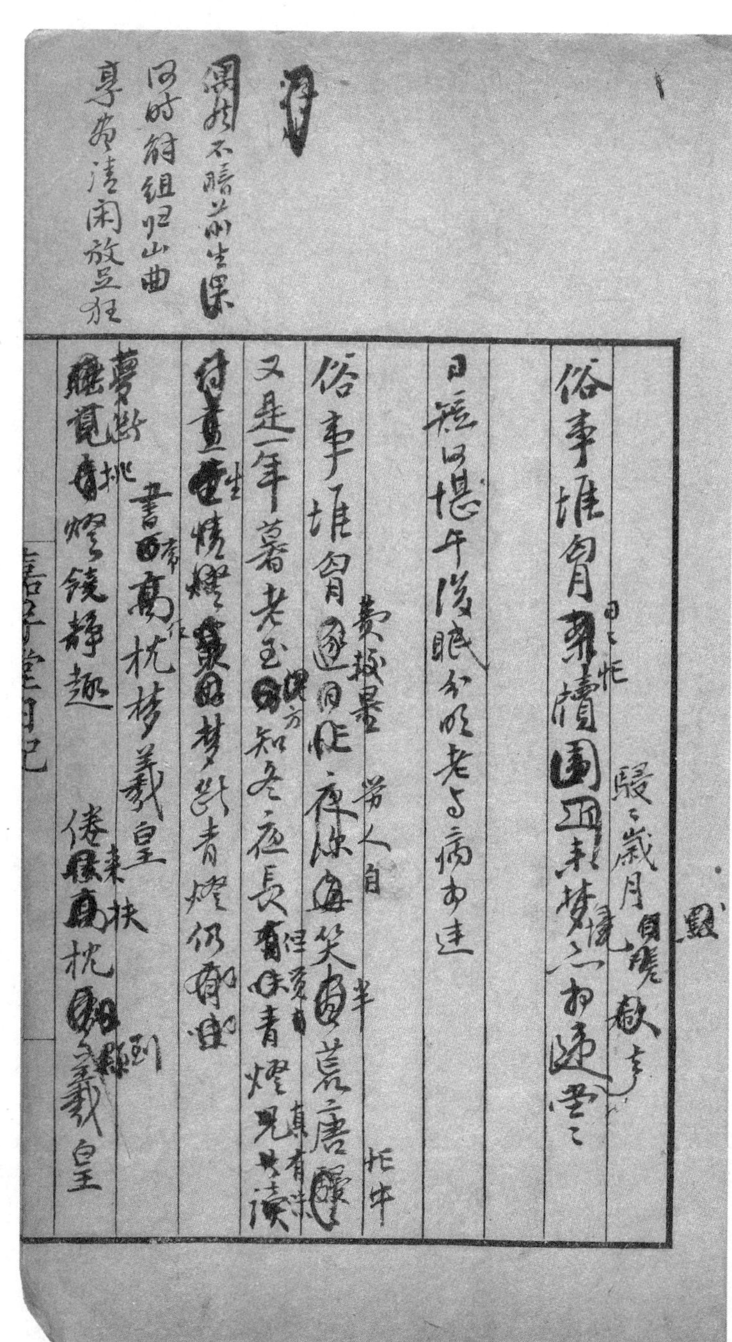

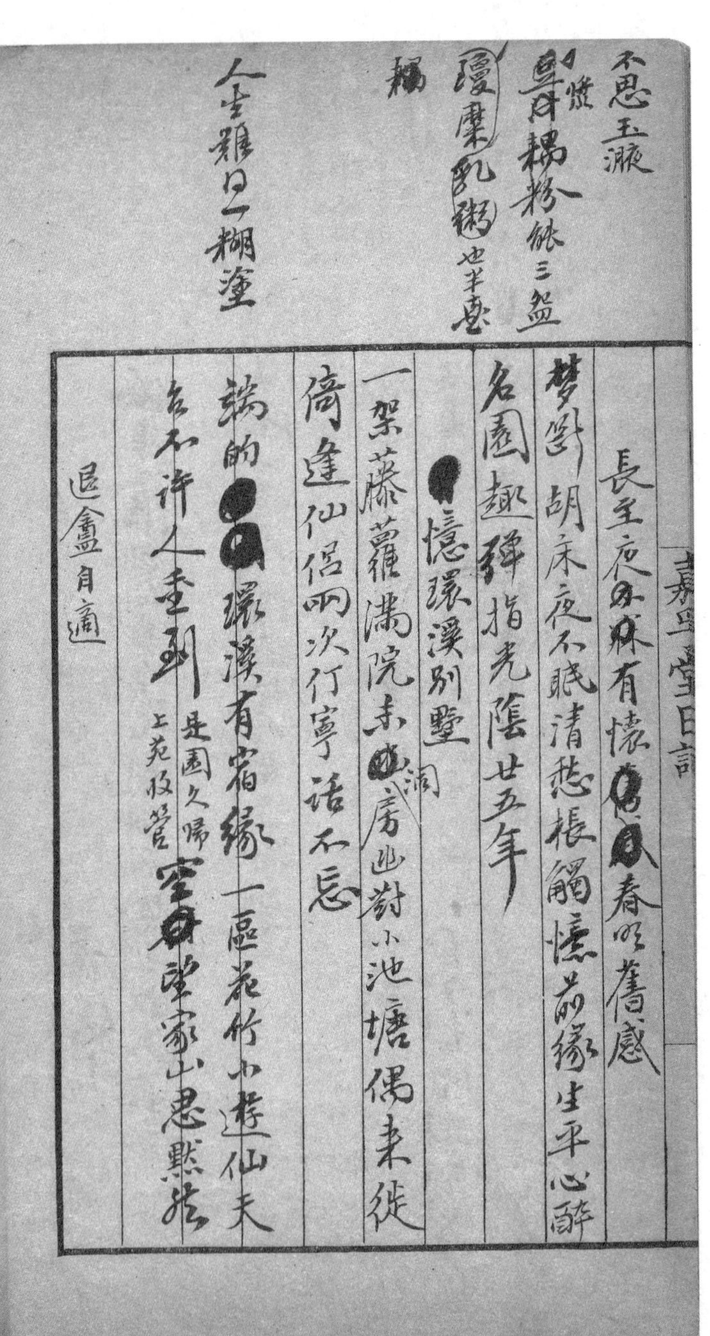

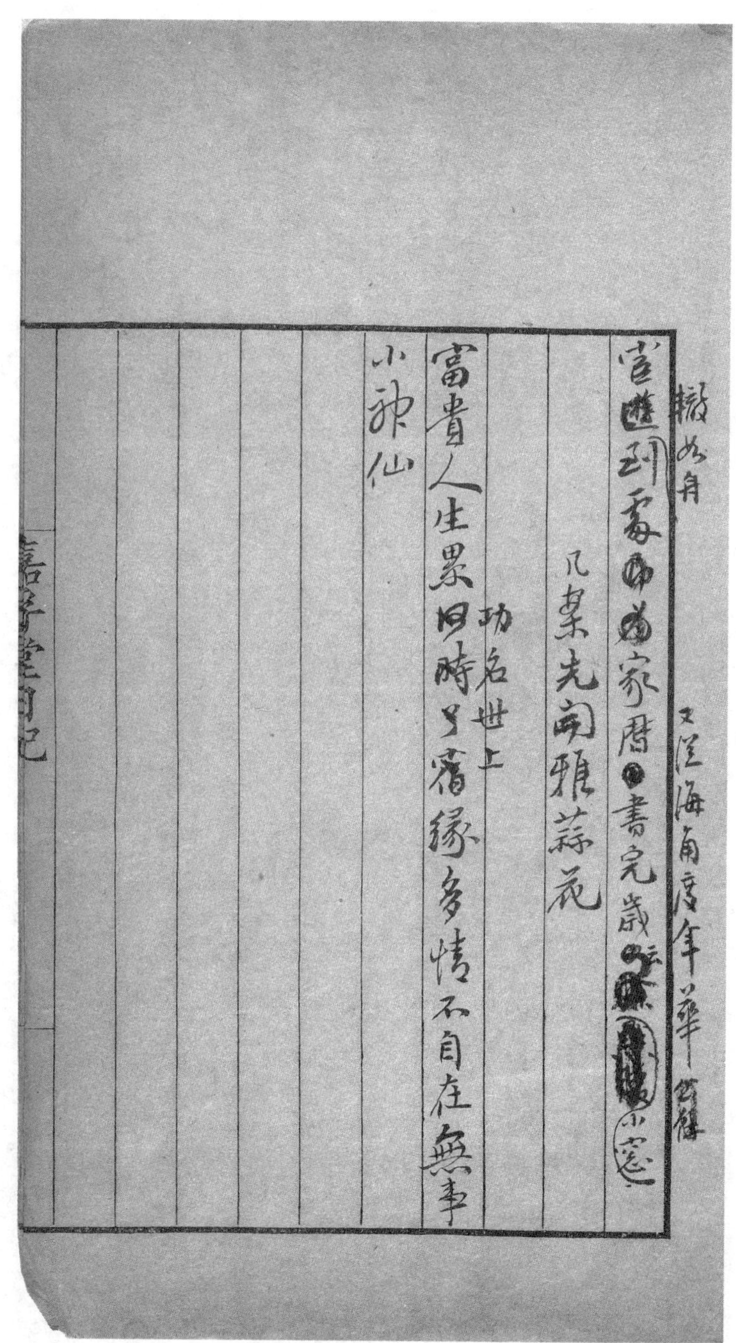

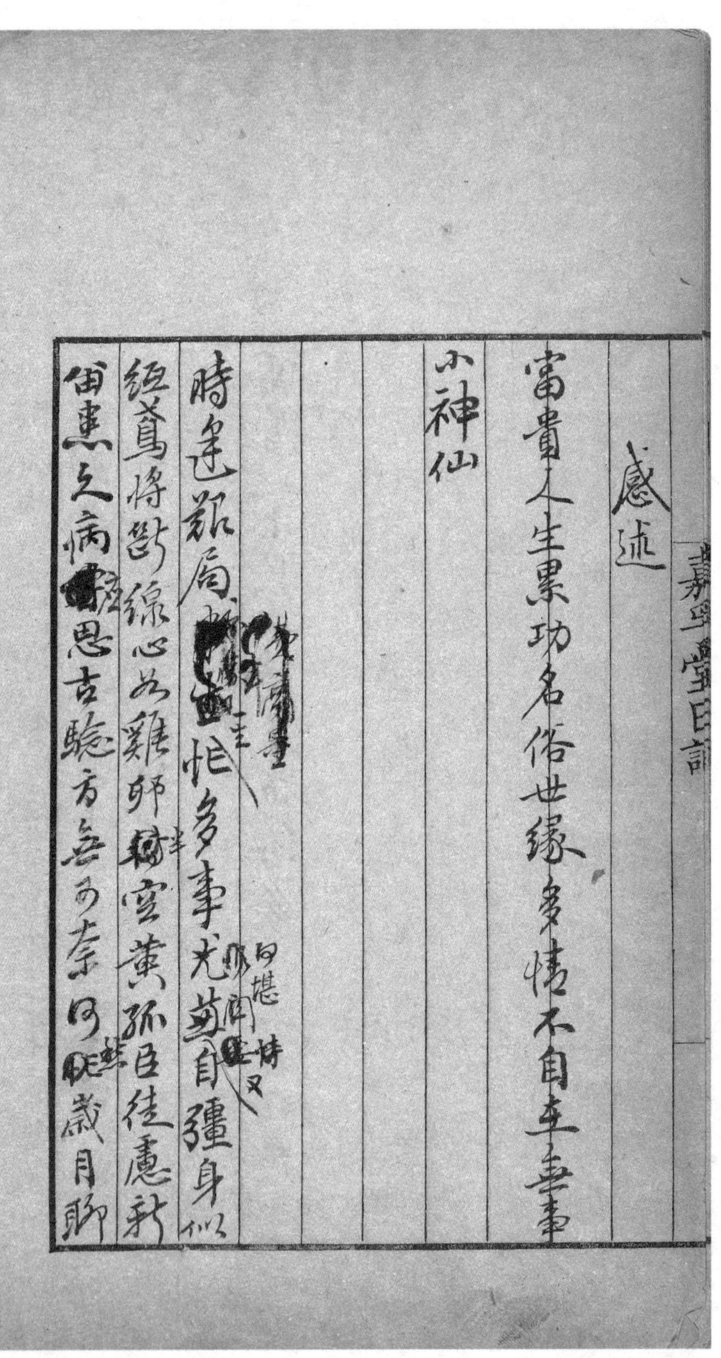

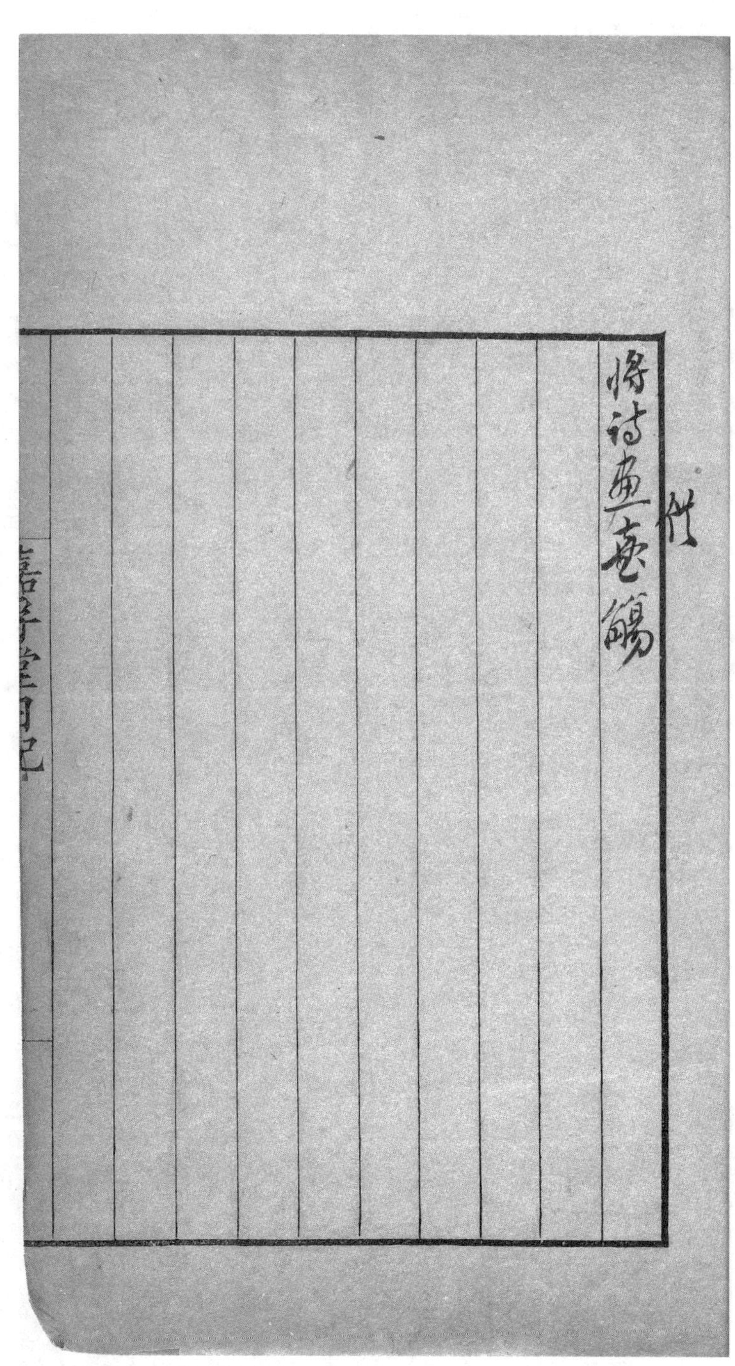

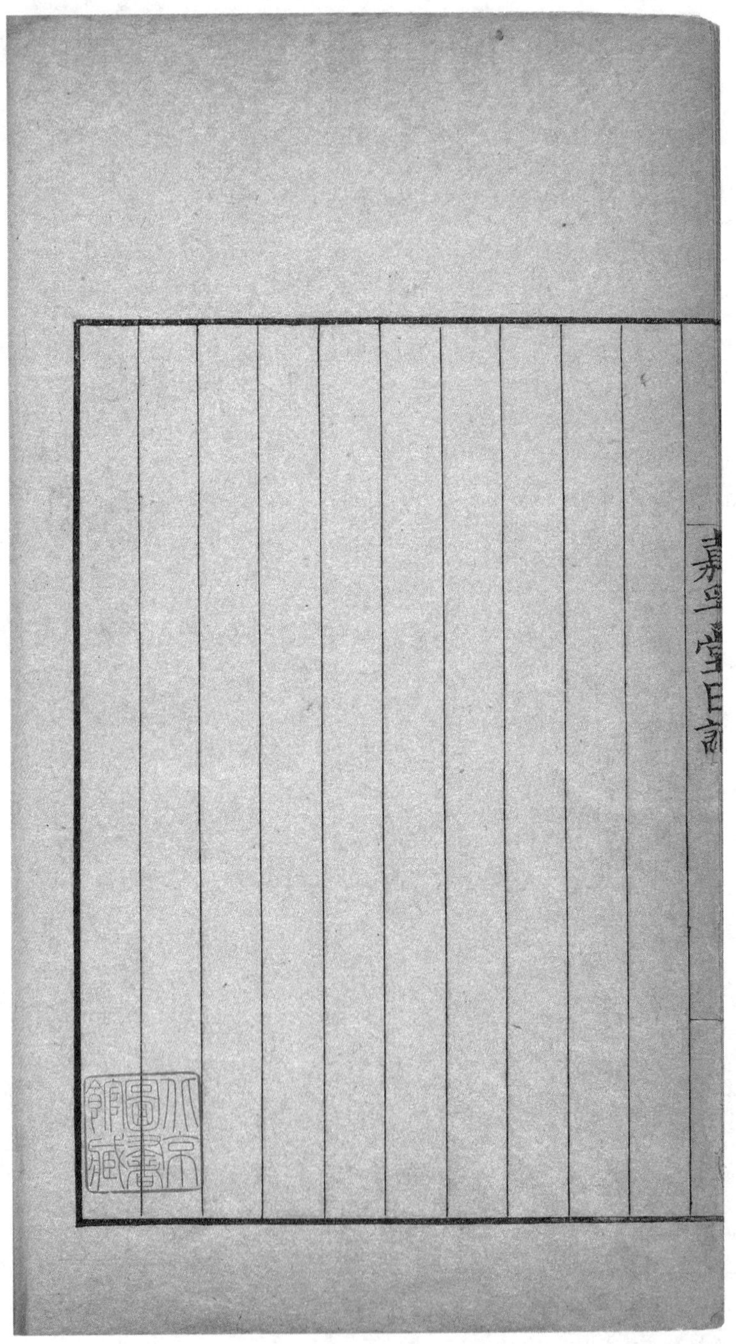

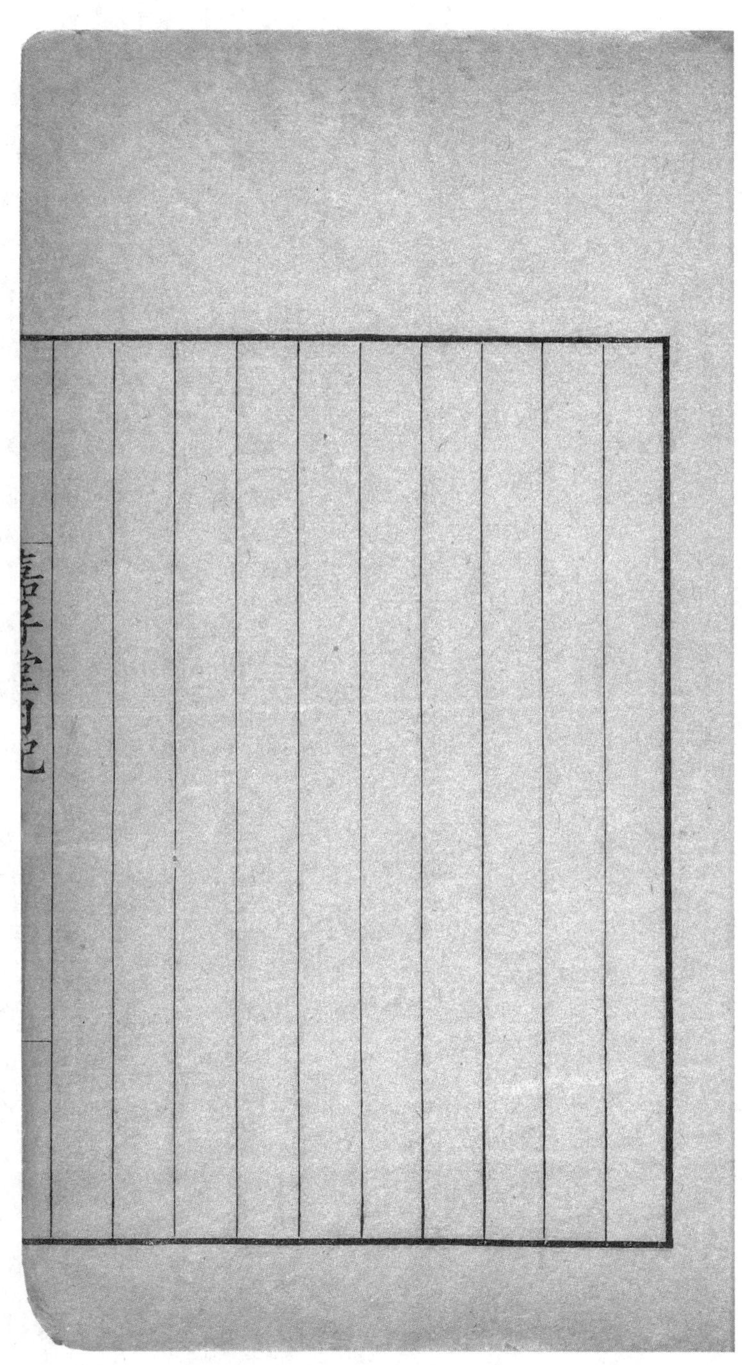

嘉[illegible]堂日記

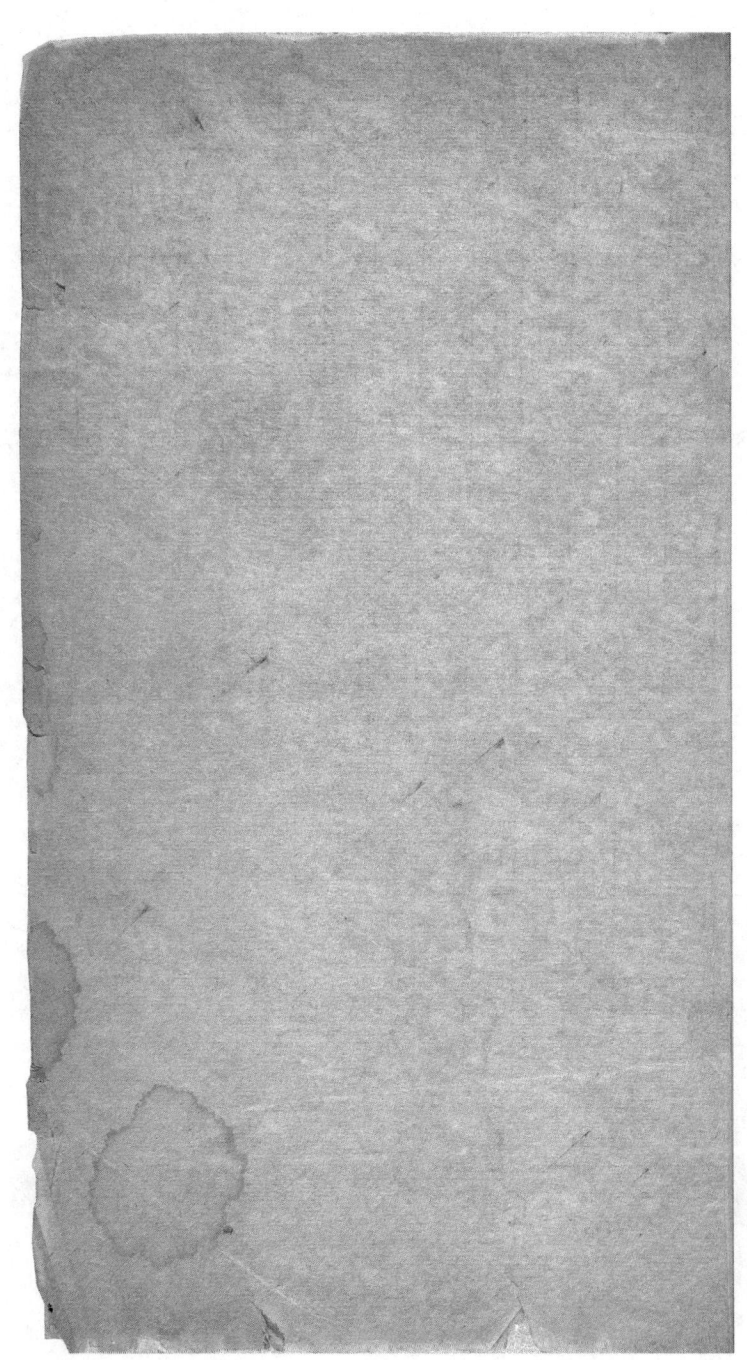